今日美国：痛与变革

痛与变革

阙维杭 著

ZHEJIANG UNIVERSITY PRESS

浙江大学出版社

序

维杭是一位资深报人,旅美华人作家。上世纪80年代就是中国某报的副主编,移民美国后在美国华文媒体任职,从编辑、记者直至新闻主管。许是因为类似的写作经历,居美时,每见他的作品都争先抢读;这些年在两岸游走中还是心系他的写作。

所以如此,自出自他的人格魅力——因为读文即读人;但阅读兴趣的根本还是来自作品本身。

报人自有报人的特质:敏捷的眼睛,快速的思考,准确的书写。维杭不同于一般报人的是:眼睛须臾不辍地盯着美国社会的大动向大变化小细节,思维冷峻地梳理着昨天的积淀、今日的现状、明天的走向,笔下流动的是美国与今日"地球村"特别是中国的比较、关联与此消彼长的态势。

《今日美国:痛与变革》一书是他写作风格的延续,更给他惯常的风格平添了一抹诱人的风采。近十年来,美国连遭"9·11"恐怖袭击、金融风暴、伊拉克和阿富汗战争的损耗与拖延、以及次贷危机的连锁反应……真的经历并正在经历着"地狱十年"的熬煎。无论美国还是别人,谁不想知道今日美国的样貌?别急,只要你看看本书的目录如"变革与挑战"、"白宫内外情"、"花旗国传真"、"梦想与现实"……即可窥见美国之一斑。它鲜明生动又条分缕析地告诉你,这位高举"变革"大旗登上第44届美国总统宝座的奥巴马尽管仍是激情不减,可他变革的途程却是阻难重重。善于梦想又敢于梦想的美国人将今日视作"重塑梦想创造奇迹的时代",可要"复兴美国"的确还有一段"艰难历程"。然而奥巴马和他领导的美国人民并未却步,他们敢于并善于承认现实正视现实,"危机难以测量但更难以测量的是其对美国人国家自信的侵蚀",他们"可以肯定的是,轻歌曼舞的时代,保护狭隘利益的时代以及对艰难决定犹豫不决的时代已经过去了。从今天开始,我们必须跌倒后爬起来,拍拍身上的尘土,重新开始工作,重塑美国"。这不是空喊,这是必胜的信念,因为"我们赖以走向成功的价值观从未改变——诚实、勤勉、勇敢、公正、宽容、好学、忠贞和爱国"。这些话语中未免没有善于演说的奥巴马的激情鼓动,但对照美国历届有为总统的演说和作为成就,又不能不说处处洋溢着美国社会文化的特殊性格。作者不光在书中写了主流的"大江东去",为了全面书写今日美国,也是不失美国社会文化的特色,他还细致抒情地写了美国的"小桥流水",如搬入白宫的"第一夫人"米歇尔·奥巴马已成为引领时尚潮流的第一人,她的"优雅时尚、超凡脱俗的魅力,连最挑剔的时尚界人士也心悦诚服","她在各种责任之间找到了平衡,她懂得将两个孩子放在首要位置",将自己定位于做好美国的"第一母亲",用更多的时间关注儿童的教育和发展,不使自己卷入白宫的政治事务中,为此,她在白宫南草坪划出一块1100平米英尺的地盘辟作菜园,亲自带领当地一群小学生翻地种菜养蜂,用以倡导自食其力和健康的生活。通过这些书写,我们自可看到美国的今日状态、行动和信心。不肯承认错误和挫折的民族走不出自陷的泥泞,只有头脑清醒激情澎湃的民族才能到达辉煌的彼岸,这就是作者的价值取向和审美依归。

作为作家的维杭,他的写作绝不满足于美国社会的平面叙说和描写,而是往往透过它观察到的生活现象,进行纵向的追寻、横向的比较、哲学的思辨,非要追根溯源直到探寻出历史文化的渊源不可。如写美国与多元族裔社会现象种种,当他写到2009年7月10日加州两院双双通过并由加州州长阿诺·施瓦辛格签字,在华裔加州众议员方文忠提出的"要求州政府对19世纪和20世纪在美华裔移民遭到不平等歧视待遇作出正式道歉"事件时,作者不禁欢呼"壮哉,华裔要求美国道歉第一案正承载起历史的重托与今天的希望!"文章如果到此为止,充其量不过是一篇社会新闻报道,作者自不甘于此,他笔锋一转,愤然又戚然地追溯到1882年美国联邦政府通过的"排华法案"的来龙去脉及至60年间的斑斑血泪;当写到"梦想与现实"时,他不光写了黑人领袖马丁·路德·金梦想与追求的路径和精神,而且幽幽叹道:"肤色的、口音的、习惯的、职业的、地域的、文化的……歧视不甚枚举",他们"总能如幽灵般横行霸道,让人有透不过气之感"。就是在这种歧视中,二百多年来,居美少数族裔不知付出多少屈辱和鲜血!而这是与美国《独立宣言》中宣称的"人人生而平等"的立国精神大相径庭的,好在美国精英和美国人民敢于正视历史反思历史,他们始于1943年废除了那荒谬的"排华法案",并将马丁·路德·金被暗杀的日子以法律形式定为"马丁·路德·金纪念日"。这已经超出了新闻事件的报道与书写,而是对美国历史、制度、弥漫于每个角落的精神文化的辨析和拷问、叹息与认可。

作家的作品大抵由社会主流话语和个人身份话语汇集而成。这在维杭的作品中尤为突出,从出生到青年时期,他植根于中国文化、中国土壤,之后多年他浸淫于美国文化拼搏于美国主流社会,这就决定了他的观察和话语总是由此及彼由彼及此,浮面看来,这横跨两栖的视角似乎没有确定的"立足点",但当历史走到今天,当地球已经成为一个"地球村"的时候,这样的观察与思考才不致封闭。

不致偏狭不致大惊小怪强加于人,也才有了人类的关怀和普世价值。你看,对美国历史的衍革,社会制度和社会现象的优长顽劣,他都不设定任何政治立场,只凭自己的观察、体验、比较、学养分析考订;对美国的精神文化及至习俗礼仪如:《笑话人生》、《文化偶像撷谈》、《彩虹旗下的另类文化》、《"枪文化"导演杀戮荒诞剧》、《东西捐献文化的差异》、《华人的"乐透"情结》、《豪门艳女坐牢记》等,他更是娓娓道来、原汁原味地书于纸上,供读者品尝辨析、鉴赏甄识。

这是一部对美国社会历史、文化习俗深度观察辨析的书,是一部激情与冷思交相辉映的书,更是一部中美文化相互比较融通的好书。在此书出版之际,我愿以我的祝贺和浅见献于读者、编者、作者。

李硕儒

2010 年 5 月

目　录

变革与挑战

医改的胜利:惠及更多人的胜利 / 003

奥巴马医保改革为何阻难重重? / 006

亚利桑那州苛法反成移民改革助推器 / 009

推进移民改革:"梦幻"还须"奋斗" / 012

家庭团聚:体现美国价值的移民改革途径 / 015

危机下的美国教育改革契机 / 018

激情美国:重塑梦想创造奇迹的时代 / 021

奥巴马新政:复兴美国的艰难征程 / 024

跨文化的种族融合 / 028

蜜月终结:奥巴马新政须披荆斩棘 / 030

奥巴马时代的美中关系展望 / 033

奥巴马对华政策团队集结出发 / 037

构建面向青年一代的美中关系 / 040

白宫内外情

白宫是超越个人的 / 047

白宫菜园的昭示 / 049

第一夫人引领时尚潮流 / 051

新第一千金 / 053

奥巴马遭遇麻烦 / 055

奥巴马的"滑铁卢"之役 / 057

让和平愿景推动世界前行 / 059

美国迈过"地狱的十年" / 063

全球十年巨变格局的美中元素 / 066

花旗国传真

廉价的希望:华人的"乐透"情结 / 071

豪门艳女坐牢记 / 074

突围污染 / 077

沃尔玛不受欢迎 / 079

"香蕉共和国"之讥 / 082

赌场过眼录 / 085

"啤酒会"化解大争执 / 089

薪水彰显国情:清洁工 PK 飞行员 / 092

另类大学排行榜的启迪 / 095

最后的贵族 / 098

余上尉案的美国烙印 / 100

梦想与现实

在梦与现实之间 / 105

百年排华案阴魂不散 / 108

华裔要求美国道歉第一案 / 111

国会山庄华裔女性第一人 / 113

房地产市场的美国梦 / 116

与 CNN 面对面 / 118

边缘崛起：少数族裔传媒的发展 / 123

妖魔化的"硅谷华人间谍论" / 126

FBI 备忘录 / 129

"全球态度"下的中国形象 / 132

"国安语言"与"国家利益" / 135

谨慎的乐观：中国公民美国游 / 138

谁来瓜分美中航线市场？ / 141

文化与差异

笑话人生 / 147

文化偶像摭谈 / 149

彩虹旗下的另类文化 / 151

美国特异文化 DNA 的消遁 / 155

"枪文化"导演杀戮荒诞剧 / 157

乐善好施的文化与性格 / 159

东西捐献文化的差异 / 163

盖兹隐退　慈善增辉 / 166

另类偶像 / 169

《时代》人物折射年度风云 / 172

美国"居委会" / 180

胖瘦之间藏玄机 / 183

东西方文化差异警醒录 / 185

回归本真的人文交流 / 194

叩访一个看中国的"窗口" / 196

留学生"吻瘫"机场事件需集体反思 / 198

移民的情结

多元化社区的族裔冲突因素 / 203

椰果好吃不好卖 / 206

入籍考试:移民第一课 / 208

关于移民:合法与非法 / 211

我的美国朋友(三题) / 214

享受加州阳光的代价 / 221

"极端通勤"族 / 223

自助餐现象 / 226

"强迫休假"法 / 229

硅谷民谣 / 233

金融风暴下的硅谷华人现状 / 235

硅谷之后谁能在 IT 领域称霸? / 241

向往"礼仪之城" / 243

寻觅倾心的家园 / 246

跋 / 248

变革与挑战

医改的胜利：惠及更多人的胜利

当奥巴马总统 2010 年 3 月 23 日在白宫签署参议院版本的医疗保险改革法案之后，又在 3 月 30 日签署医疗保险改革补充法案即"预算协调"法案，标志着历经一世纪尝试、超过一年多争议的美国医改立法程序最终完成。

人们留意到，奥巴马 3 月 23 日签署这一历史性的法案时，使用了 20 支笔，每支笔写下一个字母，完成签名。这 20 支笔将成为纪念品，由奥巴马送给 20 名促成医改法案的"关键人物"。

就在奥巴马 3 月 23 日签署法案后几分钟，美国 13 个州的司法部长发起集体诉讼，指控医改法案侵犯各州权力，对医改法案中要求所有人拥有医疗保险的条款提出质疑。当然，这都可以看做是势不两立的共和党人反扑行动之一，但是，3 月 26 日美国内科及外科医师协会向华盛顿一家地区法院提出以医改法案违反宪法为由要求撤销之的诉讼，则是美国首个医疗行业协会就医改法案诉诸公堂，显示社会对医疗健保改革的质疑、反对浪潮依旧波澜不息。

依据已经成为美国国家大法（Law of the Land）的医改法案，美国政府未来 10 年将投入 9400 亿美元，把 3200 万人纳入医保体系（目前全美 3 亿人口中约有 4630 万人没有医保），医保覆盖率从 85％提升至 95％，接近全民医保。美国因此也向其他发达欧美国家引以为豪的福利社会迈进了一步。从这一现实观之，奥巴马说医改立法成功"不是一党一派的胜利,也不是意识形态的胜利,而是美国人民的胜利",并不为过。

诚然,这一胜利也是奥巴马作为总统在第一任期内的功勋式建树。自1912年以来,从老罗斯福到小罗斯福、杜鲁门、肯尼迪、卡特、克林顿等前后8位美国总统,都曾经相继发动或试图推行终极目标为全民医保性质的医疗改革,但最后都半途而废。倒是约翰逊总统在1965年成功确立政府主导的医疗补助制度(Medicaid)和医疗保险制度(Medicare),惠及老人和穷人。如今,历经各种政治资源和政治智慧的调度与博弈,历经无奈或有限的妥协和让步,奥巴马主导的全民医改在议会惊险过关,将惠及全体美国人民,也使奥巴马有幸成为百年来推动全民医改立法成功的"强势"总统,青史留名。

尽管奥巴马强调,医改的一条核心原则就是"每个人都应有基本医疗保障",尽管他在奉劝包括共和党人在内的立法者站边时要求立场鲜明:"你到底站在哪一边?是保险公司还是美国人民?"今天医改法案的实施,仍然是雄关漫道艰险重重,依然需要民主党人毫不懈怠地继续"推销",直至深入民心,成为民生之不可或缺的体系。

这就促成奥巴马签署法案两天后即往其最初宣布医改计划的艾奥瓦州艾奥瓦城之行,他在那里进一步向民众阐释医改如何帮助小业主及低收入者降低医疗成本,为一部分对医改法案存疑的民众释疑解惑。这也是为什么奥巴马医改的重量级推手、众议院议长佩洛西在奥巴马签署法案后两周内就三度回到加州旧金山的因素,她既然一直为医改的立法保驾护航,更需要在推行过程中身体力行。

佩洛西4月6日在旧金山指出,医改法案可与社会保险、老人医保和人权法案相媲美,她并用三个"A"形容该法案:"Affordability、A primary principle、Accessibility",即有支付能力(让中产阶级可负担)、遵循基本原则、惠及所有民众。

已然成为美国国家大法的医改法案,离多数民众和华裔移民的切身权益有多远?法案中有关医保系统的改革措施将在年内贯彻实施,已经没有回避或退缩的余地。医改法案在保障全民健保的同时,更关键的还在于如何化解美国"看病既难且贵"的"死结"。

医改法案中的条款,包括对富人征税而形成医改的重要资金来源,势必引发一些中高收入群体的不满;如何降低医疗成本、防治医疗成本失控,必然触及一部分既得利益者的"痛处";对保险公司加以种种限制,也势必遭遇特殊利益集团的反弹。传统医保体系下占尽便宜又一味推卸责任的私人保险巨头们,将可能以抹黑、攻击奥巴马和民主党为困守战略,拖累医改实施的步履。

促成医改法案的"关键人物"、推手,还包括美国中老年人协会(AARP)首位亚裔会长陈祯娜。她指出,医改法案节省的经费,足以延长已濒临财源枯竭的为老人提供的联邦医疗保险(Medicare)基金约十年寿命,将弥补药费缺口,确保长者医疗健保福利。

值得绝大多数民众欣慰的是,医改的实施使每个拥有美国梦的移民感到全民健保福利社会不再遥远,中产阶级和贫穷大众在法律保障和联邦医护机构支持下,将能够享受和负担得起必要的健保医治费用;普通民众的预防投保也有了保障,而最需要医疗保障的病人将不用担心被医疗及保险机构拒之门外。目前,全美国没有医疗保险的民众中约有5%～8%为亚裔,其中华裔占30%～35%,他们无疑将是医改的直接受惠者。

毋庸置疑,医改法案的推进和实施,也将伴随着社会的阵痛和一部分利益集团的不安与失落,但她惠及的必定是更多人的福祉,那才是真正的美国和美国人民的胜利。

(4/9/2010)

奥巴马医保改革为何阻难重重?

奥巴马总统入主白宫后竭力推动的全美医疗健保改革,在国会两院拉锯争执而近乎搁浅之际,也藉就任一年发表国情咨文时重新将此项改革列为优先要务。

在白宫网站于 2010 年 2 月 22 日公布了奥巴马总统的最新医疗健保改革方案版本之后,奥巴马于 25 日召集两党议员举行医改峰会。共有 21 位民主党议员、17 位共和党议员参加的这场长达 7 小时并通过电视全程直播的医改高峰会议,除了成为两党议员为各自政治利益角力的"政治秀"平台之外,有关控制医疗成本、改革医疗保险市场、削减政府预算赤字和扩大医保覆盖面四大议题却未有实质性交集探索,却在是否应该进行大规模医改这个最基本前提上流于无谓的争议。不过,经历了这一两党辩论的"程序"后,奥巴马的结论也更加明晰,即民主党与共和党之间的隔阂与歧见,导致两党难以在医疗改革问题上达成共识。他暗示,民主党不排除在国会启用"和解程序",即以简单多数强行通过医疗改革案。也就是说,不久的未来,即使共和党依旧推三阻四,民主党也要为新医改方案在国会过关保驾护航。

奥巴马的新医改方案预计在未来十年内耗资 1 万亿美元,纳保3100 万民众;美国政府将采取增加税收、削减医疗开支以及增收医疗保险业新费用、抑制保险公司调高医疗保险费的离谱做法等方式支持、推动医疗改革。简言之,奥巴马与民主党议员坚持应推进全面彻底的全民医保改革,而共和党人主张以渐变方式逐步推进医改。当奥巴马和民主党议员各自以亲身经历或平民遭遇现身说法,申述美国民众无力承担医疗保险或被保险公司拒保的经历之际,共和党人则直接拿赤字向总统发难:已背了万亿元赤字的美国还能再负担起万亿美元的医疗改革成本吗?

与 2009 年 11 月众议院通过的医改法案和 2009 年 12 月参议院过关的妥协版本相比较,众议院版本要求在未来 10 年内政府财政支出 1.2 万亿元,而参议院版本仅需要 8710 亿元,奥巴马版本的 1 万亿元则介乎两者之间。此外,众议院版提出向富有阶层增税,参议院版仅坚持只对高额保单征税;再次,众议院版计划将由政府为没有医保的人群提供平价医疗保险,而参议院版则主张政府通过补贴来支持民办非营利性医疗保险的成长。

参众两院的医改法案其实都着意让“有监管的竞争”成为主导思路。这个由斯坦福大学教授 Alain C. Enthoven 提出的观点,曾经在荷兰、以色列、德国等国实施,现在回到了美国本土。依照这一思路,政府设定一系列医疗保险的监管制度,其中包括不得拒保、确保最低给付水平和确立最高保费标准等,而所有的医疗保险机构,无论公立、民营、营利性还是非营利性,均通过控制医疗成本(即降低保费)和改善服务来吸引参保者。

奥巴马版本的医改方案弥合了国会参众两院医改法案的部分分歧,并吸收了共和党人对医改的部分建议,力求涵盖医疗改革三大目标:1.通过严格立法为已有保险的人提供安全感:在新改革方案下,保险公司因为投保人有既往病史而拒绝赔付,或因投保人生病而取消其保险计划或限制他们的保险范围均属违法行为。2.提供并规范全民都有保险的权利与责任:对于那些没有医保的人,政府将创建一个新的保险市场,让个人和小企业能够以有竞争力的价格购买医疗保险,而且不会因为失业或换工作而失去保险。3.降低医疗保险成本:减低美国家庭、企业和政府医疗成本上涨的速度。

同样基于"有监管的竞争"思路,奥巴马及民主党人的方案也许有更多政府的介入行为,历来反对"大政府"的共和党人则质疑"政府接管医保",他们更崇尚维系"大资本"的力量,而倾向于要求提供所有私营保险计划。

　　世界大部分发达国家几乎都以社会医疗保险为主、商业医保为辅,以商业医疗保险为主的美国,历年来被高成本高费用压得不堪重负,17%的 GDP 消耗在捉襟见肘的医疗事业上,这一现实本来是医保改革必须放手一搏的最佳证明,奥巴马能否成功推动医改,无疑是其任内乃至其政治生涯最重要的建树之一,但为何这个以全民利益和国家利益为上的医改迄今阻难重重呢? 作为既得利益群体的医保业反对是为了维护一己权益而背水一战,共和党要反对是出于党同伐异思维及其所代表的大集团利益,许多民众甚至老人、穷人也不热衷医改则是不明状况或者耽于现状,以及担心赤字高企;当然,还有美国政治、社会众多盘根错节的矛盾关系,织成了一道阻挡医改进程的网。倒是参加医改峰会的俄克拉荷马州共和党籍参议员汤姆·柯本关于杜绝医保系统的浪费和诈骗现象至关重要的观点,道出了目前医保系统也可以说是美国社会的弊端。

　　奥巴马致力推动医保改革,在摩擦不断的两党政治现实空间要形成完全共识几乎是"不可能的任务",他为弱势民众谋求福祉并变革畸形社会生态的政治智慧和道德勇气都实属不易,而要让更多民众了解全面改革医保能够带给大多数民众稳定的保障实质的益处,则须得花更多心力宣导。毕竟,民意的支持比议会里的党派角力结果更具实质权威性。

(2/27/2010)

亚利桑那州苛法反成移民改革助推器

亚利桑那州州长简·布鲁尔 2010 年 4 月 23 日签署了州议会通过的全美最强硬最严苛的反移民法案(SB1070),不仅导致亚利桑那州成为移民闻之色变的"警察州",也招来了加州、纽约州等移民聚居地一片反对声浪,更成为民权团体敦促奥巴马政府加速推进移民改革的现实理由。

亚州这项备受争议的法案是迄今全美最严厉的反移民法律,该法案赋予警察在拘捕无证移民时拥有更大执法权,甚至准许警察只要"合理怀疑"当事人为非法移民,即使没有法庭拘捕令,也可以盘查甚至采取拘捕行动。法案规定,在该州居留的移民必须拥有有效证件证明其合法性,否则将被控"非法入境"罪名。该法案还规定,在该州任何地方雇用无证移民是违法行为,即使是家庭成员用汽车搭载他们也属违法。一言以蔽之,就是视无证移民为犯罪分子。事实上,任何无法证明自己持有合法身份证件的居民和旅行者,在亚利桑那州都将面临遭遇警察搜查并逮捕的厄运。目前大约一成的加州华裔也属于无证移民,他们倘若"越境"亚利桑那州,其危险度增高也不言而喻了。

在这个法案被亚州参众议会通过等待州长签署前,奥巴马总统就批评说,政府必须推进全国范围内的移民政策改革,否则会导致出现更多类似亚利桑那州的误导性举措。

虽然该法案的提案人、警察出身的亚利桑那州参议员洛赛斯·皮亚斯解释说,假设不严格执法,亚利桑那州将成为非法移民的天堂,毒品走私、治安犯罪等严重违法行为就会泛滥成灾;不过他的那句话:"我相信手铐是好工具,要把它戴在该戴的人的手上。"更说明了执法手段超越治理目标的非理性和恐怖。犹如摇滚歌星瑞奇·马丁在微博上留言:"极端的措施从来都不会被人容忍。无论在美国还是在世界其他地方,这是在倒退。"

没错,亚州此举是以严格执法之名、行反移民为实的历史性大倒退,已然在全美各地激起公愤。许多政要和民权团体都表达了反对观点,直言亚利桑那法案掀起仇外情绪,破坏警察和民众的关系,并且会损害亚利桑那的经济,甚至影响美国墨西哥两国关系。纽约移民联盟强烈谴责亚利桑那反移民法是"非美国式的",是全美国的耻辱。纽约市长彭博声明指出亚州反移民新法将会严重削弱该州对国际投资者及旅游者的吸引力,如果有更多州跟随亚州的步伐,将会严重影响美国的商业及旅游环境。旧金山华裔市议员马兆光分析道,亚州与加州在"反移民"历史上有很多相似之处,亚裔以及其他族裔社区不能等闲视之,必须共同反对这种反移民的法令。奥克兰华裔副市长关丽珍相信,亚利桑那州长签署这样的法令打击移民社区,各地亚裔社区势必会予以强有力的还击。

加州乃至全美国记忆犹新的是,百年之前的《排华法案》带给无数华裔移民及其家庭难以疗治之创痛,加州众议员方文忠2009年推动州议会向遭受屈辱的华裔美国人道歉的法案,在全美引发极大的反响。不到一年,亚州竟然又出笼了一个排外仇外的荒谬法案,既是亚州乃至美国的耻辱,也是对民权的挑战,更罔顾美国本是一个具备多元化特质移民国度,炮制出在移民法领域内藐视联邦,在一个州制造苛法严律的极坏典型,并足以影响全美国移民改革的内涵与进程。方文忠明确指出,该法案含有种族歧视因素,涉及在执法上少数族裔权利是否受到保护的大是大非。

物极必反。亚州反移民新法的出笼,不仅让世人领略到开历史倒车的不可理喻,更让维护民权赞同改革的人们意识到加速推进移民改革的迫切性、现实性。自支持改革移民政策的亚州原州长纳波利塔诺被奥巴马延揽入阁担任国土安全部部长后,州长一职由布鲁尔接任,欲对移民采取强硬手段的共和党人渐占上风。布鲁尔还辩解签署法案是由于"迟迟等不来联邦政府对非法移民的管制方案",这样的托辞也将了奥巴马一军,而移民团体则更有理由提醒并敦促奥巴马政府,再也不能延缓移民改革的进程了。

事实上,各地原本酝酿在五一期间举行同步推进移民改革的大游行示威,由于亚州反移民法出笼引发更大的反弹,而激起提前示威的行动,从凤凰城、旧金山、硅谷、洛杉矶到纽约,各地民众自发遏制开历史倒车的亚州反移民新法的示威活动如火如荼,犹如为推进移民改革点燃了加速器,让奥巴马总统和国会议员们都难以熟视无睹。这些政要们不仅仅需要兑现竞选承诺,更重要的是在历史关头做出站边的抉择。而这一当代历史变革的检阅者、评判者则是美国民众。

(4/27/2010)

推进移民改革："梦幻"还须"奋斗"

　　五一国际劳动节,虽然源于 1886 年 5 月 1 日美国芝加哥城的工人大罢工,但美国劳工却没有享受到这个国际性节日。美国立法规定 1882 年起每年 9 月第一个星期一为劳工节,比五一国际劳动节还要早。不过近年来,美国劳工阶层尤其是移民劳工,却利用五一国际劳动节这个日子发出特别的诉求。

　　自 2006 年全美百万移民示威之后,美国各大都会区的移民、人权团体都在五一国际劳动节当天举行声势浩大的游行集会示威活动,敦促推进移民改革。今年的这一天,旧金山、硅谷、洛杉矶、休斯顿、纽约、芝加哥等地的移民争权益大游行,尤其以非法(无证)移民为主角,其促进移民改革的迫切性,也由于奥巴马总统允诺讨论移民改革而更显热情。

　　标榜变革的奥巴马总统执政百日之际于 2009 年 4 月 29 日重申,会在今年推进移民改革,但移民改革法案的内容和进展则需要与国会合作。奥巴马希望组成工作小组,与国会关键议员一起探讨移民改革法案的框架。

　　当天参加游行的许多非法移民都因为奥巴马的表态而感到兴奋,并为自己的未来重新点燃希望之光。他们相信新政府会给国会施加压力,迟早解决滞留在美的近千万非法移民的问题。

　　几乎每年的移民争取改革游行示威行动,都有相应的诉求目标,与"体制内"的提案行动相呼应。2006 年联邦参议院通过"梦幻法案",

加州的联邦参议员范士丹提出了农工合法化条约。2007 年联邦众议院推出名为"2007 奋斗法案"(*Strive Act of 2007*)的跨党派全面性移民改革法案,虽然主旨在于替已在美国境内工作的无证移民及其亲属力争身份合法化,但也涵盖了增加 H1B 工作签证名额到 11 万 5000 个、加快亲属移民申请等内容,可以说对无证(非法)移民和已具身份的合法移民都具利多的信息。不过,无论"梦幻"还是"奋斗"法案条款,最终都由于各种复杂的因素而胎死腹中。针对布什政府的打击非法移民的大规模搜捕行动,要求停止拘留和遣返无证移民,则是历年迄今移民示威最直接最具人权抗争性的口号。

奥巴马秉承改革意志给予移民希望的是,他曾经是参议院"梦幻法案"的积极支持者,他提出过要改善现行移民政策,给非法移民一条合法化出路,让非法移民在缴纳一定罚款后,获得学习英语和工作技能的机会;同时为非法入境的未成年人提供基础教育,毕竟未成年人不应该对非法入境负责。奥巴马的这些立场,与"梦幻法案"的基本原则相吻合。

当然,奥巴马的移民改革立场的前提,仍然是确保美国边境和国土安全。他在百日新政新闻发布会上谈及移民改革时表示:"如果美国人民不觉得你能保卫边境,就很难达成协议,让那些已经在美国的没有身份者走出阴影,走上公民之路。"

在呼吁总统大赦非法移民、通过移民改革法案的呼声持续升温之际,朝野反对移民改革的声音也此起彼伏。金融海啸导致的经济衰退效应,当今甲型流感疫情未明,来自墨西哥的偷渡客不加严控如何了得;以及各种合法移民申请排期之长等因素,客观上都在不同方向质疑移民改革的必要性迫切性,甚或给移民改革之途制造了障碍。声称眼下非常时期并非移民改革的时机之论调,不乏市场响应者。奥巴马稍早前在接受一家西班牙语电台采访时也坦承,在经济衰退的时候,通过移民法案,"政治上特别艰巨,这要比以前更难,因为事实上我们的经济变得更糟。"与此同时,包括麦凯恩在内的多位曾经支持全面移民改革的资深国会议员都趋于低调,没人愿意在移民改革政策上做领头羊。

因此,在全国陷入经济危机和新流感疫情骚扰的态势下,包括"梦幻"或"奋斗"法案内容的种种移民改革进程是否能够顺利推进已然是无可回避的问号。即使有总统奥巴马的承诺,即使有众多移民、人权团体的不懈推动,大幅度的改革进展似乎仍然遥不可及。诸如大赦非法移民,短期内确实不具现实可能。或许,一些单项的小法案则容易过关,如参议员理查德·德斌和理查德·鲁戈提出的DREAM(梦幻)法案,3月底获两党支持。提案允许16岁之前来到美国没有身份的学生,获得合法身份完成至少两年的大学教育或者两年兵役。积小为大,积少成多,这类单项小法案的渐渐递进,可以收改革之部分成效。

类似的小规模移民法案,较具可操作性,最有可能成为今年推进移民改革的实质性步骤。而掌握可操作性,未尝不是议会支持移民改革的有识之士的明智。同样是"梦幻"法案,也有大小之分,事实上又是小梦易得,大幻难觉。需要持之以恒循序渐进,在时机成熟之际寻求突破之道。从大局而言,全国性的移民族群团结造势也需要继续推波助澜,不断与"体制内"的改革进程及专家方案相呼应。最近,移民政策协会(MPI)主席与美国移民政策计划主任联合陈情国会,建议设立一个劳工市场与移民常设委员会,评估政策影响及移民对美国经济的积极作用,在就业市场与移民政策之间找出平衡点,为总统和国会调整移民政策提供依据。这也必须获得移民团体和劳工阶层的后援,为移民改革进程发挥关键作用。

可预料的现实是,推进移民改革尽管前路艰难险阻,但岁岁月月此起彼伏的争取移民权益行动,壮观声势传递了美国社会的最新风情,激荡起不断放射四散的思想涟漪,催励美国人坚持变革的信念。为实现每一个移民的美国梦,人们正愈加清醒地意识到,不论小梦大幻,都不会天上自掉馅饼,都要仰赖每个人的团结、奋斗。

(5/28/2009)

家庭团聚:体现美国价值的移民改革途径

2009 年无疑是推动移民改革的行动年。全美各地区移民、民权团体 5 月 1 日和 6 月 1 日都举行了同步集会游行示威活动,亮出"团结奋进"、"家庭团聚"的旗号,再掀推动综合移民改革浪潮。数百个美国工会、民权团体 6 月初还发起为期一周的"为美国进行移民改革"造势游说活动,要求奥巴马总统信守承诺,尽快启动综合移民改革。

民间的推动造势正与国会山庄议员的提案运作相辅相成,与移民社群人心相呼应,与美国社会价值观相呼应。

5 月 20 日,四位民主党参议员(新泽西州 Robert Menendez、纽约州 Kirsten Gillibrand、Charles Schumer 和马萨诸塞州 Edward Kennedy)联名提交"家庭再团聚法"提案(*the Reuniting Families Act*),对减少家庭移民签证等待时间、推动移民家庭团聚提出了实际解决方案。这项提案若获通过,将惠及 400 万移民家庭。

6 月 3 日,参议院司法委员会召集"2009 年美国家庭团聚法案"(*The Uniting American Families Act of 2009*)听证会。这项由 119 位参众议员背书的法案要求消除移民政策歧视,取消对亲属移民的签证限制,甚至允许美国公民和绿卡持有者为同性伴侣提出家庭移民申请。

6 月 4 日,56 名众议员递交众议院版本"家庭再团聚法案",要求使绿卡持有者的直系亲属立刻具资格获得移民签证;减少中国、菲律宾等国办理签证的等待时间;扩大份额比例等。

以"家庭团聚"为号召的移民改革法案相继密集亮相参、众两院,既是向奥巴马政府发出明晰信号,综合移民改革的政治气候已然形成;也是为多年来困扰朝野举步维艰的移民改革大计另辟蹊径,舍弃局部零星议题,免于纠缠枝节案例,以体现美国价值精神为本,争取在综合移民改革方向和途径上有所突破有所递进。

奥巴马总统 6 月 25 日在白宫与 30 位国会议员商讨移民改革大计,这一令人期待却又数度搁浅的政策对话,终于显示移民改革正式摆上奥巴马政府和新一届国会的议事日程。尽管分歧重重,但奥巴马重申今年内启动综合移民改革的承诺,并誓言马上行动修补"破损"的移民系统,使合法移民系统更有效。

奥巴马强调,其政府完全支持综合移民改革。他已经命令国安部长纳波利塔诺领导一个小组,与国会小组合作,开始系统性地处理一些问题。虽然当前移民立法困难重重,政府已经开始着手做些事情,比如联邦调查局处理移民背景调查积压,国安部取缔肆无忌惮雇佣黑工的雇主,与劳工部合作保护工人不受盘剥等。

如今,密集的议案出台和民间推波助澜,体现美国价值的"家庭团聚"成为难以被轻忽的综合移民改革核心话题。

正如众议院版议案主倡者、国会亚太裔小组主席麦克·本田(Michael Honda)说:"家庭再团聚法案应该成为综合移民改革的核心。"他指出,美国移民法体系 20 年没有更新,导致移民家庭长期骨肉分离,甚至数十年不能团聚。新法案无异于新法律机制,疏导积重难返的移民执法僵局,避免浪费政府资源,造福美国民众。事实上,实施"仁慈的综合移民改革",使家人得以团聚,国家获得安全,经济得以恢复,这个艰辛而智慧的立法过程,也在最佳程度上反映着美国价值观。

Menendez 参议员等也强调:"家庭团聚是有很深根基的美国价值,应该继续成为新美国人民的理想。"确保移民家庭团聚是移民法体系的核心,他们意识到并期盼全社会都意识到:强大、团聚和勤奋工作的移民家庭有助于维护社会稳定和繁荣经济。

　　个人主义、私有财产权、法律、自由、平等,是美国的五个核心价值。当然,美国的价值观涵盖面还甚广,但主要都从这五个核心价值衍生。强调家庭团聚也正是服从这些核心价值。美国社会学家李普塞(Seymour Martin Lipset)曾经例举美国五大信条(creed)——自由、平等、个人主义、民粹主义和放任经济,其实与美国五大核心价值异曲同工。建立在个人主义核心基础上的个人权利、成就取向乃至家庭权益,倘若没有受到法律保障,就必须推动立法。这本身也是美国价值观的基本指标要求。

　　今天,全球金融危机下的美国步履艰难,摆脱经济衰退走向复苏成为奥巴马政府第一要务,全面实施移民改革立法既非一朝一夕之功,难以迅疾达成目标;诸如大赦非法移民的要求,短期内也不具现实可能性。而以"家庭团聚"体现美国价值追求的改革法案,最大限度地将维护移民家庭权益和议会立法可操作性结合起来,最契合美国社会强调的人道主义,也最能够获得美国社会大众的同情和体认,在朝野进一步合力推进之下,水到渠成般提升为议会重要日程,并最终通过立法,成为开启综合移民改革的最佳途径甚或突破口,则未尝不是全体移民和符合美国国家利益的福音。

(6/18/2009)

危机下的美国教育改革契机

持续两年的国际金融危机还在吞噬着美国的肌体,而美国赖以保持两百多年强盛不衰的立国之本的教育理念,也遭遇前所未有的挑战。尤其是公共教育体系,在联邦和地方预算裁减经费短缺的情势下,已然难以自保。这个领域受金融危机冲击的直接后果,就是金融危机转嫁为教育危机,让众多学子面临失学、无课选修、课时减少、延误学业的困境,也让众多教师被迫离开校园讲堂。

加利福尼亚、纽约、威斯康星、伊利诺伊等 30 多个州的数以万计学生、家长和教职员工 2010 年 3 月 4 日天同步发起罢课、集会、静坐、游行等示威行动,抗议公立学校教育经费削减和学费上涨。在这个全美"公共教育行动日"的日子,部分示威者强闯学校行政楼,阻碍交通,与警方发生冲突。这些激进的行动其实是两年多来各地校园示威现象的翻版与延伸,反证了美国社会和教育系统危机、矛盾的日益严峻和恶化。

受金融危机拖累,加州等多个州乃至全美各地面临巨额财政预算赤字。各地政府几乎鲜有"开源"良策,一说"节流"就拿教育开刀。两年来加州政府已经削减了全州公立高校 170 亿美元教育经费,现在还打算继续削减 25 亿美元,这是自上世纪 30 年代以来最大规模削减教育经费的举动,令公共教育系统的财政状况雪上加霜,势必剥夺大批学生受教育的权利。加州政府批准加州大学提高学费,涨幅超过

30%，使每年就读加大费用超过 1 万美元，让莘莘学子叫苦不迭。加州州立大学和社区大学系统也都程度不同地大涨学费，危机顷刻转嫁到学生头上，绝大多数贫寒家庭和中产阶层家庭都已品尝到不堪重负的压力。

加州超过 1 万 8000 名教师也接到或即将接获解雇通知，在下一学年失去教职。连一向富庶的加州硅谷库柏蒂诺学区，也有上百名教师被裁员，意味着今后每班学生人数从 20 人扩充为 30 人。当地社区人士因此发起 300 美元募款目标行动，争取挽留教师、"拯救未来"，连小学生也自发动员卖糖果筹钱捐助。这与加大系统发生的财务丑闻乏人追责，大学校长、各级学监等官员不顾经费紧张师生困顿的现状而一而再再而三地为自己加薪等现象，真是冰火不相容。

美国教育经费日益窘迫的现实由来已久，自连续发动科索沃战争、阿富汗战争、伊拉克战争而投入天文数字般的军事开支，导致社会、教育财政的入不敷出。本世纪以来，美国各州对教育的投入几乎每年下降，幅度从一二个百分点，到现在的两位数。高校竞相提升学费，中小学则削减音乐、美术、体育课程。短期遭殃的是学生和教师及其家庭，长远看损害更大的是美国整体教育质量乃至国家利益。

一年前的 3 月 10 日，奥巴马总统首次就美国新政府教育政策发表演讲，呼吁改革教育体制中的弊端，提高长远竞争力。其初步计划包括为优秀教师提供附加工资、为学生开设更多的课时和增加学年，以及提高全国各地学校的标准。7 月，他又宣布了总额达 43.5 亿美元、旨在提升美国教育水准的——"竞争卓越"改革计划。他宣布的近万亿美元刺激经济计划，其中也包括投入教育领域的配额，而今年年初他又提出追加 30 亿美元教育经费拨款。遗憾的是，这些经费分到各州，几乎都难以被确定用于真正急需的教育项目。加州等地方政府的做法，至少与奥巴马新政的教育改革完全背道而驰。

在 2010 年 1 月的国情咨文演说中，奥巴马也强调，"我们必须投资于能源、医疗和教育这些能让经济实现增长的领域"。"美国增长最迅速的领域,四分之三的工作机会需要超过高中文凭以上的教育。"奥巴马显然意识到倘若美国教育衰退的严重后果,他警告说:"今天在教育上战胜我们的国家,明天就能在经济上战胜我们。"

美国教育的高水准决定了美国在全球科技、经济领域的领先地位。美国经济这些年连续走下坡路,也不得不令人在教育上找原因。经济成败取决于教育成功,已经成了一种跨党派的共识。可叹的是,许多地方政府首脑几乎从来没有把扶助教育事业摆在首要地位甚至重要地位,他们动不动就裁撤教育预算的做法,无异于釜底抽薪,最终要断了美国教育的"香火"。加州众议院新晋副议长马世云就奉告过施瓦辛格州长:"不要整天泡在按摩浴缸里抽雪茄,请多关心教育预算问题。"

而从对抗金融危机的大格局审视,从预算投入着手解决公立教育发展难题,不啻是美国新一波教育改革的契机。经历了以促进教育机会平等、学校重建、学校教育与工作需要相结合等为不同重心的六次教育改革浪潮之后,今日美国教育的深化改革在遭受金融危机重创后也将呼之欲出。

(3/20/2010)

激情美国：重塑梦想创造奇迹的时代

　　从 2009 年 1 月 17 日搭乘火车从费城经巴尔的摩前往华府，到 20 日在国会山庄前按着《圣经》宣誓，为期四天的美国首位非洲裔总统"登基"大典，唤醒了无数美国人的热情和信心，催励男女老少都重拾起梦想。而奥巴马的就职之旅烙上了追随当年林肯踪迹、推崇先贤的深深印记，也无疑带给世人无限猜想和怀旧情结并竖起新的奋进目标。

　　奥巴马在登上火车出发前表示，美国人民要缔造新的"独立宣言"，从偏狭的意识形态中团结。在首都华盛顿举行就职庆典系列活动"我们是一家"音乐会的林肯纪念堂也是美国黑人民权领袖马丁·路德·金 1963 年发表著名演说"我有一个梦想"的场所。这种安排正是要向世界表明奥巴马时代的美国将坚持开国先贤早就竖立的标杆方向，与亿万民众共同重塑梦想和信心，为美国的复兴而前行。

　　对林肯的崇拜敬仰，自然使 1 月 20 日的就职典礼弥漫强劲的"林肯风"。奥巴马宣誓时抚摩的《圣经》是林肯就职时的"文物"，属于国会图书馆的收藏。总统就职典礼委员会透露，奥巴马是第一位使用林肯《圣经》宣誓就职的总统。奥巴马在宣誓仪式后与国会议员等宾客共进午餐的餐厅布置也是林肯式的，奥巴马餐桌背后悬挂一幅描绘优胜美地峡谷风光的油画，也是为了纪念林肯 1864 年宣布优胜美地为国家公园供民众休闲观光。甚至餐点也与林肯总统当年享用的饭菜类似，就连餐具也力求还原当时情形。

咀嚼奥巴马就职演说的片段，也不乏与当年林肯总统乃至其他先贤就职演说相似的悲悯情怀、梦幻目标与坚定意志。

林肯在南北战争尾声时被暗杀前一个月刚刚发表他的第二次就职演说，其结尾说道："继续拼命去做能在我们中间和一切国家之间缔造并保持公正持久和平的事吧！不要对任何人心怀恶意，要对所有人怀着慈悲宽厚之心，坚持上帝向我们昭示的正义。愈合国家的伤口，关怀那些肩负战争重任的人及其遗孀孤儿。"不啻是那个危机时代的理性呼唤。

"我们唯一要害怕的东西就是害怕本身，无以名之的、不理性的、不应有的恐惧。"这是罗斯福总统第一次就职演说中的话，直击身处经济大萧条时代的美国国民的心理危机，敦促大家迎着艰难困苦坚韧不拔向前。

肯尼迪总统的就职演说佳句迭出："火炬已经传递给新一代美国人。""不要问国家能够为你们做什么，而要问你们能为自己的国家做什么。"冷战时代的民族信心低潮期亟需强心针，更需要责任感的反省。

奥巴马的演说主题实际上与林肯最著名的盖茨堡演说相吻合，将这一刻喻为"自由的新生"，宣告美国真正跨入"人人平等"的新时代，纪念过去百余年美国黑人为争取权益而展开的一切努力。奥巴马的演说词有这样几句："今天我们团聚在一起，因为我们选择希望而摈弃恐惧，选择团结在同一目标下而摈弃冲突和争执。""危机难以测量，但更难以测量的是其对美国人国家自信的侵蚀。""美国仍是一个年轻的国家，借用《圣经》的话说，放弃幼稚的时代已经到来了。重拾坚韧精神的时代已经到来，……""无论美国政府能做多少，必须做多少，美国国家的立国之本最终还是美国人的决心和信念。""可以肯定的是，轻歌曼舞的时代、保护狭隘利益的时代以及对艰难决定犹豫不决的时代已经过去了。从今天开始，我们必须跌倒后爬起来，拍拍身上的泥土，重新开始工作,重塑美国。""我们今日遇到的挑战前所未有,所有的情况完全陌生。但是,我们赖以走向成功的价值观从未改变——诚实、勤勉、勇敢、公正、宽容、好学、忠贞和爱国。"

这些话无论精彩警醒与否,想要传递面对危机树立信心坚韧团结复兴国家的信息明白清晰,既打动人心也主旨明确,激情中蕴涵了理性,文采下跳荡着责任。因为奥巴马意识到,当前美国面临的危机,尽管与开国先贤及林肯时代所遭遇的困难不尽相同,但本质上都对美国整个国家和全体人民带来极大考验,因为真正的危机乃是人民的信心危机,唤起并恢复民众的信心,重拾美好梦想,绝对有助于推动整个美国渡过难关,再创辉煌。

数百万美国民众现场庆祝奥巴马就职的人山人海场面,山呼海啸般的欢呼声浪簇拥数不清的星条旗浪花,让全球数亿电视观众见证美国人民的喜庆自豪、热情奔放与乐观豁达。奥巴马迈开了实现马丁·路德·金梦想的伟大步伐,同时也将信心与梦想重新注入美国人民的胸怀。但奥巴马时代战胜危机的复兴之旅,在欢呼与激情中已经开始体现任重道远的内涵。犹如林肯时代的艰险、罗斯福新政的挑战、肯尼迪岁月的开拓,几乎代表美国立国宗旨目标的责任文化与坚韧精神,都将在奥巴马时代被赋予崭新的涵义,都需要奥巴马带领美国人民毫无畏惧地向前。

因此,今天展现在世界面前的激情美国,不仅仅是美国人重拾信心重塑梦想的时代,更是美国人需要谦卑奋进不畏艰险创造奇迹的时代。

(1/21/2009)

奥巴马新政：复兴美国的艰难征程

　　2009 年 1 月 20 日，全球聚焦美国首都华盛顿，四年一度的美国总统就职大典在亿万人瞩目下举行。当选总统奥巴马宣誓就任的非凡意义，不仅在于美国历史上首位非洲裔总统入主白宫，更在于以"变革"为旗号的奥巴马时代由此发端，将可能对美国乃至世界带来难以估量的划时代影响。

　　面临金融海啸席卷全球的经济衰退、美国财政赤字危机、美国世界领袖地位式微以及国际恐怖主义隐患无处不在的严峻形势，奥巴马新政注定从一开始就遭遇强势挑战。尽管奥巴马已经构架起一个超级豪华的"大腕内阁"，吸纳了金融经济、外交、国防安全、科技教育、能源环保等领域的顶尖人才，但如何有效地扭转各方面颓势并唤起民众信心，造福美国人民、重塑美国新形象，依然是关山万重征途艰险，绝不单单靠几个团队几大高手便可立竿见影。

　　两天前，奥巴马在有数十万民众参加林肯纪念堂举行的就职庆典系列活动"我们是一家"音乐会上呼吁民众共渡时艰复兴美国。奥巴马强调，虽然前方道路崎岖，任重道远，但开国先贤们的梦想仍将延续。"让我坚定一个信念——在美国，一切皆有可能。"他要与亿万民众共同重塑梦想和信心，为美国的复兴而前行。

　　如何拯救经济恢复国民信心，显然是奥巴马新政充分意识并必须解决的首要难题。奥巴马就职前提出 7750 亿美元以至众议院民主党团公布追加到 8250 亿美元的经济刺激方案内容,包括更多投入基础建设和援助地方政府,创造 300 万个工作岗位带动美国经济走出衰退,以政府干预刺激内需市场以及对年收入低于 20 万美元的中产阶级家庭及个人减入息税,都符合民主党的一贯政策思路;而提出高达 1000 亿美元的公司减税额度,则是迈向中间路线的重要步伐。

尽管经济刺激方案在参议院审核时又添变数,但最终于 2 月 10 日 61 票赞成、37 票反对的结果,通过了价值 8380 亿美元的经济刺激方案。奥巴马现在只等参众两院就刺激方案达成一致,便可挥笔签署并付诸实施了。奥巴马并敦促国会尽早通过,否则危机将成灾难。通过的方案加上原先金融救援计划剩下的一半资金 3500 亿美元,奥巴马新政可以动用的救市资金超过 1 万亿美元,几乎各行各业都企图从这块大蛋糕上切一刀。怎样明智地确保投资项目与方向能够真正刺激经济复苏并产生长远效益,还让绝大多数民众受惠,最终推动美国列车驶向更环保更公平更具竞争力和更加可持续的经济方向,对奥巴马新政而言既是最大挑战也酝酿了崭新契机。

由前第一夫人希拉里担任国务卿而领军的奥巴马外交国安军团,势必展开强势外交、"精明外交",而向国际社会传递"美国回来了"的信息。其焦点在如何恢复美国的领导地位,运用美国软硬实力所形成的睿智力量(smart power)来保护美国利益,让美国的外交政策重返过去光荣的美国价值与传统。

加沙走廊作为导火索引发的以巴冲突一直以来让国际棘手,今天又再度成为美国外交的首要议题。伊拉克战争、阿富汗战争既没有给美国增加能源影响和地缘政治利益带来实际益处,还使美国在伊斯兰世界乃至欧洲的"软实力"大受损伤。全球性的反恐怖主义前景依然严峻,如何化解前政府留下的政治军事"疙瘩",调整乃至摈弃我行我素的单边主义政策,也是对如何维护"美国利益"的实质考验。

处理国际双边多边关系事务,往往考验美国主事者的诚信、智慧与前瞻性。奥巴马时代的美国有望与中国、俄罗斯、欧盟在关键性全球议题上扩大合作,包括经济危机、反恐、气候变迁、防止武器扩散、金融改革等等。在对华关系方面,希拉里说,美国期盼与中国建立正面合作伙伴关系,同时也坦承指出彼此歧异点,而美国未来如何决策将视中国在国内与国际事务上如何抉择。这个"球"举重若轻地踢向了对方,但实际处理上更要受美国国内各种政治势力的掣肘。

美国战略和国际研究中心(CSIS)2月10日表示,美国新政府寻求与中国继续保持友好关系,从布什总统的"建设性的、合作的"双边关系,走向"积极的合作的"双边关系。

CSIS弗里曼中国研究主席葛来仪(Bonnie Glaser)女士认为:"奥巴马政府与布什政府的对华政策类似,寻求与中国继续保持友好关系,使中国更广泛地、负责任地参与国际事务。"

她相信,国务卿希拉里·克林顿2月展开的中国之行,会再次强调两国在很多事务上具有共同利益,商谈双边合作的整体基调和议程。国务卿寻求与中国建立"积极的合作的双边关系",定调时不再强调两国间的意见分歧。

希拉里是美国历史上第二位首次出访选择亚洲的国务卿。把亚洲作为出访的第一目的地意义重要。这主要基于美国在亚洲的义务以及在那里面临的机遇和挑战。

美国内政除经济纾困的迫切性之外,全面广泛的移民改革也为千万民众期待。移民权益保护者期许奥巴马政府在未来三个月内重新审视或者取消布什政府的一系列限制、打击非法移民的行政手腕,迅速改善和维护移民在工作场所的权利;而为有资格的非法移民提供正确途径转为合法移民,也是奥巴马的竞选承诺和新移民关注的焦点。尽早看到新出台的移民改革法案,成了移民和少数族裔群体的愿景。

简言之,赤字危机、保护主义危机和失业危机,全球金融体系再造,维系全球开放体系,对付地球暖化,改善世界环境,加强全球反恐合作,等等,都无疑是奥巴马新政亟需关注的国内外问题。奥巴马在采取对策的前后,其基点则必须落实在美国利益和民众信心之上。

当然,数天前开始的就职庆典系列活动和今天达到最高潮的宣誓仪式,都展现了美国民众的无比热情,和他们回应奥巴马坚韧团结复兴美国的呼唤的迫切希望。为了光荣和梦想,美国人民愿意伴随奥巴马新政一起前进,展开一个无与伦比的复兴美国和实现梦想的征程,这是一个布满艰难风险的征程。

(1/20/2009)

跨文化的种族融合

把奥巴马笼统地称为美国首位黑人(非洲裔)总统其实并不精确,严格地讲,他是一位混血儿(父亲是黑人,母亲是白人),其移民、家族背景相当复杂,兄弟姐妹、姑表姨表一大堆,遍布几大洲,其中一位弟弟还在中国深圳当义工。奥巴马曾形容自己家庭成员好比是"小型联合国"。他自幼受外祖母、母亲的抚养栽培,就读夏威夷最好的学校,胸怀大志,熟读开国先贤立下的《独立宣言》并能背诵马丁·路德·金的演讲《我有一个梦想》,练就了口若悬河滔滔不绝辩才无碍的演说本事,后来毕业于哈佛大学,在律师楼实习遇上了现在的妻子米歇尔。由伊利诺伊州发端,他的参政之路就如梦幻般令人惊讶,由八年州参议员,进而以不到四年资历的联邦参议员之质所向披靡长驱直入进军白宫,举世震惊新美国传奇诞生之际,一个新美国时代也随之降临。

奥巴马时代的美国,在变革的旗号与应对实质性挑战的同时,多元化大熔炉的特色更将发挥得淋漓尽致。简单以"白人"和"非白人"来区分族裔的岁月行将逝去,代之以族裔的多重性丰富性将被凸显,少数族裔乃至混血儿等"弱势群体"的地位将难以被继续打压,甚至2010年的人口普查都会对族裔区分作出更符合情理的界限与选项。

《华盛顿邮报》早就对族裔称谓有过质疑的声音,文章称奥巴马"不是黑人,他也是半个白人"。并且指出我们称当选总统是黑人——他也以为自己是黑人——因为我们使用的是"过时的语言和逻辑"。

经历了300多年的苦难历史后,我们仍死守陈旧的种族主义法则:只要有黑人血统就是黑人。50%等于100%。不存在半黑半白的人。

事实上,奥巴马是美国首位跨种族、跨文化的总统。他不仅仅代表着非洲裔美国人的成就,也堪称弱势群体分子目标坚定个人奋斗不懈而成功的典范。他是种族之间的桥梁;是宽容的生动象征;他被多数美国选民选择为国家元首,标志着荒谬的种族划分应该废止。也令人反省肤色是一个不可靠的标志,一个欺骗性的包装形式,也是不可靠的种族划分标签。奥巴马的当选不能简单地归结为某一族裔的胜利,却可以说是承载了大熔炉迄今最大的蜕变,至少是打破纯白人一统中枢君临天下的格局,当然也寄托了所有有色人种弱势群体融入主流的希望。

跨文化的种族融合一直在无声无息地展开着,也必将在未来有声有色地继续着。

包括大华府地区中华会馆和黄氏武馆在内的近百个社团机构组成的各族裔社区阶层队伍,使1月20日庆祝奥巴马就职的大游行呈现超越往常的多元化大派对色彩。奥巴马组阁延揽的不同族裔精英人才,也让人们在多元化背景下看到了更多问政参政的机会与前景。

据《大观》杂志披露奥巴马上任前夕给两个尚未成年女儿的公开信,展现了奥巴马决定竞选总统的心路历程。在这封洋溢着父爱的感性的信里,奥巴马体认到,"如果我不能确保你们此生能够拥有追求幸福和自我实现的一切机会,我自己的生命也没多大价值。总而言之,我的女儿,这就是我竞选总统的原因:我要让你们俩和这个国家的每一个孩子,都能拥有我想要给他们的东西。""我也要大家向自己的人际界限挑战,跨越使我们看不到对方长处的种族、地域、性别和宗教樊篱。"

让美国的所有孩子所有人都能够实现梦想,拥有自由平等的生活,在跨文化的种族融合大熔炉里和睦相处,消弭一切歧视,生命不息,创造不止,这也是美国人对奥巴马时代的期待之一。

(1/23/2009)

蜜月终结:奥巴马新政须披荆斩棘

奥巴马总统第一年执政夏季以来有些烦。他全力推动的医疗健保改革方案,不仅在国会受到共和党人的严词抨击,民主党内和社会不同层面人士也不乏相左意见;他承诺推动的移民改革计划,在亚太裔社区不断催促下则显得相当被动。在美国经济迄今尚未显摆脱疲弱衰退困局的大势下,连第一家庭 2009 年 8 月 23 日抵达传统富人的度假胜地玛莎葡萄园岛开始度假,也引发不满,批评者甚至认为他不该在此艰难时刻休假。

《华盛顿邮报》与美国广播公司 8 月 21 日公布的一项最新民意调查显示,奥巴马的民意支持率出现了大幅下滑,支持率由其执政百日时的 60% 跌至如今的 49%。民调显示,55% 的民众认为美国已严重偏离正确发展轨道;40% 明确表示不认可奥巴马上任 7 个月以来的表现;近 49% 的民众相信奥巴马能够为美国做出正确决定。

这些迹象表明,奥巴马总统入主白宫的历史性"变革"企图正被社会和民众理性地审视,奥巴马当选的"明星效应"渐渐褪去,其百日新政与各方的"蜜月期"业已结束。总统宏大蓝图实现的现实性、总统的治国能力比政治明星的魅力,开始更多遭遇冷峻甚至严苛的挑剔。

这一切其实也属正常。一国元首与国会、党团乃至社会接触的"蜜月期"原本不可能无休止延长,但奥巴马在连番出台经济救市刺激计划、医疗健保改革方案以来,却难以赢得掌声喝彩,反招致各界指责,他和他的智囊班子倒应该反躬自省,究竟哪儿出了岔子?

也许,美国经济复苏虽然步履维艰,却尚在各方理解、共同参与、期盼之中。医疗改革的核心内涵变化与细节模糊导致不明前景,则易引起各方的狐疑和不满,无形中加大了阻力。

奥巴马从 6 月份起将医改作为推行国内"新政"的主攻方向,力争在年内通过医改立法并使之生效。国会两院却未能在 8 月休会前就此形成统一意见,全国各地出现反对医改的抗议活动。究其原因,在于美国医疗体系"病症"积重难返,要彻底改革难度极大。历届总统包括前第一夫人希拉里都曾对这个"烫手山芋"动拳脚,最后无不灰头土脸退避三舍。奥巴马如今为医改案进入了"决战状态",甚至不惜赌上政治前途。白宫发言人吉布斯表态称,如果在任期内能完成医保改革,奥巴马即使只当一届总统也心甘情愿。

医改方案有两大焦点最具争议。一是要不要建立公共保险机构,二是如何有效减少开支。前者是加添公营健保于现有私营健保体系之上,公私并存,却不乏"大政府"之嫌,难怪共和党最简单直接地抨击为"阴谋扩大政府权力"、"将破坏美国的价值观和生活方式",加深了民众对奥巴马医改方案的疑虑。后者是通过国营的非营利保险机构与私营保险竞争,有效降低保险费,但必然触动保险行业利益,势必遭到那些利益集团的强烈抵制。

前述的民调也显示,只有 41% 的民众支持奥巴马的医疗改革计划;相信医疗改革是个好主意的人仅占 36%,而 42% 的民众认为医改是个坏主意;支持公营医疗保险设想的人所占的比例从 7 月的 46% 下降到 8 月的 43%。

虽然国会众议长波洛西就此担负起保驾护航的大任,明确表态说不包括政府公营健保计划的医改方案,不会获得众议院通过。但无论是奥巴马还是国会领袖,都未向公众说清楚将如何在扩大医保覆盖的同时有效减少医疗开支。目前的医改案不仅在富人、穷人间都不讨好,还因为不涵盖非法移民而导致非议,这就使得移民权益保护者们相信，推动完成全面移民改革，才能构成健保改革的完整蓝图。

面对医疗改革计划遭到各方攻击，奥巴马近日忍无可忍，称攻击其医改计划的人最近"都 wee-weed up 起来了"，又引发新的争议。传媒对此奥氏新词大惑不解，许多传媒还把它和"wee wee"（意即小便）拉在一起疯狂报道大做文章。白宫方面则解释，称该词是没事穷紧张的意思，指批评者吱吱喳喳，竟然对医改紧张得"尿床"（bedwetting）。

奥巴马不惜以四年白宫生涯赌一个医改计划的胜算，多少有点急于求成甚或赌气心切。毕竟在参众两院民主党席位占据多数的当下，要强行通过一个方案并不很难，但设若这个健保案让社会各方都心中无数猜疑质疑不断（目前又透露出放弃公营健保的可能性），即使成为法案后实施起来的难度也会不小，更何况民众不愿意为现在琢磨不透的任何承诺，去付出丧失目前相应保障的代价。因此，让医改计划更实际也更完善些，确保惠及全民福祉，让低收入阶层没有后顾之忧，才是奥巴马政府首先要向美国民众解释清楚的。退一步，进两步。一个完善的方案推行会获得大多数民众的拥护，也将给奥巴马的执政能力添分。

无论如何，奥巴马的新政前途绝不会平坦，但这位以"变革"为号召的新生代总统已然没有退路，纵然险阻重重，都只能披荆斩棘杀出一条出路。因为他确信变革才有出路，他与美国、美国人的共同出路。

（8/26/2009）

奥巴马时代的美中关系展望

　　裹挟着改革与希望的火种,点燃了美利坚新大陆的每一个角落,一个名字奇特口才奇佳的非洲裔血统美国人,一位远离美国权力和财富中心的平民之子,历经近两年锲而不舍的跋涉奋战,唤醒多少人内心的激情与梦想,终于在全球瞩目下成功进军白宫,当选为美利坚合众国第 44 届总统。

　　2008 年 11 月 4 日,美国历史翻开前所未有的新页——奥巴马时代来临。诚如奥巴马当晚在芝加哥庆贺胜选的演讲所称:"美国的变革时代已经到来。"奥巴马时代面临的首要挑战除了清理经济烂摊子、重新振兴美国人的信心外,他的改革与希望自然涵盖国内国际事务。全世界各国权贵政要乃至百姓也都清楚:巴拉克·奥巴马赢得美国总统大选,不仅仅只是白宫政权易主,参众两院角力重新洗牌,也势必会对世界政治、经济格局产生重大影响。毕竟,"兼具时尚品质且打破旧制"特质的奥巴马的改革与希望,不可能仅仅局限于美国国内,而更可能在全球掀起奥巴马式的改革海啸——世界将由于奥巴马时代的变革而改变。

　　这从各国领导人对奥巴马当选的祝贺与期望便可捕捉出种种信息。法国总统萨科齐称奥巴马当选"在法国、欧洲乃至全世界唤起了巨大希望",英国首相布朗则高度评价奥巴马"进步的价值观和对未来的洞察力",欧盟委员会主席巴罗佐说:"我们需要将当前的危机转变成机会,新的世界需要新政。"

中国国家主席胡锦涛电贺奥巴马当选时表示,期待与他共同努力,"把中美建设性合作关系提高到新水平"。

奥巴马执政后的美中关系将会朝什么方向发展,显然也牵系美国华人华侨、中国人民乃至全球华人的心。虽然奥巴马曾经对中国人权记录和其他议题发表过强硬言论,甚至反对布什总统出席北京奥运开幕式,而他自称,只有当中国政府与达赖喇嘛之间关系取得进展,他才可能访问北京。但这类"竞选语言"也早是朝野共识的姿态。美国前总统克林顿、布什父子在当选后都曾经有在对华关系领域"食言"转向的纪录。何况人权问题一直以来都是美中之间分歧的焦点之一。

实际上,影响中美关系的几个重要因素包括台湾问题、人权、导弹扩散和宗教自由等,都在美中两国建交三十年来的风风雨雨中得到摔打,双方之间不断的磨合已经将对抗转变为对话,从冷战时代转为元首热线,从互相猜忌转化到交流合作,这个大势是双方任何领导人更新换代都不可能再逆转的。美中两国建交三十年的奠定的基石,正是两国关系稳定发展的标杆。

父亲是肯尼亚留美学生,出生在亚裔移民聚居并且亚太文化特征鲜明的夏威夷,童年时期旅居印尼四年,有一位华裔妹夫,其同父异母弟弟在中国深圳做过六年义工……奥巴马的这些背景显然有助于调整他观察世界的视角及对文化多元性的感悟。

其实,参议院"美中工作小组"就是奥巴马2006年1月与共和党参议员高文共同发起成立的,他关注到中国的崛起,主张透过美中全面接触与对话发展两国关系,展现了他对中国事务的高度重视。同年4月,奥巴马在芝加哥环球事务协会首度阐述了他的外交政策,明确地将美中关系定位为"非友非敌的竞争者"关系。奥巴马在2008年10月与麦凯恩的最后一场辩论涉及外交政策时,主张深化美中在经济安全和全球政策方面的高层对话,加强两国在环保和军事领域的交流,认为双方需要建立长期积极且具有建设性的关系。

应中国美国商会（代表 1200 家在华从事商务活动的企业的协会）之邀，奥巴马和麦凯恩在中国美国商会月刊《中国简报》（10 月刊）上首次撰文公开阐述对华政策。奥巴马在文中阐述的主张，可以成为他当政后实施对华政策的参照。

奥巴马相信："只要美中两国认识到我们的共同利益，就能在很多方面实现双方的目标。""我深知，美国乃至整个世界都能够受益于对华贸易，但前提必须是中国同意遵守市场规则，并在世界均衡发展中扮演积极的角色。""为了增加国内需求，中国政府必须显著改善社会保障体系，实现其金融服务产业升级，从而使国内消费与国际接轨。""若要实现双边经济关系的均衡发展，中心问题是中国必须改变其汇率政策。"

奥巴马在文章最后强调："自 20 世纪 70 年代以来，美国施行的对华接触政策已经为两国乃至整个亚洲带来了巨大的利益。美中关系有着其独有的挑战，新的问题也必会出现。……我领导的政府将力求为美国注入新的生命力，并领导美国充分发挥其潜力，与亚洲乃至世界各国开展建设性的合作。"

虽然对中国人权、对台军售等方面不乏强硬态度，但奥巴马更多着眼的是推动两国之间经济贸易发展。虽然站在维护"美国价值"的立场，但奥巴马也更清楚美中两国交往的切实利益。由于担心巨大的贸易顺差、中国政府对货币的操纵及违反国际知识产权，以及恪守维护美国劳工阶层利益的承诺，奥巴马政府未来在对华关系上，将会更注重理顺经贸关系，对中国的汇率政策和金融体制改革有更多关注，这其实也符合解决全球性金融危机的国际合作范畴。具体而言，美国对"中国制造"产品的质量要求和关税限制将更趋严格，但正如一些有识之士指出，这样也促使中国制造业向高端过渡发展，不只是生产廉价日用品，而可能趋向于制造更多高精尖产品，更符合国际市场需求，长远看来也是帮助"中国制造"摆脱"瓶颈"，迈向更顺畅的开发前景。

美国前国务卿鲍威尔相信奥巴马会延续美中之间业已架构的良

好关系,会抓住和中国合作的机会。他说:"奥巴马会向中国伸出友谊之手,中国毋须担心。"

与中国沟通渠道畅通的联邦参议员范士丹也预期,奥巴马当政后,美中关系将比现在更加正面。

布鲁金斯学会资深研究员、奥巴马的首席中国政策顾问杰佛里·贝德认为,奥巴马将延续 1972 年尼克松访华以来历届美国总统的主流对华政策。他相信奥巴马作为一个务实主义者和问题解决者,将和中国领导人一起致力于解决如朝鲜、伊朗核问题、达尔富尔问题及防止大规模杀伤性武器扩散等问题,以及对付恐怖主义和气候变暖问题。在贸易问题上,奥巴马将努力寻求发展双方更加平衡的贸易关系,这需要双方共同推进改革。总的来说,双方在广泛议题上的合作将大大多于分歧。

因此,总体而言,奥巴马时代的美中关系,还应该是在美中建交三十年基础上的稳步推进,不可能有大起大落的突变,也不致于产生严重的摩擦,更不会重新回到冷战时代,意识形态方面的差异早已非洪水猛兽般可怕,而在经济、文化、教育等领域的交往上更加务实更加密切,在对付全球气候暖化环保科技、改善双方军事交流、防止核扩散以及反对恐怖主义等领域的合作方面还会更加开放密切。因为即使如奥巴马所谓"非友非敌的竞争者"关系,还是胡锦涛所言"建设性合作关系",都具备交流、对话、合作的互补内涵,都拥有开创性交往的无限空间。

(1/30/2009)

奥巴马对华政策团队集结出发

　　2009 年 5 月 24 日,美国众议院议长南希·波洛西率团抵达中国访问,中国国家主席胡锦涛和总理温家宝 27 日相继与之会晤。这位激进派众议员,在华受到礼遇,她虽然还借环保公义扯上人权,却也意识到美中关系是重要的双边关系,需要进一步加深美中双方的相互了解,推动两国在不同领域的政策对话和务实合作。

　　波洛西访华之行,开启奥巴马总统就职后美中交往最密集一周。随后,美国总统苏丹问题特使、美国众议院美中工作小组代表团都先后访华,20 多年前在北大学过中文的财政部长盖特纳则于 5 月 31 日到 6 月 2 日赴华展开"美中战略与经济对话"。稍早前白宫宣布提名犹他州州长乔恩·亨茨曼(JonHuntsman,中文名洪博培)出任新一届美国驻华大使的举动,也相当引人瞩目。他在无异议通过议会的公听质询后,前往北京履新,肩负起总统对华事务总管、信使乃至美中国际关系危机处理艺术家的多重担子。

　　事实上,共和党人、摩门教徒、出身豪门并以美国第一位会说流利汉语(甚至会说"一口地道的闽南话")、还领养了一位中国女儿的州长为荣的洪博培入选"世界上最重要双边关系大使岗位",意味着奥巴马费心组建的对华政策团队已然清晰成形,也彰显奥巴马用人不拘一格打破党派藩篱,实际上更能够超然运筹以人之长为己所用,在对华关系方面把握住准确方向、适度和灵活性。

49 岁的洪博培是共和党内的温和派，可以说是自老布什首任驻华联络处主任以来，美国委任的与中国文化传统渊源最深乃至政治经济关系最贴近的一位驻华大使。他曾任商务部长东亚事务副助理，在小布什总统任内担任美国贸易副代表，以及他在州长任内的历练及对华商贸往来背景，使他将来足以为美中双边关系在贸易和环保两个重要领域贡献专长。他也是最早预见到气候变迁议题将成为美中合作关键议题的政治家之一，这个见解曾为现任国务卿希拉里所激赏。

洪博培 8 月 11 日正式卸任犹他州州长职务，并宣誓就任美国驻华大使。此前他就任驻华大使的提名得到了国会两党的一致赞同。洪博培赴任前曾表示，自己是"坚定的现实主义者"，将把美国理念带到中国，任内将致力于美国与中国的人权对话方式"系统化"；在宗教自由、人权、台湾问题、西藏问题等问题上直言不讳。

奥巴马对华政策团队的其他重量级成员，也无不深谙中国事务甚至中国文化，或者长期主导美国亚洲政策，这些"知华派"人士将直接影响乃至主导奥巴马未来对华政策和走向。他们包括：

国安会亚洲事务助理高级主任杰夫里·贝德，这位重返白宫的克林顿时代重臣，也是汉语流利的中国通，早在 20 世纪 90 年代就积累起和中国打交道的经验。他直接负责主管制订华政策，还是美国智库布鲁金斯学会的中国项目主任。新任驻华大使洪博培也经由他向奥巴马力荐，足见他在奥巴马心目中的地位。

常务副国务卿詹姆斯·斯坦伯格，职位仅次于美国外交头把交椅国务卿希拉里，曾任助理国防部长帮办、副国安顾问，较深地涉入对台政策制定，在台海间穿梭了十多年，甚至还是美台"国安高层"交往渠道与模式的确认者。

负责亚太事务的助理国务卿库尔特·坎贝尔，深谙亚太事务的学者型政治家，也是"美台同盟关系"的坚定捍卫者。

负责亚太安全事务的助理国防部长华莱士·葛瑞格森，曾在美国海军服役 37 年，太平洋军权在握。将负责监控亚太地区安全态势，评估亚太安全机制，审读研判有关中国军备发展、军事战略、对外安全政策的报告。

负责亚太事务的助理国防部长帮办德里克·米切尔（中文名米德伟），娶了台湾太太的高级军官，葛瑞格森的直接助手。曾赴清华大学学习汉语，也曾在台湾的英文媒体任职，他的台湾妻子李弘敏曾任台视驻美记者。他还是美国智库"战略与国际研究中心"资深研究员。

而总统国家安全顾问詹姆斯·琼斯更是这个团队的元老级核心人物，他曾任北约欧洲盟军最高司令等军方要职，也是克林顿时代的重要智囊人物，如今这位儒将是每天清晨最早在椭圆形办公室和奥巴马总统接触汇报并提供决策建议的亲信。

加上与中国打交道不乏经验的国务卿希拉里、曾经学过中文的财长盖特纳，以及内阁两位华裔部长朱棣文、骆家辉，甚至还有自竞选时就辅佐左右的数位华裔智囊，奥巴马的对华政策团队集结的精英人数和份量，都是前所未有的。这一干练精锐的全方位团队，业已休整待命，在对华关系各个领域，将随时起到相辅相成又互相制约平衡的作用，也将在推进美中高层对话以及多领域交流合作车轮向前进程中发挥润滑的作用。尤其是一些迹象已经表明，未来美中对话中的"战略"和"经济"话题将区分对谈，奥巴马政府的对华政策团队的各位精英人士，将各自扮演什么样的重要角色，值得期待。而其中不乏"中国通"、"知华派"的现象，也昭示美国本世纪内将更注重培养、遴选双语人才，作为对华关系利器，期冀产生知己知彼特异关键之效。

(5/29/2009)

构建面向青年一代的美中关系

    2009 年 11 月首次访华的奥巴马总统,在踏入古老大陆最海派的第一站上海之际,就与包括中国大学生和网民在内的年轻一代对话,凸显了这位新世纪网络时代诞生的美国年轻总统,在推行"多边外交"、致力于构建多伙伴世界、倡导环保和绿色能源等一系列有益地球村健康发展理念时,着眼于在文化、思想层面沟通、改善美中关系,了解中国年轻一代的思想脉搏,尤其寄望于美中两国青年在推进美中关系构筑人类进步事业领域做出前所未有的贡献。

    奥巴马激情洋溢的演讲、纵横捭阖的答问及其潇洒豁达充满活力的风采,显然风靡倾倒了数百名现场大学生和通过电视播报关注这场世纪对话的无数中国人尤其是年轻人。他欣然回答了学生和网民的八个问题,涵盖了美中关系及加强两国之间城市交流、如何看待各国多元文化、两岸关系、获得诺贝尔和平奖的感受与责任、信息流通即自由使用互联网、阿富汗战争与反恐怖主义大计等方面,并涉及了在美中两国建立伙伴关系所需要进一步合作的经济复苏、洁净能源开发、制止核武器扩散以及应对气候变化等诸多全球性话题。

    诚然,奥巴马清晰地意识到,中国"既有丰富的历史,又有对未来憧憬的信念",美国与中国的纽带可以追溯到更久远的过去,两个世纪以来的"历史洪流使我们两国关系向许多不同的方向发展","但更重要的是看到年轻人的才能、你们的献身精神、你们的梦想在 21 世纪实现方面会发挥很大的作用。"可以说,他与中国大学生的对话满足了中国年轻一代希望美国贵宾通过与青年交流加深了解中国的愿望,也向中国人民传递了美国总统特别看重和中国青年的交流的信息,其实展露出美国领导人重视与中国未来交往的姿态。

同样很受欢迎的克林顿前总统 11 年前访华时与北京大学生的对话,也透露出这样的信息,只是奥巴马总统此次与中国青年面对面的接触,在身份认同、思想变革和前瞻视野方面,更加拉近了年龄和意识形态的距离。这不仅仅是由于奥巴马的年轻与活力与地球村各国角落的年轻人很少隔阂,他对中国互联网的发达以及网民和手机族的活跃印象深刻,而他一年前竞选总统时得益于互联网和年轻选民的支持,让他再也无法脱离青年这个活力无限希望无穷的群体。

作为美国历史上首位就任当年即访华的总统,奥巴马与中国青年的对话在释放善意的同时,也委婉地标举美国坚持的"普世价值"。当然,他也不无谦卑地表达了尊重其他文化的态度,这其实源自美国对其他国家的开放态度的指导原则。奥巴马相信"世界是互相连接的","一个国家的成功不应该以另外一个国家的牺牲作为代价",这也是他提出的美国为什么不寻求遏制中国崛起的出发点。

奥巴马进而放言,美中合作"应该是超越政府间的合作,应该以人民为基础",而"所有这些桥梁必须是年轻人共同合作建立起来"。因为"对美国来说,最好的使者就是年轻人",美中两国具有才能、充满活力和乐观精神的年轻一代的合作,必将惠及两国和全世界。奥巴马清楚,他今天的对话者不啻是明天的中国领袖,是未来美中关系发展的身体力行者。

因此,不论奥巴马政府如何定位和推进美中关系,他把美中关系的发展寄望于人民之间深层而细微的交往,特别是寄望于美中年轻一代无拘无束敢于化梦幻为现实的接触交流,其与时俱进的姿态值得肯定。

美中关系由毛泽东、尼克松等老一辈领导人奠定基础,风风雨雨数十年,殊为不易。现在,火炬开始传往下一代。在美国,"网络一代"已经出头露面,在中国,"80后"、"90后"相继登上舞台,开启属于他们的时代。美中关系要向前推进,最需依赖的便是两国青年能够相互沟通,相互理解。

因此,打造面向青年面向未来的美中关系,正是奥巴马首次访华极端注重的一个焦点。如同他感慨半世纪前尚无投票权的黑人之子能够入主白宫乃是普世价值和人民为信念奋斗的结果,他也必然相信,超越分歧信仰超越思想文化差异的美中关系,应该在年轻一代冲破精神藩篱超然于政治经济军事等硬实力羁绊的民间诚信交往中不断发展,不断升华。奥巴马与中国青年对话的这一刻昭示,让两国普通民众广泛接触并形成交流机制,让两国青年相互了解彼此文化、观念、处世准则,应该开启更广阔的门户。

也因此,奥巴马访华与中国高层领导人洽谈涉及双边关系及国际合作话题以及双方探讨达成的结果如何,纵然是奥巴马此番中国之行期盼的收获,但他最大的收获其实已经在与中国青年对话之中实现。请看他在对话结束后绕场一圈,与中国青年学子握手、签名、挥手的情景,在一片欢呼声中,奥巴马的风度与热情令中国青年们热血沸腾,即使多少年后他们冷静下来,也会定格这一刻激励这一代投入美中民间交往的历史洪流,并审视自己为推进美中关系构筑友好大厦所浇注的一砖一瓦,那是坚实深厚的基础,也是欣欣向荣的人类关系风范。

奥巴马的中国之行无疑奠定了面向青年面向未来的美中关系新态势。但不容回避的问题是,在两国青年的沟通上,美中之间还存在着一些隔阂或鸿沟。

首先,价值观的相互理解和包容问题:美中交往的基础,既是在重大共同利益下的求同存异,也包括在价值观上的求同存异。那种居高临下"传教士"方式,灌输某种观念,肯定不会受到年轻人的欢迎。而中国青年一方面要坚守被证实是有价值的传统观念,另一方面,更需以开放的心胸,勇于拥抱人类共同价值。

其次,交流的方式与流向问题:美中青年之间的交流应该是双向的不应该是单向的。改革开放以来,中国大量向美国派遣留学生。如美国国际教育协会 11 月 16 日预计,在未来数年,每年都将看到有 10 万中国学生到美国读大学。而美国青年到中国留学的人数虽然增加很快,但仍然不成比例。一般而言,中国青年对美国的了解,远远超出美国青年对中国的了解。这种不对称现象,势必影响两国青年间的思想的真正交流,给偏见、误解留出了生长的土壤。

可见,让两国普通民众广泛接触并形成交流机制,让两国青年相互了解彼此文化、观念、处世准则,是美中关系向前发展的基础。年轻一代冲破精神与文化的藩篱,超越信仰分歧,超越思想文化差异,加强沟通与交流,才能构建一种面向未来的美中关系。

(11/17/2009)

白宫内外情

白宫是超越个人的

随着候任美国总统奥巴马一家新年元月 5 日抵达首都华盛顿,开始为 20 日的就职典礼暖身;白宫的宝座行将换主,即将卸任的总统布什一家将告别栖身了八年之久的白宫。

不过,白宫并非唯一一个把布什这位"准前总统"清除出场之所,英国《星期日明星报》2008 年 12 月 28 日就报道,全世界最著名的蜡像馆——伦敦贝克街的杜莎夫人蜡像馆打算"与时俱进",将该馆收藏的一尊布什蜡像"下课"。

伦敦杜莎夫人蜡像馆的做法据透露是,布什蜡像的脑袋将被"斩首"并回炉熔化,而蜡像的身体部分则将被"废物利用",用来铸造其他名人的蜡像。杜莎夫人蜡像馆称:"'杜莎夫人'历来与时俱进,而'布什时代'即将结束。没有人想看陈旧展品,而布什已经快过气了。"

这可真是"人未走,茶已凉","过气总统"不招人喜欢,"杜莎夫人"除旧迎新,也迎合了公众"喜新厌旧"的心理期待。与此同时,美国新任总统奥巴马的蜡像势必取而代之,被摆放至蜡像馆显眼位置。

其实,早在去年 10 月,杜莎夫人蜡像馆便开始着手制作美国总统候选人奥巴马与麦凯恩的蜡像头部粘土模具。据悉,艺术家们仔细观察了麦凯恩与奥巴马的上百张照片、并观看数个小时的影像资料后,才塑造出这两具模具。

布什总统和英国前首相布莱尔身着"奶牛装"的蜡像在杜莎夫人

蜡像馆一起亮相,也只是在三年前的。2005年12月15日。据说,蜡像馆是根据该馆最受欢迎的童话人物来安排角色,布什和布莱尔依照童话故事"杰克与魔豆"当中的母牛造型着装。布什为牛头造型,布莱尔则代表牛尾,似乎象征他俩是一对难分难解的"铁杆哥们"。

仅仅过去区区三年光景,布什蜡像便由于本尊的"过气"而"下课",世态炎凉的现实意义在贵为超级大国的元首身上也体现出来,不能不令人叹息。这是否与布什作为近代民意最差的美国总统的"名声"有关,还是这个世界变化太快,只能任人猜想了。

消息来源还披露,布什总统偕第一夫人早已在德克萨斯州达拉斯市买下了300万美元之巨的豪宅,加之"准前第一家庭"原先就拥有的德州克劳福德牧场家园,布什一家期望享受悠游自在的退休生活也指日可待了。其实,这恐怕更符合布什的"生活标准",谁让他是一位经常在晚上9时左右就睡觉的"宅男"总统呢?这个纪录大概也堪为"美国总统之最"。

不过,布什1月7日在白宫椭圆形办公室与奥巴马及三位在世的前美国总统(老布什、克林顿、卡特)的一场罕见会晤时,倒说了很现实也不乏哲理的话。他提醒其前辈和继任者说,白宫是"超越个人的"。

布什对奥巴马说,"我们希望你成功","不管我们是民主党还是共和党,我们深深关注我们的国家,我们这些在这间办公室中工作过的人都明白,白宫是超越个人的。"事实上,过气总统布什尽管争议颇多,但他没太拿自己当回事的人生态度,还是让许多挑剔的驻白宫记者释然的。

是的,"铁打的营盘流水的兵",白宫也不例外。不论两党轮替,椭圆形办公室宝座易主,白宫是超越个人的,唯有国家利益和人民福祉至上。

(1/16/2009)

白宫菜园的昭示

2009年3月20日,白宫南草坪划出一块面积1100平方英尺的地盘,用作开辟菜园,入主白宫刚刚两个月的"第一夫人"米歇尔·奥巴马亲自带领当地一群小学生翻动草皮松土。其影响意义绝不寻常。

路人往来就可看见的这个白宫菜园,将种植55种蔬菜,包括白宫厨师们指名要种的青椒、菠菜、芥菜,以及蓝莓、黑莓等浆果、香草植物,并由白宫木匠负责养两箱蜜蜂以自制蜂蜜。所有植物从播种、施肥到除虫都采用有机方式进行。今后随季节变化收成的农作物将成为白宫大厨料理食材,成为给"第一家庭"甚至国宴席上佳肴。

到了6月16日,白宫菜园丰收日,第一夫人又欢迎将近三个月前和她一起播种的36名小学生返回白宫,到菜园一起收割莴苣和香豌豆。米歇尔并当着孩子们的面示范吃刚收割下来的香豌豆,啧啧赞道:新鲜蔬菜好吃极了,我们每天都应该吃蔬菜。最后又邀请孩子们一起品尝丰收大餐:莴苣沙拉、煮香豌豆、烤鸡,等等。她提倡的菜园计划本意一言以蔽之,就是让我们的食物和生活更健康。

有机食物提倡者十多年来一直推动的梦想计划,与奥巴马倡导改革和米歇尔提倡健康饮食的构想不谋而合。奥巴马夫人透露,"第一家庭"搬进白宫之际就酝酿了在园子里种菜的念头。而近期又有约8万5000名网友签署网络请愿书,共同呼吁奥巴马总统把白宫一块草坪改造成菜园,让"第一家庭"种植有机食物,供"第一厨房"和当地其他厨房使用。

看来，第一夫人不仅仅领军时尚潮流，也能够开新生活风气之先。白宫开辟菜园的举措不仅鼓励民众健康饮食，也将有助于倡导在金融危机中节省开支乃至励精图治的精神。也许当年延安时期开荒纺线自力更生的"南泥湾精神"堪为历史的参照，但世界超强的美国今天在总统官邸白宫开辟菜园，其表率意义则更无远弗届。

事实上白宫种菜也早有传统，1800年上任总统亚当斯开创先例；1918年威尔逊总统为了节省战时资源，也在白宫养羊，从而帮草坪除草施肥；第二次世界大战时期，罗斯福总统也于1943年在白宫开辟了一个"胜利花园"，鼓励民众耕种自给自足，一时蔚然成风，在"胜利菜园"全盛时期，全美40％的新鲜蔬菜水果供应来自家庭后院；克林顿总统上任后也曾经游说白宫开辟菜园。

旧金山市长钮森在2008年也曾推动将市政府广场的一块草坪辟为菜园，一时景观骤变，访客如织，传为美谈。

推广有机农产品促进环保、利国利民的道理其实不言而喻，但今天白宫的"胜利菜园"更具备激励民众自强不息共渡难关的作用。

美国民众住房拥有率超过70％，其中大致七成为独立住宅，前后院面积不小，通常都植满草坪花木。果树成荫、绿草如茵固然悦目赏心，但浇灌偌大的草坪花费水资源惊人。加州早些年缺雨干旱，各县市政府纷纷立法严格控制浇水量。人们也逐渐意识到某些事物中看不中用的弊端，在自家后院与其遍植花草，不如适当多种些蔬菜水果。尤其如今经济衰退危机四伏，在自家后花园开辟菜地的民众与日俱增，不仅可在亲力亲为的劳作中品尝到过日子的酸甜苦辣与丰收的喜悦，收获种植成果之际的成就感也有利于增添生活的信心。

"胜利菜园"重现白宫之际，就是美国面对时艰，上下齐心战胜危难之时。

(6/18/2009)

第一夫人引领时尚潮流

　　美国新"第一夫人"米歇尔·奥巴马正在愈来愈适应白宫的生活，不过她宁愿将这看做是自己的新"工作"，唯一不符合她对新工作期盼的就是不发薪水。她到白宫后不久在接受西班牙《你好！》杂志专访时直言，第一夫人这一"工作""并没有得到应有的报酬"。

　　米歇尔曾任芝加哥大学医疗中心副总裁，年薪近 30 万美元。与第一夫人的"工作"相比，显然不是钱多钱少的问题，她也许更在乎社会对她这份新"工作"的认同以及自己对这份新"工作"的投入。

　　身为第一夫人，社会和媒体都会拿米歇尔与此前的白宫女主人对比，她的时尚可能追上肯尼迪夫人杰奎琳，她的能力与"野心"堪比希拉里·克林顿，而里根夫人南茜、老布什夫人芭芭拉、小布什夫人劳拉的淑女及婆妈形象，人们则几乎不会将之与米歇尔挂钩。至于米歇尔的亲民形象，让人想起英国已故王妃戴安娜。

　　美国时尚设计师协会(CFDA)时尚大奖 2009 年 6 月 15 日晚在纽约揭晓，第一夫人米歇尔·奥巴马荣获特殊贡献奖。CFDA 主席迪亚娜·冯·弗斯滕伯格称米歇尔"迅速崛起成为时尚偶像"，"其独特的装扮平衡了她生活中的双重角色——既是奥巴马总统可信赖的顾问，也是两个女儿忙碌的母亲。"人们记忆犹新的是，无论是陪伴奥巴马征战各地的竞选场合，还是成为第一夫人后在奥巴马就职典礼上的靓丽登场，米歇尔都几乎无可非议地展示了优雅高尚、超凡脱俗的魅力，连最挑剔的时尚界人士也心悦诚服。

前第一夫人、现任美国国务卿希拉里坦言自己的时尚嗅觉不够敏感时,赞赏奥巴马夫人具有极强的时尚感,以及对第一夫人这个角色的成功演绎。"我也曾是第一夫人,我知道这项工作有多么重要。我认为米歇尔目前做得很出色,而且她在各种责任之间找到了平衡,她懂得将两个孩子放在生活的首要位置。"

事实上,米歇尔为自己的定位就是做好美国的"第一母亲",用更多的时间去关注儿童的教育和发展议题,并使自己不要卷入白宫的政治事务中。据悉,白天在白宫,她几乎不去接触奥巴马,到椭圆形办公室也就是简单地向奥巴马打招呼,分寸感拿捏得相当好。

对两个女儿的起居饮食,米歇尔仍然保留一贯的要求,绝不是事无巨细亲力亲为实质越俎代庖。在她让两个千金自己铺床,清理自己的房间,晚餐后要收拾自己用过的餐具等,以及晚餐时分全家团聚时一起话家常这些看似寻常的安排中,蕴含了一个母亲对子女成长过程的关爱与参与。米歇尔显然也对保护两个女儿的隐私即第一家庭的隐私很敏感,对于美国 Ty 玩具公司推出以奥巴马 10 岁长女玛丽亚(Malia)和 7 岁幼女萨莎(Sasha)为名的布娃娃这样的商业行为,米歇尔及时表达了不满。通过发言人麦科米克说:利用年幼公民做市场行销目的的做法并不恰当。靠第一千金发财的行径自然也遭到了社会学家、心理学家的抨击。他们表示,首先让商人赚利的布娃娃,就不会可爱了。

出身于芝加哥一个劳工家庭,通过自己的努力考取并毕业于普林斯顿和哈佛大学这样的美国名校,米歇尔的第一夫人角色,自然也对美国的劳工家庭生活状况倾注了较多的关注。

与第一夫人没有薪水这个事实同样可以推断的是,新第一夫人米歇尔·奥巴马会愈来愈喜欢她这项新"工作"。她将不仅仅在时尚方面引领潮流,而可能在关注弱势群体领域有所建树。她的确应该成为关爱所有孩子的美国第一母亲。

(6/20/2009)

新第一千金

美国第一家庭历来都是媒体和民众乐于关注的。随着奥巴马入主白宫,他的夫人和两个未成年的女儿也顷刻间成为聚焦亮点。事实上,从2009年1月5日候任总统奥巴马阖家从芝加哥搬到华盛顿时,他的两位女儿安排入读学校的事,也在华府引起很大的动静。

现在,这两位女孩已经是名副其实的"第一千金"(自然还有长、幼之分),出行不仅会享受六人保安的规格,一举一动也都会被"狗仔队"的"长枪短炮"捕捉。如同前总统克林顿、布什的千金当年难免要忍受媒体的"骚扰",就像布什的次女大学期间酗酒被曝光那样,她们也必得谨言慎行了。

可是,奥巴马的女儿一个10岁、一个才7岁,要她俩拘束度日太难了,也不符合他们的本来性格。看这两位千金在其父亲的就职仪式上的淑女形象与老道表现交织,"长公主"马莉娅还拿着照相机到处猛拍一通,可想她俩也不是没见过世面的。媒体和出版社甚至已打起算盘,琢磨如何弄到马莉娅的照片,并一厢情愿地希望"长公主"未来出书立马畅销,进而更可搭上第一家庭今后出书的快车道。

《华尔街日报》曾经刊登前总统布什的两名女儿芭芭拉及詹纳写给奥巴马两名女儿马莉娅和萨莎的公开信披露,早在7岁时祖父老布什就职总统时就以"第一孙女"身份做客白宫,到父亲布什当选总统后又正式入住白宫8年的前"第一女儿",以过来人大姐姐的口吻给予新公主提出诸多建议,包括"要有一班好朋友,他们会保护你们,一起分享快乐时光""如果跟父母出席万圣节派对,不要放弃你们正常会做的事,打扮和化妆要有想象力和心思";"爱护你们的小狗,因为有时你们需要一些安慰,只有动物才能做到";"在白宫晒日光浴、举行游泳派对和在草地玩游戏,在这个神奇的地方享受你们的童年""尽力出席所有活动,包括去肯尼迪中心看戏剧、出席国宴、圣诞派对、博物馆开幕仪式、游览纪念馆。4年很快过去,尽情享受吧!"以及指点小妹妹在何时或需要什么时去找哪位白宫接待员。巨细靡遗,充盈着生活气息和人情味。

据《大观》杂志披露,奥巴马上任前夕给两个尚未成年女儿的公开信,展现了奥巴马决定竞选总统的心路历程,认为带领家人通向白宫之路是"大冒险"。在这封洋溢着父爱的感性的信里,奥巴马体认到,"如果我不能确保你们此生能够拥有追求幸福和自我实现的一切机会,我自己的生命也没多大价值。总而言之,我的女儿,这就是我竞选总统的原因:我要让你们俩和这个国家的每一个孩子,都能拥有我想要给他们的东西。""我也要大家向自己的人际界限挑战,跨越使我们看不到对方长处的种族、地域、性别和宗教樊篱。""在我们准备一同在白宫开端新生活之际,我没有一天不为你们的忍耐、沉稳、明理和幽默而心存感激。"

不久前接受《美丽佳人》(*Marie Claire*)杂志专访的奥巴马,也畅谈他家庭和周遭的女人们,称两个女儿都不太喜欢布兰妮和帕丽斯·希尔顿,"每当电视出现她们觉得不适宜的内容时,她们都是第一个转台的人。"这多少透露出两位小千金的主见及其时尚流行口味。

奥巴马的两位千金至少可以随父母在白宫和华府生活四年,她俩将在那儿成长乃至度过青春期,她们的路还很长,让我们祝福她们,也祝福奥巴马践行自己的承诺:要让自己的女儿和美国的每一个孩子,都能拥有他想要给他们的东西。

(1/30/2009)

奥巴马遭遇麻烦

奥巴马总统自 2009 年 1 月 20 日就职以来,一边应对棘手的经济问题,一边平衡外交领域的各种关系,无疑成为全球媒体聚焦的集束点,哪怕连一点细微末节都处在四面八方的早就架设好的瞄准镜头之下,可以说几乎难以保留一丝隐私了。

入主白宫仅仅十天光阴,奥巴马就遭遇了不小的麻烦。大选之前被炒作得沸沸扬扬的他的姑妈非法滞留美国一事,又有了新发展。有关方面日前决定,奥巴马父亲同父异母的 56 岁的妹妹奥尼扬戈在法庭未做出裁决前仍可暂时留在美国。奥尼扬戈 2000 年持旅游签证来美,之后一直非法居留美国。马萨诸塞州波士顿移民法庭则定于当年 4 月 1 日开始审理此案。

奥巴马曾经明确表态此案应完全依法处理。不过,这个例子对于人们关注的移民改革可谓一把"双刃剑",倘若奥巴马的姑妈被法庭判处不能再居留美国甚至被驱逐出境,则千万同类性质的非法移民也将接受同样的命运;假如法庭判决该案可以赦免即奥尼扬戈得以获合法居留资格,则千万非法移民身份也将可能随之改变,却必将引发来自反对阵营的反弹。

几乎与此同时,肯尼亚警方 1 月 31 日证实,美国总统奥巴马的同父异母弟弟乔治·奥巴马(George Obama),因涉嫌持有大麻被捕,定于 2 月 2 日出庭。在奥巴马的近亲中,乔治是极少数未参加奥巴马就职典礼之一者。

上述两则麻烦消息,由于交往并不密切的父系家族成员所造成,或许不应该给予奥巴马直接的压力,毕竟奥巴马的父亲在他童年时期就离开他与母亲,后来再另组家庭。但另外一段"旧情"被曝光,则足以让奥巴马颜面尽失形象破损,甚或导致家庭危机。

一位叫拉利·辛克莱的同性恋男子在一段视频录像中刻意暴露了奥巴马当年的吸毒和"断背"经历,传至热门网站 YouTube 后,立即受到上百万网友的追捧。现居明尼苏达州德卢斯市的辛克莱声称,时为伊利诺伊州议员的奥巴马曾与他在汽车内吸食一种名叫"快克"的可卡因药丸,"腾云驾雾"后便在车厢内玩起了"断背"游戏。两人后来还曾在他家的酒店里一同吸毒,并再次发生"一夜情"。辛克莱还计划将自己与奥巴马的这段地下恋情写成一本书。

奥巴马在大选中赢得多数选民信任的充满活力、正义感和改革勇气的印象,因辛克莱的陈述开始变得脆弱不堪,假如辛克莱所言哪怕有一丁半点属实。据悉,"第一夫人"米歇尔闻讯极其沮丧,因为辛克莱倘若不是无风起浪的话,就意味着她和奥巴马的美满婚姻其实建立在一个大谎言的基石之上。

媒体透露奥巴马因此大为恼怒。奥巴马团队也不希望看到辛克莱的"无耻言辞"毁掉一个改写历史的总统形象,他们确信,刚刚登上总统宝座的奥巴马需要全美国全世界认可他的"完美形象"。

真乎?假乎?也许,只有奥巴马清楚内幕。历史是自己写的,无论是生活还是政治,万一过去发生过难以启齿的荒唐事,法律不可能再追究,道德和人心却会审判。这就是每个政治人物个人言行必须支付的代价。

(2/4/2009)

奥巴马的"滑铁卢"之役

    2009 年 10 月 2 日,2016 年夏季奥运会申办结果在哥本哈根举行的国际奥委会第 121 次全会上揭晓,在美国芝加哥、日本东京、西班牙马德里三城市相继被淘汰后,巴西里约热内卢成功胜出,成为首个将举办奥运会的南美城市。

    原先被预测"大热门"之一的芝加哥惨遭"滑铁卢"首轮爆冷出局,即使美国总统奥巴马伉俪破天荒地莅临现场为芝加哥摇旗呐喊也无济于事。失落的芝加哥人百感交集,其中最具代表性的情绪便是震惊、失望、无奈和丧气。他们甚至把气撒到总统头上,认为奥巴马夫妇的到场或多或少地导致了芝加哥的失利,尽管奥巴马还挺有风度或者说深谙精神胜利法地表示:"打出一场伟大的比赛却仍然没能取胜也是体育运动最有魅力的一个方面。"实际上,看在美国人乃至外人眼里,芝加哥申奥折戟,正是奥巴马魅力遭遇滑铁卢的一次出征,令美国人颜面大失。一些芝加哥市民坦承:"我现在是完全完全地震惊了!我根本无法理解,奥巴马在那儿,这是政治——没人会想到我们会在第一轮就出局!""我可以想象我们在决赛中输给里约,但是我们连参加决赛的机会都没有!"

    四大城市都派出了强大的申办阵容,除美国总统奥巴马夫妇之外,美国拉票团包括 NBA 魔术手约翰逊、京奥体操女子全能冠军柳金等奥运明星选手;西班牙国王卡洛斯则与前奥委会主席萨马兰奇共同为马德里助阵;巴西总统卢拉偕球王比利为里约热内卢游说;日本新任首相鸠山由纪夫也上阵替东京拉票。

　　奥巴马因此也成为美国史上首位直接在国际奥委会大会上为申奥游说的总统,志在必得的此举在申奥失利后无疑更易引起共和党方面的批评,称总统置更迫切的医疗改革和恢复经济等大事于不顾,只顾帮"家乡"争荣誉争好处。诚然,奥巴马对家乡芝加哥市无缘2016年夏季奥运会主办权感到很"失望",不过他对自己为申办投入的努力一点不感遗憾。

　　里约热内卢的胜利,无疑是发展中国家继北京申奥成功后的又一次捷报。正如巴西总统卢拉说:"对其他国家而言,奥运只意味着他们再举办一次大赛,但对我们而言,则是无与伦比的机会和对近年取得成就的肯定……"情况正是如此,美国、日本、西班牙都曾经举办甚至多次举办过奥运会,但如今命运之神更眷顾巴西那样体育热情不亚于世界任何角落的国度。

　　2016年奥运会申办结果也凸显了国际大国观的变迁,凸显了国际奥委会(IOC)成员的新思维。G8等大国在一年来的全球金融危机中一筹莫展,让世人明白他们不再是世界经济的救世主;美国、日本等大国强国的意志已经难以左右各国奥委会委员的投票意向,也演变为奥运委员会成员觉悟后的独立性向。自然,美国奥委会(USOC)历年来的傲慢跋扈(包括硬性要求分得国奥委商业赞助收益达16%,仅次于获总额半数的主办国),也导致IOC内部的反美情绪高涨。美国两度申奥失利(四年前纽约申奥同样败北),日本连续三次申奥失败,以及萨马兰奇老人替马德里说情也无济于事,都表明IOC成员对大国强国的不买账。芝加哥市长理查德·戴利甚至认为,这次失利也会对未来四年产生影响:"我认为美国的其他城市都不会去申办2020年奥运会了。"

　　奥巴马四小时逗留哥本哈根的拉票之举,俨然是其政治生涯的赌博,非但成为一次声誉落地的"滑铁卢"之役,也透露出重量级世界组织格局的变化。

　　失落的芝加哥,其实正是失落的美国,失落的大国。

(10/5/2009)

让和平愿景推动世界前行

　　就在国内变革进展遭遇阻力、国外两伊战争休兵遥遥无期,亲临哥本哈根为芝加哥申奥又折戟蒙羞而返之际,美国总统奥巴马 10 月 9 日意外获得 2009 年诺贝尔和平奖桂冠,照说是给他焦渴的心田撒上了及时雨,可他和白宫团队乃至整个美国都兴奋不起来,而国际舆论则质疑声一片,连美国媒体也充斥挖苦怀疑的调子,甚至有美媒呼吁奥巴马婉拒奖项。海内外一些媒体或网站还就此展开了"奥巴马该不该获奖"的争论。舆论哗然声声,争议嘲讽不断。

　　奥巴马也颇具自知之明,他在发表获奖感言时说,对诺贝尔委员会选择自己感到既"吃惊",又"诚惶诚恐"。奥巴马相信,这一决定是颁奖者对全球各国采取行动应对 21 世纪共同挑战的一种"召唤","这个奖项不是对我成就的肯定,而应该看作为实现世界人民的愿望,对美国领导地位的肯定。"他也坦承,获颁诺贝尔和平奖的同时,自己的另一角色是陷入伊拉克和阿富汗战争的美国武装力量总司令,"尽管我们寻求一个以和平方式解决冲突的世界,但我们不得不直面我们知道的这个世界"。这说明,奥巴马也羞于这样两种鲜明对比的角色及担当。

　　诺贝尔奖委员会将和平奖授予奥巴马,旨在表彰他为加强世界外交和世界人民合作做出的非凡的努力。评审语如此表达:"很少有人能做到奥巴马那样,吸引全世界的目光,并给人们带来更美好未来的希望。奥巴马的外交建立在这样的概念上，即那些想要领导世界的人，必须在以世界上大多数人所分享的价值观与态度的基础上行事。"诺贝尔奖委员会其实特别关注奥巴马在推动世界无核化上的愿景与努力，他们认为，奥巴马为国际政治带来了新气象，创造了国际政治新氛围。

　　颁奖方的说辞和用意其实很明白了，他们认同并赞赏奥巴马执政以来摒弃"单边主义"外交路线，愿意向伊斯兰世界及朝鲜那样的"宿敌"释放善意与之对话的态度，并致力于构建多伙伴世界、无核世界、注重全球气候变化倡导环保和绿色能源等一系列符合时代与世界各国利益的理念。他们看到，正是奥巴马推行的"多边外交"赢得青睐，联合国及其他国际机构的作用也得到了充分重视与发挥。

　　不过，美国多家主流媒体对此却不买账，它们的报道与其说是对诺贝尔和平奖的自省、谦恭，毋宁说是对奥巴马执政当局的不满、讽刺及怀疑。美联社调侃道："他获奖了，但干了什么？"《纽约时报》以《奥巴马因外交努力意外获得诺贝尔和平奖》为题报道了这一消息，但文章提及："奥巴马在海外不断增强影响力，他的努力尚未奏效，或者仅仅是即将奏效。而民调显示，俄罗斯总统梅德韦杰夫却早已在全世界大受欢迎。"《洛杉矶时报》则指出，授予奥巴马这一奖项的时机实在有些尴尬。"颇为讽刺的是，奥巴马当前正权衡是否再向阿富汗增兵。"《洛杉矶时报》更以"奥巴马似赢实输"为题刊发社论，指诺贝尔奖委员会"过誉（Excessive praise）"的决定令得奖者相当尴尬。奥巴马获得了"和平缔造者"的荣誉，可他却还在指挥着两场海外战争，并正准备增派四万军人往阿富汗打仗。

　　其他尖锐乃至尖刻的批判声音包括：《时代》网站评论员霍尔珀林（Mark Halperin）力陈奥巴马得奖的五大弊处：提高公众对奥巴马的施政期望；惹反对者愤怒；激起国内两派分化；引国际领袖妒忌，加深外交工作难度；沦为国内舆论的取笑对象。《华盛顿邮报》网络版称，"对于一个三年前几乎还名不见经传的人物而言，（被授予诺贝尔和平奖)真是一个令人不可思议的消息。《华尔街日报》干脆警告说,"诺贝尔委员会的意外决定,可能会让奥巴马在全球范围内招致批评,反倒给他就任初期做出的一些成绩抹上了阴影。"

倒是美国的宿敌之一、古巴革命领导人菲德尔·卡斯特罗的看法相对公允,他认为诺贝尔评审委员会给奥巴马颁发诺贝尔和平奖,是一项"积极的举措"。卡斯特罗也直言:"我一般不认同(诺贝尔评审会)的决定,但这次,我认为是一个积极的步骤。"他继续指出:"我们不应把给奥巴马颁发和平奖仅仅看作是奖励这位美国总统。我们应该把它看作是对以前很多美国总统所实行的种族灭绝式政治的批判。"奥巴马上任后,美古关系得以改善,出现了一些积极的变化。这可以看做奥巴马致力全球和平努力的一个方面。

诺贝尔和平奖历来争议多于认同,这其实基本上由全球各国各不同族群不同世界观价值观之间的差异所决定。但和平作为一种理念、愿景,须要整合不同的世界观价值观去共同推动、实现,在这个基准下,奥巴马的观念、立场与努力,应该吻合和平这一终极目标。奥巴马作为变革美国、倡导族群和谐的身体力行者,他纵然离楷模的标准还有距离,却是美国有史以来首位获得多数美国人赞赏和推崇的有色人种总统;他标新立异要注入、加添美国新活力的变革追求,也符合美国社会的进步需求;他所提出并推动的全球无核化、环保与绿色能源政策,也是这个地球村所需要确立的典范准则。因此,当有人质疑他只有理念没有行动(实则是尚来不及展开行动和收获成果)时,有人苛求他资历太浅之际,却不应该声讨和平理念的公正性,或者是质疑多边主义的价值。今天,在没有更合适人选的情势下,诺贝尔奖委员会选择奥巴马,也不失为一种国际观下的独特视角。毕竟,诺贝尔奖得主从来就只是谁更合适的选择。请问本届诺贝尔和平奖提名人超过两百位,又有谁能够确认哪一位更具备"资格"呢?

奥巴马在得知获奖后表现出来的谦卑,尽管其背后或有许多考量,那些讽刺挖苦的论调却大可不必。纵然这个诺贝尔和平奖似乎是基于奥巴马的许诺而非他的表现,尽管世界上很多人都以为给奥巴马颁发和平奖为时过早,但他说出了自己的观点,也开始了行动,谁又比诺贝尔奖委员会更有资格做出判断?

向来骄傲自大的美国人和美国媒体,如今为何要视这一国家的国际荣誉为不齿呢?莫非摈弃乃至打碎奥巴马这一从天而降的桂冠,才能重新树立美国人的信心吗?美国媒体这类莫名其妙的无厘头式哗然,看似特立独行不媚权威,实质却更可能体现了一部分美国人置身当今世界的彷徨、焦躁与无奈。他们在怅然若失百无聊赖的境遇里,对一切人与事都失去了希望,也缺乏公正开明的评判,就剩下炒作或胡搅蛮缠了。

在一度是充斥了仇恨、仇杀的世界里,和平愿景、和平理念也是弥足珍贵的。正如许多人指出的,诺贝尔和平奖"过早"颁发给奥巴马,也会对他未来的行动产生影响。会加强奥巴马寻求和平的信念,同时,"约束"他可能的战争或暴力行为。从这个角度看,"提前"颁奖倒不失为一件好事。

(附注:不过,奥巴马伉俪12月10日亲赴挪威首都奥斯陆市政厅领取诺贝尔和平奖的时机,恰逢他宣布增兵3万阿富汗仅一周多,此举无论出于何种战略考虑,都难免让他又戴上了"战时总统"的帽子。他在颁奖仪式上的演讲也不得不为美国陷入的两场战争辩解,使得这位新科和平奖得主的角色,看在世人眼里总是有点"错位"。)

(10/14/2009)

美国迈过"地狱的十年"

曾几何时,2000千禧年,揭开新世纪的帷幕,带给地球村数十亿人民多少希望与憧憬!然而,这一年美国发生的科技股崩盘,则延伸了美国长达十年的噩梦。

自2000年迄今2009年,过去十年间美国犹如陷入地狱般遭遇无限痛楚的摧残:网络泡沫,IT业欲振乏力;"9·11"恐怖袭击重创超级大国形象,乃至国民心灵阵痛疗救无方;凭法院裁决上台的布什总统先后发动出兵阿富汗、伊拉克,内患外乱,美国从此绑上战车,重荷缠身;卡特里娜飓风肆虐路易斯安纳州,城毁人亡,1500多人罹难,损失高达1000亿美元;枪击案频发,从校园到街头到军营,滥杀无辜,防不胜防;经济风波不断,濒临崩溃,安然(Enron)、世界通讯(Worldcom)等相继破产,丑闻丛生;金融衍生性商品带动过度借贷及消费,次级贷款催生房市泡沫;经济危机、金融海啸,美国碍难幸免,股市下挫26%,是有史以来表现最惨的十年;全美家庭中间值年收入2008年仅略高于5万美元,低于2000年的5万2500美元;失业率突破10%,居高不下。……

回顾这些令人心惊肉跳的事实与数据,正是财星杂志(Fortune)总编辑瑟瓦(Andy Serwer)执笔、发表于最新一期《时代》周刊的文章"地狱的十年"(The Decade from Hell)所揭示的美国十年真相录。天灾人祸,噩运连连,经济衰退无期,民心低迷失落,美国的这十年,谁还敢标榜强盛富足,谁又敢称锐不可当?!

　　十年挫折、十年晦暗、十年创伤、十年教训,弹指一挥间,引无数苍生徒唤奈何。追忆过去的十年,惨象伤疤历历犹现眼前,身为移民美国的一分子,我们更是感同身受。从硅谷到华尔街,从纽约到洛杉矶,从哈佛、耶鲁到斯坦福、伯克利,从圣地亚哥军事基地到伊拉克前线军营,到处都有华裔的身影,到处都是平民的落寞。哪一个家庭不面临经济泡沫、金融风暴、财务危机、教育经费削减、失业裁员和战争硝烟的煎熬,哪一个家庭不在困顿无助、彷徨犹疑、梦想破碎、希望幻灭中挣扎?!

　　曾经的镀金时代、金元帝国,是资本主义荣景极盛、工业化飞速发展、财富迅速增长、国力天下无敌的超强国度,是无数地球村移民梦寐以求的新大陆,是亿万人美国梦升起的新天地。俱往矣,曾经的梦幻天堂如今沦为地狱,身陷其境的亿万美国人祈求上苍恩惠施援手助芸芸众生脱离地狱脱离苦海;地狱之门外的无数地球村民瞪大眼球聚焦美利坚,百思不解这个曾经活力无限生机无限的村落缘何步履蹒跚举步维艰,没落萧条到不堪回首的地步。

　　究竟是全球性的时代通病,还是美国制度的缺陷、领袖的决策失误? 抑或,美国模式的资本主义社会发展遇到了瓶颈,后工业时代生活、经济压力下的人性扭曲? 细究美国这十年遭遇的噩运,不难发现,金融风暴就是在美国经济模式上生出的恶之花。同样,美国领袖人物的重大决策失误,也难辞其咎。两场战争恶果,飓风救援不力,白宫主人要负第一责任。

　　瑟瓦的文章同时指出,过去十年对中国或巴西而言,至少在经济上相当不错,但美国则锐气全失,不再是举世最乐观进取的国家。或许不少美国人正期待2009年早点过去,让"地狱的十年"也随之消逝。

　　这幸存的希望终究不是绝望,执着于美国梦寻的人们,正和全地球村的村民一起反思。当然,曾经铸造过世纪辉煌举世荣耀的美国和美国人,不会任由两百多年的骄人历史毁于"地狱的十年",不会让梦想与创造臣服于衰败的岁月。

诚然,迈过"地狱的十年"绝非易事;美国的中兴不缺乏实力,更需要信心和勇气。政府与领袖,需要面对现实重振朝纲;社会与大众,需要无惧挫折积蓄生聚;精英与策士,需要摈弃派争集思广益。奥巴马总统执政刚刚届满周年,经济救市、健保方案、环保政策、商贸部署、构建多伙伴世界、无核世界等内政外交大计乃至阿、伊战争"收盘"都在逐步推行之中,尽管他的施政阻力重重,他的理念和立场不会让一些人心悦,但美国人民可以信任他的年轻有为抱负卓然,也应该继续呼应他那"变革"的心声。

信心的基础还在于,尽管遭遇噩运,遭遇危机,美国以往傲视世界的根基还未动摇:宽容和法制的社会结构,灵活而进取的企业体系,鼓励创新的教育、科研体制,都是美国赖以中兴的基础。

如同奥巴马就职演说强调的:"美国国家的立国之本最终还是美国人的决心和信念。""从今天开始,我们必须跌倒后爬起来,拍拍身上的泥土,重新开始工作,重塑美国。""带着希望和勇气,让我们再一次勇敢地面对寒流,迎接可能会发生的风暴。"

(12/3/2009)

全球十年巨变格局的美中元素

美国一家名为"全球语言监测"（The Global Language Monitor）媒体研究机构,2009 年末发布了通过一种程序算法搜索纸质媒体和电子媒介以及互联网等信息,从而研究世界语言运用趋势的结论——中国崛起为经济超级大国成为十年来全球阅读量最大的新闻。该机构发现,世界各地人民对中国这一亚洲经济强劲增长的支柱有着浓厚的兴趣,超过了伊拉克战争、"9·11"恐怖袭击等热门新闻。

"全球语言监测"主席保罗-裴雅克说:"中国崛起到新的经济高度已经改变了国际秩序,而且将继续改变国际秩序。中国正在发生的巨变超越其他新闻成为十年来最受关注的新闻事件并不令人惊讶。"

该机构根据十年间互联网、博客、社交网站以及世界前 50000 家印刷和电子媒介网站上的引用量,评出十年来重大新闻事件的前 15 名:

1.中国崛起。

2.伊拉克战争。

3."9·11"恐怖袭击。

4.反恐战争。

5.流行歌星迈克尔·杰克逊去世。

6.奥巴马当选总统。

7.2008 到 2009 年全球经济衰退。

8.卡特里娜飓风。

9.阿富汗战争。

10.经济崩溃/金融海啸。

11.北京奥运会。

12.造成 23 万人死亡或失踪的南亚大海啸。

13.打击塔利班的战争。

14.全球 200 万人参加教皇约翰-保罗二世葬礼。

15.本·拉登仍然逍遥法外。

有关中国的故事十年来在网络上的受关注度超过第 2 名 400%。而这个前 15 名的排名榜,中国崛起和北京奥运会占据了重要的二席,与美国相关的占有八席。不过,与中国相关的都是经济狂飙上升、世纪奥运盛典风靡全球吸引观众眼球的"喜讯",而美国遭遇的几乎尽是恐怖袭击、战争、死亡等天灾人祸,唯有奥巴马竞选胜利凸显了民主、平等和变革的希望。而在全球性的经济衰退与金融海啸大潮中,美国与中国的进退似乎也有天壤之别:前者欲振乏力、失业率已经高升到 10%,后者依然迈进、GDP 升值不跌反涨。

与此同时,美联社 12 月 2 日以《崛起的十年》标举中国的惊人发展,称中国在过去十年间重整破碎的经济,成为美国数千亿国债的债权人,昂然以自己独特的姿态和方式参与、重塑这个世界,"让举世敬畏之际也有了恐惧和怀疑"。无独有偶,《时代》周刊 12 月初这一期杂志以封面报道美国从 2000 年起噩梦连连,陷入"地狱的十年"难以自拔,期冀迎来 2010 年会摆脱厄运。

无可置疑,2000 年~2009 年这十年,是全球恐怖主义升级、战争风云激荡、巨大天灾不止、经济严重衰退的十年,几乎每个国家和地区都难免不同灾难,程度不一地受到打击。而美国、中国这两个大国实力在这十年间的此消彼长,则对整个地球村的发展产生莫大的刺激。不啻说,美中元素在全球十年巨变格局里的分量愈来愈重,堪可玩味。

美国自 2000 年网络泡沫破碎之后,经济衰退每况愈下,金融丑闻伴随经济危机,次级贷款摧垮房地产;股市下挫,美元疲软,国库亏空,失业率上升;更遭遇"9·11"恐怖袭击重创,先后出兵阿富汗、伊拉克,从此不堪重负;卡特里娜飓风肆虐路易斯安纳州,损失惨烈;枪击案频发,社会治安拉响警报……迄今,美国拯救经济计划欲振乏力,元气大伤,国际形象减分,金融市场对外吸引力日渐式微。犹如12月最新一期《新闻周刊》封面文章直指美国是"身陷危机的帝国",往昔举手投足间的自信和雄风霸气黯然失色,这不能不导致全球各国观望;帝国衰落、前途未卜之际,世界经济重心难免呈现摆动偏移之势。

反观中国这十年,恰似风生水起蒸蒸日上。基础设施构建常年不衰,交通命脉撑起经济起飞,全国高速公路网赶超美国指日可待,电力、石油、煤炭、钢铁、化工等支柱产业乃至IT行业的发展举世瞩目,农业、轻纺和金融、贸易等领域的增长也是业绩耀眼。2008年主要农产品和工业品产量均居世界第一,国内生产总值超过30万亿元,国家经济总量跃居世界前列。摆脱积贫积弱,迈进小康的中国,以其巨大的潜力和活力,为全球发展中国家人民竖起了发愤图强的前进标杆,也给予金融危机笼罩下的全球各国人民以复苏振兴的希望。

当然,影响全球巨变格局的美中元素,也不乏其两面性,辩证的分析有助于理智地面对现实,也是全球化格局变化不能不考虑的因素。"瘦死的骆驼比马大",何况美国作为全球超强大国远未到山穷水绝的地步。美国的国力基础依然雄厚,美国"变革"的动力比任何时期都强,美国独步全球的创新科技,在环保绿色革命的进程中必将释放难以预料的巨大能量,从而可能在未来十年扭转美国的衰势,重新引领全球21世纪的走向。

(12/11/2009)

花旗国传真

廉价的希望:华人的"乐透"情结

曾经说过,美国各州的"乐透"之类的彩票,是普罗大众可以廉价"种植"的希望。多少回,当"乐透"奖积累到上亿之数时,往往激活无数人梦中的希望,在开奖前的最后时刻,各地疯狂般购彩票的人群排起长龙,堪称美国社会特异的一景。

2009 年 8 月 28 日,多州兆彩奖券(Mega Millions)头奖金额积累高达 3 亿 3300 万元,各华人聚居地彩票店生意兴隆。结果揭晓,头奖分别落在纽约及南加州的圣盖博市,得主均分 3 亿 3000 万元大奖。其中洛杉矶都会区的圣盖博市是华人聚居小城,售出此次大奖的"金记潮州粉面"餐厅成为媒体与民众焦点,被目为"福地",紧接着来买彩票者络绎不绝,都想沾沾喜气、财气。

这个亿元兆彩大奖得主,9 月 1 日下午在加州彩票局凡奈斯区域办公室悄然办理了领奖手续。该位按姓名看是日裔的幸运儿仅花了 1 元钱即赢得了 1 亿 6 千多万元的大奖,运气超级棒。在他还未出面领奖的前几天,当地媒体与民众都玩起"大猜谜"游戏,结论一致锁定幸运儿应该是位华人,至少是亚裔。

中文将英文"彩券"一词(Lotto)译成"乐透",真是绝妙的神来之笔,而识中文的华裔对这个词的领悟恐怕也比寻常老美对英文"Lotto"的理解要更形象化。毋庸讳言,华裔移民内心的"乐透"情结几十年来愈来愈深,热衷"乐透"的投入程度按人口比例而言也高于其他族裔,这与拉斯维加斯、大西洋城等美国赌城内东方人面孔比比皆是的情形如出一辙,可以印证博彩业为何总是让人情有独钟之现象。

花一美元买一个美国梦的希望。乐乎哉? 乐透也! 这是最常听闻的关于人们购买彩券行为的寄托,以区区小钱去博一个大希望,何乐而不为? 另一个聊以自慰或自嘲的说法是,美国彩券规定有相当比例(加州彩券局定为34%)的收益划拨公立学校教育经费,买彩券若不中也权当为教育事业募捐了。这就是为什么美国各地每天都有那么多民众花钱买希望,而当这回兆彩奖券"乐透"奖金累积到超高纪录之际,全加州约两万个彩券出售点几乎都涌现了像蚂蚁般排队的情景。

加州、纽约等华人聚居地这些年中奖率也颇可观,纽约、洛杉矶、旧金山等地近年都传出有华人中奖的消息。这种现象反证华人买彩票的前赴后继,于今为烈。传说凡是大奖开奖后,若中奖者又是周边的人,则人们的心情便复杂异常。这次南加州华人聚居区圣盖博市开出 3 亿 3000 万元大奖,当地未买彩票的华裔据闻多心生悔意,后悔忘了买彩券,甚至后悔没去那家店吃潮州粉面。一时间,仿佛每个人都成了"与财神爷擦身而过"的失意者。这一"悔失财运症候群"失眠、哀怨不已,徒自伤悲,还是"乐透"情结在主宰。不过,当地华人及买彩券者比例之高的现象,既表露了华人希冀幸运之神眷顾一夜致富的心结,也印证了华人聚居区经济实力不容小觑,连博彩局也大肆扩张地盘到华裔经营的餐饮杂货小店,卖彩票机器几乎累到电脑当机。

如今,3 亿 3300 万美元奖金已令南加州和纽约的两位幸运儿真正乐透。纵然中奖机率仅亿万分之一,却终归造就两位亿万富翁及其他获得数十万数千数百元不等的幸运儿,证明"乐透"的诱惑力与魅力无以复加。这个希望纵然高不可攀甚或难于上青天,却因其廉价而益显出诱惑力。由于社会本身存在贫富不均乃至贫富悬殊的弊端,官方设立彩券以吸纳资金,平民则藉购买彩券企图一朝致富而乐透,何况这中间还有为教育集资的渠道,"乐透"的功能按通俗的说法应该归于"双赢",与其说是可以让世人皆大欢喜的"社会良策",不如说是百姓怡情耍戏抑或乐于捐献的方式之一。

此说难免不无谬误，方家尽可见仁见智。倒是"彩民"买"乐透"的心态最让人摸不透。曾有人信誓旦旦地称，"乐透"中奖的概率是如此之低，比遭天雷轰的可能性还小，一般有数理头脑的人是绝不会买彩券的。但 2004 年北加州半月湾居民、与另外两人共同分享近 2 亿元超级乐透巨奖的工程师则绝非傻瓜脑袋，他当年可是一流的加州理工学院毕业生。多年前也有新闻透露，伯克利加州大学分校的数学大师陈省身的一位白人弟子是个"乐透"迷，且有运用概率论等数学方法琢磨"乐透"号码规律的优势，中四、五个号码几成囊中探物，那年得中千万美元巨奖，还不忘拨出上百万美元捐献给母校作恩师的数学"讲座"基金，一时传为美谈。

硅谷高科技界的工程师买"乐透"的也不乏人在，百万富翁买彩券的也时有传闻，也许他们只是偶尔为之，但却与大多数"彩民"一样不乏好玩心情以至投机心理。无论经济是繁荣蓬勃还是萧条低迷，无论股市房市是涨涨跌跌，在花一美元买一份"乐透"的希望的投机心理面前，这么价廉物美的投资比任何其他投资似乎都要保险得多。对于"彩民"而言，智商高低不是决定因素，期望值以及或明或隐的投机心理才是行动的前提。毕竟，"乐透"彩券属于博彩游戏，只可把玩，不能太认真。希望纵然很廉价，希望也必定很飘渺。好在一些美国彩民自言"上帝第一圣母玛利亚第二乐透第三"，他们毕竟还有更重要的寄托。

(9/4/2009)

"豪门艳女"坐牢记

　　"富贵太盛,则必骄佚而生过。"这一中国古代哲言在美国当代"豪门艳女"身上也获得了验证。

　　闻名遐迩的希尔顿连锁酒店创始人康拉德·希尔顿的曾孙女帕里斯·希尔顿可谓"含着金匙"一出生就拥有了一切的典范,有钱又有闲的结果就是爱折腾。尽管早就属于上层社会名媛,却不甘寂寞,在娱乐圈虽然谈不上是艺术明星,但其不拘小节哪怕声名狼籍也要享受一番扬名天下的快感。从十年前签约特朗普旗下的模特代理公司"T台管理",在《仙境谋杀案》、《恐怖蜡像馆》等电影里出演小配角,拉妹妹及朋友以阿肯色州乡村"体验"蓝领活计为卖点合演真人秀《简单生活》,到不断出书,出个人歌碟,推出以她名字命名的香水、珠宝等产品,乃至酗酒、吸毒,不断地换、抢男朋友,骄奢淫逸之至。她这些年来主要围绕着炫耀财富争奇斗艳而折腾,甚至不惜触犯法律的底线,只要能上镜上头版新闻就行。纵观其层出不穷的花边新闻,充其量她只能排入"问题少女"(却也有 28 岁了)的序列,可这回还是真栽了。

　　2007 年初,帕丽斯因酒后驾驶被判缓刑三年,但期间竟被发现无驾照犯禁驾车,于是洛杉矶检察官向法官申请撤销她的缓刑期,立马被判入狱 45 天。在入狱的前一天,她还不忘到 MTV 电影奖的颁奖现场亮相。自 6 月 3 日深夜起在加利福尼亚州洛杉矶市林伍德区的"世纪地区监狱"正式服刑,然而仅仅三天之后,帕丽斯就以"健康问题"为由,获准回到其好莱坞山豪宅"软禁",佩戴"电子脚镯"服满剩余的刑期。此举引起媒体大哗,连狱中其他囚犯也大为不满帕丽斯的特权待遇。6月8日,洛杉矶法院推翻当地监狱允许帕里斯在家中佩戴服刑的决定,判决她必须继续入狱服刑。当时她情绪一度失控,哭闹不休。被再度收监时帕丽斯重新戴上手铐,泪水婆娑,大叫"妈妈,救我!""豪门艳女"往昔睥睨一切的神态荡然无存。

帕丽斯被判刑入狱,本来彰显了美国司法独立、公正的一面,至少体现所谓"王子犯法与庶民同罪"的基本法理。但三天后上演的"捉放曹"一幕,又剥开了美国司法尴尬的一面,金钱、豪强、特权等等如何左右司法甚或视同儿戏的内幕,就更令世人关注。

好在美国媒体、民众监督的机制还能产生作用,司法界也还不乏公正不阿之士。法官迈克尔就表示:"我不认为帕丽斯应该受到优待,我也不会批准她在家中服刑的做法。"加州总检察长、曾经当选过州长的杰瑞·布朗也表态,称帕丽斯应该在监狱里服完刑期,"如果有名气的人获得特别优待,那美国的司法体制就会受到嘲笑。"

囚犯号9818783的帕丽斯,在狱中还是享受到了单人房间的待遇。这一点照顾也许全世界每个角落都找得到例证,就不必太较真了。美国监狱的伙食也还算不错,那些无家可归的流浪汉或许就宁愿待在狱中,因为不会挨饥受冻。看看帕丽斯入狱次日早晨吃的第一餐,包括麦片、面包和果汁,对一般美国人而言,填饥、营养都包了,除非"豪门艳女"的欲望依旧膨胀,或者仍然没有调适好自己的身份,她才会振振有词地抱怨吧。

坐牢对这位骚动不息的交际花,惩戒的意义取决于她自己的感悟。从曝光的角度而言,经历了这一次牢狱之灾,她的名气更大了,甚至连她穿囚服拍的"狱照"也被狗仔队们炒到了50万美元之价位;她儿戏般写的"狱中日记"更早被出版商开出了百万美元包下。钱滚钱,名生名,这个社会的"名人效应"在任何事物上都大有炒作的空间。而她作为一名出身豪门的"问题少女",其父母、家庭的教育则堪称失败。

帕丽斯也通过律师发表了一份书面声明称:"坐牢是我迄今为止经历的最艰难时光,在过去几天里,我花了很多时间思考,我相信我在学习并在这种经历中成长。"但愿她说的是真心话。她应该在美国的司法制裁中获得教益,走向成熟;而美国司法也从"豪门艳女"的官司判决及执刑过程中获得检验,更趋完美。

　　但事实上,出狱后的帕丽斯绯闻依然不断,各种官司也照样缠身。而她,就在这样的社会聚光灯下乐此不疲,也许为时时高涨的"明星效应"而兴奋莫名。

(7/5/2007)

突围污染

　　那一年,从云淡风清的福建厦门搭机返回故乡杭州,临下降时但见机舱外城市上空一片灰蒙蒙的,没想到钱塘江滨西湖之畔的"人间天堂"给游子与访客的第一印象竟然是如此猥琐!我猜想,那都是后工业时代空气被污染了的恶果。

　　从上海或北京搭机返回美国的旅人也许都会有相同的感觉,那就是飞抵旧金山机场时所见海湾景象的壮美、加州阳光的灿烂,更不必说步出机场感到空气的清新疏朗。

　　类似的感觉在美国境内也能常常比较区别。近几年几乎每年要多次驱车往返旧金山湾区与南加州大洛杉矶都会区,每回开车接近洛杉矶盆地时,从高速公路上远眺,就感觉到洛杉矶像是被层层雾纱笼罩着的一片大谷地,远处的建筑物与山脉的颜色都似乎被蒙上了灰暗的印记。这片全美国最大的高速公路网所包裹起的大都会,在每时每刻数百万辆大小汽车排放的废气熏陶下,早已经浑浊不堪了。那儿的大塞车状态也与之成正比,无日无之,使庞大的公路网俨然如恶性循环的空气污染集散圈。

　　这样说,绝不是危言耸听。我因此庆幸居住在旧金山湾区。但是,且慢,其实旧金山湾区也并非没有污染,尤其高科技重镇的硅谷地区,即使由于这几年景气不佳,公司、工厂关闭不少,高速公路上的塞车现象大大缓解,但硅谷这片小谷地的空气品质实在也洁净不到哪儿去,至多只比洛杉矶大谷地聊胜一筹,却也是自我安慰罢了。

洛杉矶的污染之名近期内是很难洗清了,而旧金山也上不了最佳空气洁净地区榜。美国保肺协会(ALA)自 2004 年起公布的年度报告,几乎都将洛杉矶列为全美国空气微粒污染最严重的大都会地区榜首。此外,这个排名榜的前四名都"彰显"了南加州、中加州的"荣耀",紧随洛杉矶的是维沙利亚-波特维尔(Visalia-Porterville)、贝克斯菲尔(Bakersfield)及佛莱斯诺(Fresno)。这四个加州城市在该协会评比报告中的两大指标:"空气微粒污染"和"烟雾污染"都位居最严重的前四名。德克萨斯州的休斯顿名列第五。

全国"空气微粒污染"最少的前五名都市依序为:新墨西哥州圣塔菲(Santa Fe)、夏威夷州檀香山、怀俄明州斜阳市(Cheyenne)、蒙大拿州大瀑布市(Great Falls)和新墨西哥州法明顿市(Farmington)。"烟雾污染"程度最轻的前五名都市依序是:爱荷华州阿美斯(Ames)、华盛顿州柏灵罕(Bellingham)、德克萨斯州布朗维尔(Brownsville)、科罗拉多州科罗拉多泉(Colorado Springs)和明尼苏达州杜露斯(Duluth)。那些地方拜得天独厚的大自然之赐,又庆幸迄今还能够免于城市化的污染。

类似的年度报告还指出,四分之一以上美国人居住在"空气微粒污染值"(particle pollution)超过健康标准的地区,"空气微粒污染"主要由发电厂、柴油、木头焚烧以及通过其他渠道排放的微小烟灰状颗粒引起;而在臭氧污染或烟雾污染b度危及健康的地区则居住着近半数民众。这几项数据足以让美国人省察:你我居住的地方还能保障身体的健康吗? 如何突破空气与烟雾污染的包围,寻找一片最适合居住和身心健康的净土也许已经相当不容易了。

(5/20/2005)

沃尔玛不受欢迎

常常看（听）到不少类似的新闻说，美国各地一些中小城镇的议会或者商业管理机构举行民众"公听会"，对某些大企业、大连锁商场要求进驻开发的申请集思广益作出评判，最后的意见大多是否决派占上风。笔者起先不明白当地的居民何以拒绝发展与繁荣，难道让大商场开设进来购物消费不是更方便吗？后来才渐渐悟出那主要是出于保护环境及传统生活品质的需要，经历了工业革命、后工业时代的美国人，似乎更懂得珍惜自然环境的纯真和生活格调的淳朴。

连旧金山这样的大都市也对是否同意让大型百货零售连锁店沃尔玛（Wal Mart）到市区开辟新店展开过激烈辩论，由市议会和小商业委员会主持的公听会不消一个回合就让沃尔玛的如意算盘没了辙，压倒性的意见一致将这家全球最大的百货连锁店拒之门外。最初知道这个消息时我也有些纳闷，旧金山本来就是个商业化气息颇浓的城市，市中心也不乏如梅西（Macy's）那样的大商场，为何就不欢迎沃尔玛呢？嫌它的商品太大众化？可官方及民意强调的是，旧金山的商业主要由无数小商业构成，为了维护小商业经营者的利益，不让沃尔玛这样大众化的百货业抢地盘争利润，才是符合城市商业定位的上上策。旧金山市长纽森对此议也大表赞同，这不奇怪，纽森本人原就是一个成功的小商业经营者，所辖的几家餐馆、酒吧都很赚钱呢。

沃尔玛连锁店被许多美国城市拒之门外，已经是持久的"新闻"

了。一个全国性的环境保护组织就曾经狠批沃尔玛连锁店（又是沃尔玛）计划在佛蒙特州开设数家新店的举措，称之将沦为摧毁迷人自然景观和历史遗迹的罪魁祸首。

美联社也专门报道过，事实上沃尔玛早已在佛蒙特州数个小镇开设了连锁店，加速了地方小商业萎缩，破坏了当地的环境格局，长此以往必将导致该州富有特色的自然和历史景观濒于瓦解、湮灭。消息引用全国文物保护信托基金会（NTFHP）主席摩尔的话说："佛蒙特州的独特之处在于小镇星罗棋布，许多古色古香的小镇中心将由于沃尔玛的进驻而不复生存。面对庞然大物般的沃尔玛连锁店的扫荡蚕食，当地小商业只有销声匿迹的份。"他更担心今后其他商业、工业也会受利益驱使而进军佛蒙特这个绿山之州，一步步侵蚀掉佛蒙特州的"特殊魔力"，那可真是悲剧。

"悲剧说"应该并非危言耸听，愈来愈多的美国人赞赏并支持环保组织的观点，愈来愈关注家乡或者居住地周围的环境和历史景观；他们在注重维护和提高不俗的生活品质之际，也更关心人与自然的和谐、现实与历史的交融。人们不希望仅仅贪图消费的方便、现代化的生活，而酿成破坏、毁灭环境与古迹的人为悲剧，更不愿因此而沦为历史的罪人。这是人类的良知，也是美国诸多环境保护组织大行行道的社会基础。

全国文物保护信托基金会开列过一份全美国历史景观濒临灭绝名单，以期引起民间、舆论和官方的高度重视。整个佛蒙特州列于该名单榜首，其余列名的包括：犹他州 9 英里大峡谷（Nine Mile Canyon），约上万幅印第安人岩石雕刻及象形文字壁画，正遭遇大规模石油、天然气开采计划的威胁；加州里奇伍德牧场（Ridgewood Ranch），传奇式 Seabiscuit 赛马的发源地和休闲胜境，眼下被一个宗教团体所拥有；田纳西州大烟山国家公园的爱尔克蒙特历史保护区，简朴的木结构建筑乏人管理，且遭到人为破坏；宾夕法尼亚州伯利恒钢铁厂，该厂生产的钢铁曾经用于建造白宫、帝国大厦和金门大桥，目前厂房日渐凋零毁损；纽约市哥伦布圈 2 号，曾经是最现代化设计象征的该大厦位于曼哈顿，易主后的修缮计划有可能破坏其独特的风格；南卡罗兰纳州和乔治亚州的古拉/基奇海岸，历史上非洲裔黑奴繁衍的家园，其独异文化、语言和传统开始受到新建度假村、新型社区和商业区的侵蚀；马里兰州南部的烟草仓，历史悠远也未脱被拆毁、遗弃的命运；德克萨斯州布朗斯维尔的乔治克雷格建筑，由国际著名建筑师里查德·纽特勒 1937 年设计，目前空置，破损严重……

历史的和自然的景观，一经人类接触后，便成了人类共同的财富，便天然地产生了善加利用和保护的契约。这是人类与自然、历史融合的规则，人类只有遵守的责任，而绝无违背的自由。我想，这正是美国人那么热衷于保护环境事业的出发点，那种保护环境高于一切的"地球村"意识和使命感，在物欲横流的今天是何其可贵。

(7/6/2009)

"香蕉共和国"之讯

　　2003 年挟巨星之风横扫加州政坛的阿诺,如今在其最后一年左右州长任期的角色,更像一个加州辉煌的"终结者"。他于 2009 年 7 月 1 日宣布加州进入财政紧急状态,意味着加州距"破产"仅咫尺之遥了。

　　目前加州预算赤字累计已达 243 亿美元,人均负债近 700 美元。鉴于州长和议会无法握手言和拿出解决方案,加州总审计长江俊辉直言于 7 月 2 日开始发行政府借条(Registered Warrants),用这种实质意义上的"I owe you"("我欠你")白条,来为加州政府的各项支出买单。

　　从理论上而言,假如加州是一家公司的话,早已在多个月前破产。加州"白条财政"的现况印证了政体系统无法有效解救金融危机席卷下的覆巢。加州曾经长期以来被誉为美国未来的发祥地,那么今天加州的政治瘫痪则预示着美国的明天。

　　事实上,阿诺提出的平衡预算减少赤字举措也许前所未有的"刺激",仿佛"病急乱投医",其实隔靴搔痒,对消弭庞大的预算赤字无济于事。诸如:削减公共健保计划,形同打乱加州医疗安全网,将靠公共健康项目维持生命的穷人推向死亡线。削减数以 10 亿美元计的教育开支,缩减学年长度,扩大每一班级的人数,减少班级数目,甚至计划分阶段让州立的各级学校舍弃传统纸质课本,转而让学生采用互联网在线数码学习;但新的问题更难解决,穷学生买不起电脑也上不了网。

为省却一年 4 亿元维护管理费,加州 220 余个州立公园和多个国家公园面临关闭,意味着数千方哩的海滩、红木树林及其他郊野景点将不再对外开放,每年将有 8000 万名游客在加州尝到"闭门羹"滋味。反对者则声称,关闭公园等热门景点等于浪费珍贵的旅游资源,是自断财路。

数千名囚犯将被提前释放,包括恶名昭著的圣昆廷监狱在内的多个州物业将出售套现。建在旧金山以北马林县境内的一个监狱公开出售,该监狱外门附近的一所民宅就要价百万美元以上,早期建在这个富人区的监狱地皮价值不菲,一般人想买下也心有余而力不足。

州政府也陆续砍掉地方选举缺席投票服务,也要取消防止婴儿接触毒品或药物的计划,停止资助低收入家庭大学生的计划(约 20 万贫苦学生要受影响)。动物收容所的流浪猫狗倘若 3 天内未获领养,也要"人道"杀生,因为没有余钱养活它们。

曾经富可敌国的加州,作为经济体在全球名列前茅,哪怕 G8 大国中的一半也难入其法眼。现如今,民望急遽下垂的阿诺州长几乎天天放言:"加州的审判日即将来临",末日心态,弥漫开自上而下的惶恐不安气氛。联邦政府面对加州告急也无意施以援手,因为此例一开将引来更多州政府仿效,则联邦难以为继。

纵然加州破产命运可以幸免,但这个美国最强盛的大州却能够免却沦为香蕉共和国(banana republic)的噩运吗?此一讥讽语此起彼伏甚嚣尘上,似乎危言耸听,却载托了盛世"黄金州"穷途末路下的悲凉。

"香蕉共和国"一词于 1904 年由美国作家欧·亨利首创。很快成为一个单一经济体系(通常是经济作物如香蕉、可可、咖啡等)、拥有不民主或不稳定的政府,特别是那些遭遇贪污腐败和强大外国势力介入的国家的贬称。中美洲和加勒比海的那些不发达小国家洪都拉斯、危地马拉、哥斯达黎加等,通常都被赋予这个绰号。这些国家的经济命脉甚至被美国联合果品公司、标准果品公司操控,而无从追求创新、复苏,更遑论自主。

也许，以加州巨大的人力资源和财政资源，资不抵债是不可思议的，但现金断流成了加州政府的软肋；两党政治角力的议会在税务政策上不断"拉锯"，开源或者节流无法有效决断，经济难以自立自主，便难以避免地被贴上"香蕉共和国"的标签。这个奇耻大辱对加州而言，昭示着非在政经体制上追求伤筋动骨般的改革不可。

(7/6/2009)

赌场过眼录

我刚来到美国东部纽约州那个小城时,就发现当地的居民的休闲方式丰富多彩:湖上扬帆,湖滨野营,举办和观看各级美式足球赛,还有一项就是热衷于赌赛马。那里地域环境得天独厚,有一个景致、水质和面积均不输中国太湖、加州太浩湖的香普兰湖,不远的山区还有一个几年前举办冬季奥运会的场址,邻近的小镇则常年不断地有赛马活动,出售赛马彩券——实际是让人去猜哪一个号码的马会赢——的经销店在我住的小城就有好几个,且有电视转播,可以电话随意猜号。房东小姐温迪就曾怂恿我妻子一起去买过赌赛马的彩券,讲起"马经"来头头是道兴致勃勃,我这才明白赛马除了是运动游戏之处,还具有别的刺激功能。不过我也清楚像温迪这样的小城居民,他们赌赛马也只是怡情养性的一种游戏手段,并非真正以输赢为生活的终极目标。

说到彩券之外的赌博,小城居民感兴趣的是纽泽西州的大西洋城,他们中的一小部分人周末或假日曾经由纽约市而抵达大西洋城,在那边的赌场玩几个通宵。而这大西洋城与西部内华达州的拉斯维加斯、雷诺,不仅在美国,就是在全世界也是赌博业重量级的龙头老大。后两个赌城无疑是沙漠里的真正奇迹,是不毛之地变为游乐胜地销金窟的现代神话;大西洋城则是一部昔日的衰微破败之城因赌博业输入而复活的历史。总之,这东西两岸的赌城互相争奇斗艳各有擅场,并且也都成了全美乃至世界各地赌徒游客朝圣的目的地。大西洋城自 20 世纪 70 年代末使赌博合法化之后,原本一年一度的美国小姐选举及颁奖仪式也成了相得益彰的娱乐;拉斯维加斯数不清的舞蹈秀(SHOW)场与拳击赛更使这"赌博之都"时时处处充满刺激与冒险;而雷诺则带动附近太浩湖沿岸的赌场开发,使得去那儿的人们常常自己也搞不清楚究竟是为了寻幽探胜游湖滑雪呢,抑或只是喜欢泡在赌场里。

时至 20 世纪末,虽说名义上还只是内华达州和纽泽西可以合法经营赌博业但是他州早就眼红,或修改州法,或变相使赌博合法。例如北加州硅谷一带的高科技区内,就先后有"花园城"和"101"两大赌场开张,其股东还有亚裔的。形式上除了没有吃角子老虎机、黑杰克(俗称 21 点)及轮盘赌之外,其他诸如牌九、七张、22 点等等应有尽有,每天也是日夜 24 小时开业,场内人头济济场外车水马龙。据说这两个赌场每年上缴当地政府的税收超过不少大的百货公司或购物中心,可见有多少赌客的腰包为此作了奉献。因此,尽管多年来反对开赌场的朝野声音在加州不断,但地方政府面对那不菲的税收,也就顾不得那么多了。那个曾以爵士乐闻名于世的路易斯安那州纽奥良市在走下坡路之后也只能祭起赌博这具神灵,20 世纪末那里已盖起一座号称全美最大的赌宫,期望为城市的经济命脉注入活力。

在 20 世纪 80 年代初期一度被大西洋城盖过风头的拉斯维加斯,如今早已东山再起重执牛耳,近年来其动辄上亿元的投资,修建的那些气魄宏大的新赌场令全球叹为观止,从金字塔的造型到狮身人面,从童话般神奇的"魔剑"大赌场到以绿野仙踪作幻境的 MGM 大赌场,其发展与经营方向不仅面向传统的成人赌客,也接纳与吸引了更多的家庭游客。这些赌场、旅馆、游乐场相结合的巨大建筑,使得拉斯维加斯光是在旅馆业方面,就在全世界前十大饭店中占尽了风光,称其为超级旅游城也一点不为过。当然,拉斯维加斯的核心仍然是赌博业,其庞大的吞吐量与活力,只要看看每家大赌场里的流水席的自助餐厅的长龙,即可见一斑。

也许,玩轮盘赌会获得某种神秘的感觉,玩 21 点据说相对赌客而言较为公平,而坐在大屏幕前赌赌赛马或者为某一场拳击下注也不乏超然之质,……但我相信最让赌场轻易赚钱而又最多赌客光顾的,还是那一台台遍地林立的吃角子老虎机。这其实是中国人起的雅号,美国人呼其为"独臂大盗"(ONE-ARMED BANDITS)。这都是投币机机器形象逼真的写照,正是这只要投进硬币一拉摇杆(现在也有只需按按钮的吃角子机)的简易方便及娱乐性,吸引了无数人乐于和其打交道,哪怕从未涉足赌场不知一点赌博门道的人,一经与其交手也能应付裕如,唯一的条件是要有足够的硬币(或代币)而已。吃角子老虎机吃的硬币从 5 分、1 角、2 角 5 分、5 角、1 元、5 元不等,投小币得奖也少,投大币奖金自然走高,当然,没有奖的时候更多。

因此,偶然叮叮当当掉下硬币的声音或得大奖的铃声大作时,就会格外脆耳,引得四周赌客皆引颈翘望,向那幸运者致注目礼。这种吃角子老虎机是电脑联网,据说内华达州内的拉斯维加斯与雷诺各赌场内的吃角子老虎机就是自成一套系统,每台机器按一定比例留存和回吐,万一有哪位幸运儿正好碰上因吃得越多吐得越多原则而设定的特大奖,那就真会风光一时。赌场保安部首先将其"验明正身",录下社会安全号码,确定是得奖人之后并知会税务部门扣除应交纳的税,而后才会奉上一张净额的奖金支票。赌场也会为此大作宣传,吸引更多赌客不要善罢甘休,再接再厉,其时赌场老板吃进去的钱当然比奖出的要多得多。

多年前的圣诞节,旧金山一位每年上赌场一次的餐厅侍者在雷诺一家赌场,成了吃角子老虎机的上宾大赢家,他以 100 元纸钞换下 100 个 1 元的硬币,然后开始与"独臂大盗"较量,亏他沉得住气,投进二三十个硬币仍毫无反应之际,他仍不折不挠地继续在这台吃角子老虎机口中投币,大约投到第三十六个时,铃声响起,他获大奖了——奖金高达 300 多万元。据知他是雷诺那个冬季唯一的超级幸运者。

这种机会真是可遇而不可求,更多的人面对老虎机,就像肉包子打狗——有去无回,只见自己原先拥有的硬币一点点被吃得精光,偶然会吐出几个十几个甚至上百个,但只是刺激你再次地喂向吃角子机。我在拉斯维加斯、雷诺都曾见过不少美国老人或年轻小姐,坐在吃角子机前面,眼见着它吃进的多吐出的少,实在无可奈何,待到囊空如洗之际,真不知剩下的时间如何打发。我自己也同样有人性的弱点,虽说为观光上赌城,见到了吃角子老虎机明知无法虎口拔牙,还会自动送硬币喂它。头一次的经历倒值得一记,那是随一旅游团进赌场,每人一律被奉送10元代币。我以此换了一把"夸脱"(25美分),倒也从老虎机里赢了数百个"夸脱"。后来渐渐又被老虎机吃回去时,赶紧洗手不干,到室外看人空中"弹跳"去了。

因为那一趟最初的小小甜头,使我误以为吃角老虎机的回吐率相当高,以后还值得一试,但此后两次的现实,都证明吃角子老虎机比人更有韧性也更贪婪,那点甜头也就再也尝不到了。见好就收应是一条赌客守则。这能完全归结于运气吗?! 一经沾上赌,就别想你的运气超过赌场老板。虽然每年差不多五分之一的美国家庭上过赌场,有一半以上的美国成人赞成合法的赌博,但大多数美国人也只是小玩一下,他们深知"小赌怡性大赌伤身"。倒是不少亚裔或中东石油暴发户,几乎都在比赛谁是大赌客,但那已没有丝毫娱乐的气味了。

(4/20/2003 初稿,5/10/2009 补正)

"啤酒会"化解大争执

　　堂堂的哈佛大学名教授被警察拘捕,只因他撞了自己家的门,也许还因为他是个黑人?

　　堂堂的总统奥巴马就此事件评论了一下,也遭到了多个警察团体的强烈反弹,只因他用了"愚蠢"这个字眼?

　　小小的警察自认只是依法执法,不认为自己错在哪里,因此也不理会总统的批评。

　　2009 年 7 月的一桩"警民纠纷",不仅惊动了社区、社会,也惊动了白宫中枢。美国最敏感的争议话题——"种族歧视",添了一个新例子,惹起不小的风波。

　　事件起缘于 7 月 16 日,哈佛大学知名教授盖茨(Henry Louis Gates)当天自出差中国返美回到家,因为忘了带钥匙无法进门,便请黑人出租车司机一起破门而入;警惕的邻居以为有人闯空门而报警。随即赶到的麻萨诸塞州剑桥警察局警官克劳利(James Crowley)在盖茨出示哈佛大学教授证件并说明自己是屋主之后,仍然要求盖茨出示有住址的证件,引起盖茨不满,遂质问警察:"为什么,因为我是一名美国黑人吗?"克劳里几番警告之后,将盖茨教授铐上手铐带回警局处理,4 小时后才放人,但盖茨被拘押警察局所拍摄的"嫌疑犯"照片已然流布网络,世人皆知。

　　事后披露的警员记录道:"他持续向我咆哮,控诉我犯了种族歧视罪,还不停向我讲话,我没听清他最后说了什么。"警方最后以"制造噪音,行为狂躁"为由拘捕盖茨。

盖茨的反应自然以为警察的举动涉嫌种族歧视,盖茨的同事与朋友几乎都相信这一点。他们质疑道:若盖茨教授是白人,事情还会发生么?"整个哈佛的黑人社群对此都感到十分不安。"哈佛神经学教授康特举例称2004年自己在校园里也曾遭警方拦截,以为他是抢劫犯,对方还威胁若自己不能证明身份就要将他逮捕。

58岁的盖茨是哈佛大学杜波依斯(WEB Dubois)非裔美国人研究所主任,曾被《时代》评为全美最具影响力的25名人物之一。

奥巴马总统在22日的白宫记者会被问到这个问题时,直言警方处理此事"行为愚蠢"。他对自己这位黑人教授朋友的遭遇显然不以为然,当有记者追问奥巴马去年11月份的胜选是否证明了种族关系的进步,他指出,警方不公平对待黑人及拉美裔人已有很长的历史,"事实就是这样。"

代表美国1万5000名警员的工会"国际警察兄弟会"主席霍尔韦(David Holway)批评奥巴马的言论"疏离了全国执法人员";剑桥市警务专员哈斯(Robert Haas)指,奥巴马的言论"深深伤了警队的尊严",令他的手足震惊,士气大挫。

面对警方的强烈抗议,奥巴马亲自打电话向克劳利致意,对自己"用辞不当"表示遗憾。白宫发言人也解释说,奥巴马的言辞绝非针对执勤警官。

不过,风波的尾声略显轻松平静。克劳利在电话中建议三人坐下来喝啤酒,奥巴马觉得这个主意不错,又打电话问盖茨的意见,据说盖茨欣然接受。于是白宫宣布,奥巴马邀请双方当事人于30日傍晚6时到白宫椭圆形办公室外的野餐桌喝啤酒,"消火气"。

这样的解决方式也许是美国式的皆大欢喜。就如知名黑人人权牧师杰克逊(Jesse Jackson)所形容"小聚会谈大问题",白宫的这次三人"啤酒会"会缓解剑拔弩张的气氛,但盖茨身为名教授而成为过度暴力与错误判断的牺牲品,类似的种族歧视现象如何改善乃至消弭,美国不同族裔之间需要多少次"啤酒会"释放的善意?!

(8/1/2009)

薪水彰显国情：清洁工 PK 飞行员

在美国，各行各业各种不同职务的薪水差异之大，不难想见；但倘若说开飞机的进账还输给清扫垃圾的勤杂工，恐怕没有人会相信。然而事实却是如此匪夷所思，让人一窥美国社会异样的国情。

《华尔街日报》不久前披露，2009 年 2 月 12 日在纽约州布法罗附近坠毁的美国 Colgan 航空公司（Colgan Air）短途飞机的副机长年薪仅为 1.6 万美元，国会得知这个消息后表示极度震惊。消息来源的美国国家运输安全委员会（NTSB）报告还指出，美国地方航空公司飞行员的低收入状况已经持续了几十年，近期金融危机造成航空业的财政困难，显然进一步压低了飞行员的薪水。

即使是相对大型的航空公司，其雇用的飞行员新人的起薪也低得令人咋舌。飞行员信息资源网站 FltOps.com 发布的一项薪资调查显示，西南航空的飞行员第一年最低工资为 49572 美元；收入较低的 USAirways 的飞行员第一年才挣 21600 美元，而他们每月需飞行 72 小时，还有比这多得多的时间要花在飞行准备、值夜班和待命上。

看看当年夏季正在与资方谈判要求增加薪水的旧金山湾区捷运（地铁）系统，其部分职务最高薪酬（年薪）是多少（括弧所列为包括加班费的实得总收入）：车厢清洁工：51923.91 美元（69077·11）；数钞员：53538.42（79395.88）；文员：57114.36（59254.22）；列车驾驶员：61775.91（136329.85）；站长：62609.68（108178.68）。至于捷运总经

理的年薪,则超出 33 万美元。(资料源于捷运公司 2008 员工薪酬库)

　　真是"不比不知道,一比吓一跳",捷运清洁工的薪水都比那些航空公司的许多飞行员高出一大截。事实上,早先"硅谷之都"圣荷西市招聘垃圾清理工,开出的薪酬标准也超过 6 万美元,这比许多"白领"的收入要优渥得多。也许,由于旧金山湾区的生活指数偏高,这样高于全国同类薪水一倍甚或两倍以上的蓝领薪酬,算是异数;但全美航空业飞行员起薪普遍偏低,还是让人讶异摇头。

　　其实,湾区捷运的蓝领收入,比之硅谷地区的许多中小学教师薪酬,也还高出一截。近些年,硅谷的教育领域不时爆出教师罢工要求加薪的消息,他们平均 4 万余美元的年薪实在不敷日常开支,更不必说想要积蓄头款买房了。鉴于教师外流增多现象,圣荷西市当局近年推动的"可负担住房"计划,就规定须划出一部分给教师"分享"。但据悉,大多数教师凭自己这点薪水要分一杯羹都难,负担这样的"可负担"房屋也捉襟见肘。与此同时,也有人质疑消防员、警察等职业的薪水普遍高于当地平均薪水标准,且退休后的待遇保障终老受益匪浅,让行外人艳羡不已。譬如旧金山湾区北端一个去年申请破产的小城瓦列霍(VALLEJO),就是因为消防员、警察的薪水开支几乎吞光了财政预算;据称这个不起眼的偏僻小城的消防员、警察收入比旧金山等大都市或富人区的同行都高。也有人辩护说,他们拿生命保一方平安,退休保障优渥些也理所应当了。

　　再说 Colgan 航空公司短途飞机失事,也引发了旅客对短途区域性航班安全隐忧的质疑。调查这场空难的原因,发现了驾驶员疲劳、缺乏经验及培训不充分等一系列问题。由于机组人员薪酬都很低,他们在出事当天一早赶到新泽西州的纽瓦克机场,驾驶员则从佛罗里达飞来,可能只在空勤人员休息室中小憩,因为他没钱负担住酒店的费用。

　　自然,"菜鸟"飞行员更需要获得并积累的是经验,他们为了在未来的职业生涯中赚到大钱而自甘"挨宰"。他们以当下的低薪经年累月积聚驾驶喷气机的时间,只望逐步升到报酬较高的机长等职位,最终能在大航空公司谋职。

　　以往驾驶宽体式国际航班的机长每月只需飞行几个航次，一年就能赚下 30 多万美元。不过正如业内的报告所称："经济压力扼杀了这只下金蛋的鹅。"经济衰退、业内竞争等等因素，导致如今也算高薪的机长们，收入也难追早年的水准了。目前大型航空公司的起薪为 36283 美元，约为许多地方航空公司飞行员起薪的两倍。那些接受减薪而从地方航空公司中跳槽到大型航空公司的机长们，对平均最低工资的预期为 165278 美元。但大公司裁员比新雇员工更多，意味着小公司机长想跳槽也不容易。

　　国会就此展开调查那些操作 30 至 90 人小型飞机的区域性航空公司的安全性。假如低薪飞行员现象的泛滥，换来的是飞行安全的隐患，那真是世人的噩梦！

　　美国区域性航空公司的飞行业务占了国内航班的一半以上，2007 年共有 1 亿 6000 万人次搭乘区域性航班。事实上，它们是美国密集的"空中巴士"交通的典型服务代表，其飞行员薪酬偏低、疲劳过度与飞行安全之间的内在联系，正成为世人关注的话题。

　　事实上，这类"空中巴士"的飞行员群体，比陆地的大巴士、货车驾驶员的平均 4 万元左右的起薪，也还显得囊中羞涩。或许说，市场决定一切，陆上、空中都是驾驶员，所在"部落"对雇员的召唤力、付薪水准自成体系，外界也便只有干瞪眼的份。美国号称市场经济，但决定薪酬高低的，往往还有非市场因素，如某些行业强大的工会起作用。以至美国部分蓝领薪水高于一些白领，看似多少是社会分工的时尚展现，实则是工会在那儿坚守地盘；譬如如今渐已沦落的底特律汽车制造业的那些汽车组装工们，他们以往的薪水和福利就不是 4～5 万年薪的小白领可比肩的。

　　归根结蒂，倘若报酬的高低，最终会以安全、健康、生命为代价指标，那也不免太离谱，甚至太吓人。

(8/13/2009)

另类大学排行榜的启迪

《美国新闻与世界报道》(*U. S. Newsand World Report*)杂志(简称《美新》)2009 年 8 月下旬公布一年一度的美国大学排行榜,照例引发社会尤其是家长、学生和教师乃至各大学的关注。哈佛大学、普林斯顿大学并列综合性大学榜首,耶鲁大学屈居第三,第四名由加州理工学院、麻省理工学院、斯坦福大学和宾夕法尼亚大学共同包揽,哥伦比亚大学和芝加哥大学并列第八。这个前十名"常客"的序列尽管略有变动,却基本上是十年来甚至二十多年来的"老面孔",显示美国顶尖名校的地位稳固,成为学子、家长心目中的教科圣殿绝非浪得虚名。

《美新》大学排行榜虽然也让一些学校、专家不以为然,其按公私立大学系统及专业分门别类的排行榜,多年来却几乎培养了美国社会对大学总体质量及科目排名相当权威的认知,对众多华裔学生和家长而言,更几乎具有不容忽略的指标意义。

而较早前由《福布斯》(*Forbes*)杂志、大学学费和绩效中心(Center for College Affordabilityand Productivity,CCAP)公布的年度最佳大学排行榜,尽管有点"另类",但其评比的角度也提供了更有针对性或者说更实际的参考和选择。

在《福布斯》与 CCAP 这个排行榜上,今年摘桂的名校是西点军校(去年排第八),普林斯顿大学屈居第二,加州理工学院当上季军,威廉姆斯学院、哈佛大学、卫斯理女子学院、美国空军学院、安姆赫斯特学院、耶鲁大学、斯坦福大学紧随其后坐上前十名的交椅。

西点军校尽管大名鼎鼎，但几乎未入《美新》大学排行榜的"法眼"，在《福布斯》与 CCAP 排行榜击败所有常春藤名校夺冠也是破天荒。

《福布斯》与 CCAP 排行榜的评比标准包括：学生对教师的满意度、毕业生的平均债务、所学课程是否有兴趣及有所回报，毕业后能否找到好工作，等等。西点军校的毕业生不需要偿还学生贷款，因为学校提供世界一流的教育而学杂费全免，也即毕业后不会有一分钱债务；"工作道德感强烈"，纪律严明，禁止在宿舍饮酒，宿舍必须绝对整洁、学生形象风范佳，头发须齐整、皮鞋须擦亮、衣裤须烫出线条。毕业生须服役至少 5 年，从少尉军衔开始，起薪 6 万 9000 美元/年。如此优渥的待遇和回报率，在当今经济衰退的年头，怎不更令人艳羡？当然，西点军校的学术质量也毫不逊色，该校校友获罗德奖学金的人数，在全美大学中名列前茅（第四）。

与《美新》大学排行榜的评比标准多达 15 项学术指标（如毕业率、师资资源、经济来源、学生挑选、校友等评估）相比，《福布斯》与 CCAP 排行榜更注重最佳与最有价值、最值得读（即最高回报率）相结合，将教育品质与学费比较而得的投资报酬率作为指标之一，不仅凸显了西点、空军学院等军校的优势，也选拔出一些名不见经传的学校，如肯塔基州不收学费的贝利亚学院（Berea College），也必会受到一部分学生、家长的青睐。事实上，这个排行榜上的前十名学校，放在任何标准的评比中都是当之无愧的。今年排名第三的加州理工学院十多年前也荣膺过《福布斯》排行榜的最具价值大学冠军，而该校在 2000 年的《美新》大学排行榜也挤下哈佛、耶鲁而雄踞榜首。

《美新》大学排行榜近年来也逐步看重低收入家庭学生的录取率。哈佛大学今年起号称为 6 万美元以下低收入家庭学生全免学费的创举，自然也大受欢迎。

《福布斯》和 CCAP 大学排行榜注重军校的道德感、学术质量和回报率,其实对华裔学生和家长具有崭新的启迪意义。面对军纪严明、从军的"危险系数"等因素及传统观念的影响,纵然有相当多的华裔学生回避甚至拒绝选读军校,近年来也有不少华裔学子报读军校乃至直接从军,他们对扭转某些固有的旧观念所起的作用不亚于开风气之先;还有华裔学生成为西点军校最佳毕业生的喜讯让人惊讶、欣慰。事实上,就读军校的华生几年学习历练下来,无不在身体、精神和学业上大有长进,进入岗位也都兢兢业业前途无量,他们个人的荣誉感、责任感也与日俱增,其心智发展成熟度、事业成就感也都让家长欣慰放心。

可见,参阅不同的大学排行榜,让子女自由选读最感兴趣最有价值的大学,也是华裔家长应该适应的功课。

(8/28/2009)

最后的贵族

随着资深参议员爱德华·肯尼迪 8 月 25 日逝世,并于 29 日与其被暗杀的两位兄长约翰和罗伯特一样安葬在阿灵顿国家公墓,美国历史上最具传奇和吊诡意味的肯尼迪家族失去了最后的掌门人。甚或也不妨说,美国政治社会"最后的贵族"从此谢幕。

爱德华·肯尼迪的葬礼备极哀荣。全国降半旗致哀 5 天,十余万美国民众自发在华盛顿国会山周围和灵车行进道路两旁守候、观礼,向他最后道别;奥巴马总统和前任总统卡特、克林顿、布什父子及 80 名前任、现任参议员悉数出席葬礼。奥巴马致悼词称爱德华·肯尼迪为"温和善良的英雄",是美国民主党的灵魂、美国参议院的"雄狮","我们时代最伟大的议员"。

爱德华·肯尼迪代表麻萨诸塞州在参议院发出声音长达 47 年,见证了 10 位总统的执政风云;其跨越党派,倡导教育、健保及民权立法的努力为世人称道。他与哥哥约翰·肯尼迪总统和罗伯特·肯尼迪参议员共同写下美国历史的重要篇章,成为美国政界的标志性人物。

爱德华对政治事务的表态举足轻重。2008 年,爱德华在民主党全国代表大会替奥巴马竞选总统推波助澜,导致奥巴马的党内竞争对手、前第一夫人希拉里措手不及,选情遭遇重大挫折,最终无缘白宫宝座。

肯尼迪三兄弟在美国政坛的地位与名声,将肯尼迪家族的辉煌与没落都几乎推到登峰造极的地步。而肯尼迪家族在美国社会的声望,则几乎奠基于美国人对名门望族的崇拜。历史和文化的短浅,使得许多趾高气扬的美国人在潜意识内怀有深深的自卑感,他们对英国、法国、德奥帝国和丹麦、荷兰等过去或者今天依旧世袭帝制的国度弥漫的皇家气息无不暗暗顶礼膜拜,设若自己国内出现类似"王室血统"或贵族遗脉的人物,他们势必热衷于对"王者归来"山呼万岁。肯尼迪家族自爱尔兰移民美国后致富有方名重天下,在美国俨然成为新贵族的象征。四十余年前,肯尼迪家族的新生代人物约翰·肯尼迪荣登美国总统宝座,他虽然未沾"王室血统",但出身望族,其时的美国民众及舆论因肯尼迪家族成员执掌美利坚合众国而诞生多少梦幻般的王室情结;国人更乐见其家族俨然是"甘美乐王朝"的再生或象征("甘美乐"系传说中英国亚瑟王王宫所在地)。一个神话就这样流传,在世人的心目中,肯尼迪家族非显即贵,其家族成员的一举一动都成为时代的话题。

　　爱德华的三个哥哥均死于非命,他兄长的几个儿子也都遭遇不测身亡;几十年来,肯尼迪家族命运多舛,其成员屡遭横祸的"巧合",也成为家族的"宿命",令人戚戚。今天,爱德华死于癌症,终年 77 岁,算是"全身而退",他曾经的丑闻和人格污点,连同他的政绩都盖棺论定,也使得肯尼迪家族掌门后继乏人。

　　自然,这个"最后的贵族"对美国政治、社会的影响绝不会烟消云散。至少,约翰·肯尼迪总统的名言"不要问你们的国家能为你们做什么,而要问你们能为自己的国家做什么"将继续激励人们的献身热情和服务目标;而爱德华参议员推动民权、医疗健保、经济和民众福祉的长期努力,也将是惠泽世人及后代的政治遗产。

(8/31/2009)

余上尉案件的美国烙印

　　美国陆军上尉、华裔军中回教传教士余百康遭控罪一案在 2004 年 3 月 19 日被军方撤销,余本人及其家属以及华裔社区还未及要求控方道歉之际,却传来陆军将领密勒于三天后又提出以通奸罪和下载色情照片罪名在其服役纪录上加上一条永久性的书面惩戒处分。此举给原本有欠公正的余案再添欺人太甚和加剧歧视的印象,引发华裔社区、民权团体和媒体间的抗争、批判声浪迭起。

　　余上尉自 2003 年 9 月 10 日被军方和联邦调查局以间谍罪秘密逮捕,是美国在"9·11"事件后展开反恐怖战争以来拘押的第一位美国军人。余百康在 1991 年参加海湾战争时改信伊斯兰教,2002 年 11 月他被军方征召派往关塔那摩基地,负责与关押在那儿的回教徒战俘沟通等工作。他的被捕,容易让人联想到李文和案件,两人都因"间谍罪"被控,都是华裔,而余百康还"不识时务"地拥有回教徒的身份。这就难免不令人怀疑对他俩的指控没有打上深深的美国烙印:族裔的歧视、宗教信仰的歧视,这正是美国社会文化根深蒂固的一部分。

　　虽然是以间谍罪拘捕余上尉,但军方对他的指控还包括通奸罪、下载色情照片罪,举证和听证极其荒谬而混乱。在被拘押了 76 天后,军方因所谓间谍罪证据不足而将余释放,但仍然在行动上对其施以某些限制。如今坚持以通奸罪等给予惩罚,无非是欲以轻罪的认定粉饰当局最初提出重罪指控的谬误,留给世人的感觉或猜测依然是余上尉并不"清白",而军方、联邦调查局则是为"捍卫国家利益"奉命行动。这类以国家名器打压人权的行径其实在美国并不新鲜,只是在余上尉案中别有难以启齿的"双重罪名":华裔和回教徒。这一切又都打着按宪法、军法从事的旗号,不明真相的芸芸众生唯有盲信盲从的份。

不过,从西海岸的旧金山、洛杉矶到东海岸的纽约等地,华裔社区、民权团体和专家、学者们为余上尉发出了联绵不断的不平之声,这些声音里还延续着前些年为李文和教授伸冤的不平之鸣。"美华协会"、"余上尉正义协会"、"新美国人权协会"、"美国回教之音"组织、"蓝三角行动网"等团体和马世云、邓式美、刘醇逸等民选官员以及王灵智教授、李玉清女士等有识之士都纷纷仗义执言,要求联邦政府和国防部向余上尉道歉。甚至前陆军军法总监傅履仁也质疑军法的公正性,强调假如是美国白人在军中担任其他神职的话,就不至于出现这样的无妄之灾。这样一个"无证据、无审讯、无定罪,最后无罪释放"却又留下一条通奸、色情的"尾巴"的案子,落到一个华裔军人回教徒的头上,俨然是一出难以收场的闹剧,仿佛还宣判道:其罪可赦,其誉不清。终究还是要把余上尉划入"另册",哀哉!

颇具影响力的《纽约时报》3月24日也以"军方不公"为题发表社论,就余百康案指责军方欲加之罪的举动显示了无能、恶意及要让余难看的懦弱企图,将尴尬的性指控塞进与国家安全相关的案件简直不可理喻。社论要求军方为此次误导的起诉案向当事人道歉,并采取措施防止重犯类似的谬误。

一个"莫须有"罪名的案件,一个美国文化的烙印。余上尉案件注定为美国历史留下了不可磨灭的印痕:美国将不得不替曾经无端蔓延刻意加罪的歧视性言行付出沉重的代价。

(4/5/2004)

梦想与现实

在梦与现实之间
——纪念马丁·路德·金诞生 80 周年

美国人的生活里添了这个特定的纪念日至少已经 30 余年了,美国国会将一个日子以法律形式定为"马丁·路德·金纪念日"是付出代价的。这一代价不仅仅是领导反对种族歧视非暴力抵抗运动的民权领袖马丁·路德·金遭遇流血牺牲,也在于新大陆的有色人种遭遇了太多的不公正。现代美国作家、前《时代》周刊驻华记者白修德(西奥多·怀特 Theodore H. White)一生中最后一篇文章称:"美国是一个由观念产生的国家",这个观念早在托马斯·杰佛逊起草的《独立宣言》之前便孕育于新大陆的移民心间了,当杰佛逊写下以下那段话后,这一明晰的观念成为两个多世纪来人们前赴后继奋斗的号召,在美洲大地乃至全世界都意义深远。那段话最明智也最彻底地阐述了一个伟大的观念,即"我们认为这些真理不言自明:人人生而平等,造物主赋予他们若干不能出让的权利,包括生活、自由和追求幸福的权利"。

当 1776 年 7 月 4 日殖民地领袖们互相以"我们的生命、我们的财产和我们的神圣荣誉"发誓并拥护《独立宣言》之际,这个极其非凡的观念导致美国的诞生,并在以后的岁月里展现出无比的凝聚力与对旧世界的爆炸力。遗憾的是,随着时间的推进与美国的日益强盛,人性的弱点(哪怕是当初一代最优秀的新大陆移民的后辈也无法不染上这样的弱点)使那种观念变质、蜕化,那种当之无愧成为美利坚合众国灵魂的观念无可奈何地被私欲、贪婪、仇恨与不公正所侵袭,种族歧视的流毒迅猛扩张,从黑奴为发端的一切有色人种都不可避免地成为不公正的受害者,这个现象直到今天还远远没有绝迹,其实更说明从林肯总统到马丁·路德·金博士一系列忠勇之士的杰出代表堪为一个时代楷模的难能可贵,也反证开国先贤们拥戴的立国观念的不可动摇性。

马丁·路德·金说过:"任何一个地方的不公正是对一切地方的公正的威胁。"他领导的反对种族歧视的抗争运动虽然是为所有黑人弟兄姐妹赢得应有的权益,在今天更具有争取一切有色人种和少数族裔平等权益的内涵,也是捍卫美国的观念或者说观念的美国无可回避的正义之战。人人生而平等,并拥有生活、自由和追求幸福的权利,本来是天经地义,后来却成为马丁·路德·金心中的一个梦,成为亿万美国人和来自全球各地移民心中的美国梦,其中隐含的憧憬透出美国历史的不公正,以及纠正那种不公正所付出的代价。因此,去还原美国观念的本质,去实现美国梦的努力,也成为永不止步的呼召,永无偃旗息鼓的时候。正如马丁·路德·金所追索的:"是的,我们不满足,而且我们将永不满足,直到公正如洪水,正义如激流滚滚而来。"

在梦与现实之间,今天的美国人依然有太多的无奈,依然有永不满足的种种理由存在。歧视,也许还会明目张胆地出现,但更多的是以隐晦的变异的形式,以消蚀人们意志和尊严为目的展现。肤色的、口音的、习惯的、职业的、地域的、文化的……歧视不胜枚举,无所不在无时不在。种种歧视尽管不受美国宪法保护,却总能如幽灵般横行霸道,让人常常有透不过气之感,但也由此激起人们不忘,继承马丁·路德·金博士的遗志,因为他未竟的事业同样是替美国观念定位的先贤们的夙愿。

2009 年 6 月 4 日,笔者有幸造访马丁·路德·金的故乡——美国东南部重镇亚特兰大市。由庞大繁忙的机场登上驶往市中心的地铁,再抵达"桃树路"一侧下榻的凯悦酒店,以及后几日出席会议,参观可口可乐中心、浏览市区奥林匹克公园，以及到历史悠久的中城转悠，所遇见的黑人不计其数，面对面打过招呼的不同职业人士也不下 10 名，给我的印象是此地的黑人不无自豪感与生活事业的自信心，他们的穿戴、礼仪似乎也比其他一些地方要庄重、讲究。如同当今美国不少大中城市那样，亚特兰大的市长也是位黑人（SHIRLEY FRANKLIN），但有熟人驾车载笔者穿越郊区一大片掩映在郁郁葱葱中的豪宅区时，顺口说那儿住的多为白人。此景此情，不免令人想起了这些地方的异样特色："黑人有权，白人有钱。"想到实现马丁·路德·金的梦想，"革命尚未成功"，路还迢迢呢。

20 世纪美国最后一位总统克林顿在他连任就职演说中也说过："马丁·路德·金的梦想是当时全美国的梦想。他的追求今天仍然是我们的追求，那就是：坚贞不渝地为实现我们的真正理想而奋斗。"这正是纪念金博士的不朽意义，也是我们跨越梦与现实之间的桥梁。

（1/15/2009 初稿，6/8/2009 补正）

百年排华案阴魂不散

1882 年 5 月 6 日,美国国会通过有史以来第一个公然排斥单一种族移民的歧视性《排华法案》,禁止华工入境,在美华人被拒绝加入美国国籍,禁止"华洋通婚",社会化的歧视华人现象从此登峰造极。

将近两个世纪前,美国加利福尼亚州发现金矿。第一批华人于 1848 年横渡太平洋前往淘金,但他们只能劳作于被白人淘过并且放弃的矿场,"淘金梦"渺茫虚无,生活窘迫;更被白人蔑称为"Chinaman",饱受歧视、排斥和压迫。《排华法案》的问世,更使华人处于任人宰割的境地,刻在天使岛囚牢墙壁的诗歌记载下了华人的斑斑血泪。

排华法案的产生起源于白人种族主义的兴盛。19 世纪加州最高法院的一个判决书上有一段"措辞"代表了这种文化差异与种族歧视偏见:"华人在这个州是一群与社会格格不入的人。除非在需要时,他们不会承认任何州的法律。他们带来了偏见和族群间的仇杀,而且不顾法律的约束公然进行械斗。他们的说谎癖是众所周知的。他们已经被历史证明是低等的民族,因为他们不能把文明和知识发展到一个更高的层次。他们与我们在语言、观点、肤色和体形特征等方面都不一样。在他们和我们之间,自然已经造就了一种不可跨越的鸿沟。"

这便是《排华法案》的社会基础与法律基础!纵然《排华法案》与美国宪法精神格格不入,却在当时美国朝野大行其是逍遥一甲子,这现象很值得人们反思。由于第二次世界大战的形势发展及中美两国结盟的现实，1943 年 12 月 17 日，罗斯福总统正式签署麦努森法案（*Magnuson Act*），持续 60 年的排华法案才得以废除。

法制性的排华条款虽然消失了，制度化的排华行动无法推行了，社会化的排华行径却仍然没有绝迹。《排华法案》流毒非浅，由于肤色、语言、文化与白人存在明显的差异，种族歧视主义者将华人"定格"在刻板、丑陋、自私、顽劣、萎琐的形象之间，上百年来的美国人从小到大都接受了这样的观念熏陶；美国社会对华人歧视的偏见与不公正待遇的影响延续迄今，不可等闲视之。

从田常霖、林璎、关颖姗到姚明等等华人在美成功的翘楚，无不遭遇过种族歧视偏见的谩骂；从李文和到余上尉等等各界华人的经历，也无不打上了种族歧视的烙印。

2007 年，纽约中餐馆被电台节目栽赃的"芥兰鼠"事件，CBS 属下纽约电台两名主持人在"狗窝秀"节目中竭尽诬蔑嘲弄之能事，籍向中餐馆订餐之名，大开种族歧视甚至性骚扰之戒……CBS 高层居然会允许如此荒谬的"节目"出笼！只能证明他们灵魂深处与这样的"玩笑"也是起共鸣的！

从好莱坞电影到各种广播电视"脱口秀"节目，历来充斥了调侃与低俗搞笑乃至侮辱人格的格调，几乎生成并主宰了美国社会的亚文化，这样低俗无聊的"嬉皮文化"一旦接上了种族歧视或性别歧视的"源头"，便势必演化为祸害族裔团结社会和谐的恶作剧，其直接流毒不仅仅破坏美国多元化的人文精神，更给美国立国之本"人人生而平等"的宪法精神泼上了脏水。顺藤摸瓜，丑恶的源头其实就是阴魂未散的《排华法案》，是上百年美国朝野排华浪潮卷起的歧视仇恨心态。因此才有拿华人等少数族裔作嘲讽对象而司空见惯的现象屡屡发生，任何仇视、侮辱甚至报复行动也总是华人首当其冲成为"替罪羊"。

臭名昭著的《排华法案》这一美国历史上唯一公然排斥单一种族移民的歧视性立法到今年 5 月 6 日刚刚满 125 年，这个推动美国社会公开歧视华人的法案尽管被废除也超过 60 余年，但它的流毒迄今没有被认真清除过,与之相关的种种歧视、攻击性言行也几乎没有被全面清算过。它作为历史沉重的一页却没有真正翻过去,沉重得让美国华人华侨都无法卸下心头的重担,沉重得让所有美国人也都难以卸下历史的耻辱。今天旧事重提,乃是要正视它的社会影响,反思它的社会根源,从而进一步改革美国社会现状,构建和谐环境,应该是全体美国华人华侨和所有美国民众共同奋进的方向。

(5/20/2007)

华裔要求美国道歉第一案

　　加州第 22 选区,也即硅谷选出的首位华裔州众议员方文忠(Paul Fong),2009 年 6 月 11 日特别选择在早期南湾华裔移民生存的历史遗迹——圣荷西历史公园内的五圣宫前,与硅谷地区众多华裔社区领袖及华人历史和文化项目机构负责人,对外宣布推出提案 ACR42,要求州政府对 19 世纪和 20 世纪在美华裔移民遭到不平等歧视待遇作出正式道歉。6 月 17 日,方文忠又在州府沙加缅度联手洛杉矶选出的众议员 Kevin DeLeon 推动这一提案。这是一百多年来,第一个由华裔议员出面,要求加州政府向华裔移民正式道歉的提案,意义深远。该案已于 7 月 10 日在州众议院和州参议院双双过关,只待州长签署,便可成为加州历史性的新法案。

　　2008 年 11 月 4 日当选州众议员的方文忠,在硅谷地区素有"华裔参政教父"之誉,多年来推动、辅选多位华裔人士参政成功。如今他亲身问政,作为华裔在议会的当然代言人,除了关注当下许多关系到民生经济、健保和移民政策的提案,又聚焦百多年来华裔在美不公平遭遇,既力图洗清先辈不白之冤屈,更要求当局为历史错误担当责任,使得这一提案无异于在政坛产生振聋发聩之效应,也令人感觉这位新科华裔众议员无论在选区硅谷还是议会的发言都掷地有声,举措深得民意。

　　方文忠指出,联邦政府 1882 年通过的"排华法案"(*Chinese Ex-*

clusion Act），事实上就是在加州政府要求下出笼并获得通过的，1872年加州立法禁止中国移民来美，直接导致了1882年国会通过"排华法案"，为全美国掀起的排华浪潮奠定了恶劣的"法律基础"。由于当年华裔移民漂洋过海到美国的第一个入境口岸在加州，这项由加州政府推动的排华法案导致所有在美华裔移民蒙受了半世纪多的不公平待遇。而华裔移民对美国西部开发的参与始自"淘金热"，继至铺设横贯美国大陆的铁路工程，他们还用自己的聪明才智和不懈的勤奋，帮助加州修建了船只、堤坝、水利灌溉系统，以及开发养殖农牧业；今天加州品种繁多的花卉种植和鲍鱼、虾类养殖，也多出于早期华裔移民的播种耕耘。贡献良多的华裔劳工在极为艰苦的环境下为之抛洒血汗，而所获得的报酬却极其微薄，最后还遭遇到种种非人的不公平歧视待遇，包括在美华人不准拥有房地产、不准担任公职、不准与白人结婚、不准上公立学校、不准出庭作证、不准与海外家人团聚等等。历史的耻辱终于让在美华裔明白抗争维权的必要性，也由于诞生方文忠这样有识有胆的代言人，而将州政府送上被告审判席。

出生于澳门，3岁随父母移民来美的方文忠认为，现在应该是加州政府和联邦政府对早期虐待华人事件做出正式道歉的时候了。他的家族也位列无数遭到不公平待遇的华裔家庭之中，其祖父1939年抵达旧金山时，就曾被关押在天使岛上。因此，他对这段辛酸历史也同样感同身受。

要求加州政府道歉，也即要求美国政府道歉。方文忠的提案不仅仅是为移民先辈的悲惨遭遇"讨说法"，更是匡正时弊、保障华裔移民权益的一个标杆。

壮哉！华裔要求美国道歉第一案，正承载起历史的重托与今天的希望。

（7/13/2009）

国会山庄华裔女性第一人

　　尽管加州 2009 年 5 月 19 日举行的特别选举乏善可陈（投票率偏低不足两成,六分之五州提案不过关）,但南加州第 32 选区国会众议员席位的竞选却创造了历史纪录。民主党人赵美心（Judy Chu）、共和党人赵美生两位有亲戚关系的华裔女性双双出线,于 7 月 14 日对决,首位美国国会华裔女性众议员实际上当时已然诞生。

　　由于第 32 区本是民主党的票仓大本营,有 23 年从政历史的赵美心几乎胜券在握笃定当选,这已基本没有悬念。她的堂嫂赵美生虽然没有胜算,即使如坊间传言与之私下有恩怨较劲之因素,但其为共和党一搏,也是民主政治的一环。

　　综观 32 选区的人口结构,西裔超过 60％,亚裔约占 18.5％,白人占 15％,赵美心 7 月 14 日通过决选晋级国会之路,完全要靠选票说话。幸运而又有实力的赵美心不仅获得江俊辉、余胤良等华裔重量级民选官员的支持,也获得重量级西裔领袖和团体的支持,包括洛杉矶市长维拉莱格沙、联邦众议员桑切丝,以及西裔占多数的洛杉矶县劳工联合会、服务业员工联合会、农场劳工联合会等团体的背书。

　　果然,7 月 14 日晚上选票统计,赵美心以接近两倍的票数击败对手赵美生,当选美国历史上首位女性华裔国会众议员,美国华裔参政又揭开历史新的一页。戏剧性的这对华裔堂姑嫂之间的竞争也终于水落石出。

赵美心感慨而兴奋地表示,"这是个多么令人振奋的选举啊!"30年服务华人社区,6个月冲刺于竞选之途,都在当晚获得了肯定与回报。

　　竞选虽然尘埃落定,拼搏之路依然遥远。15日赵美心登机飞往华府,16日即在国会山宣誓,正式走马上任。当天,赵美心俨然成为国会山庄的耀眼明星。在众议长波洛西(Nancy Pelosi)的欢迎和监督下,赵美心郑重宣誓,履行成为第一位华裔女国会众议员的礼仪程序。她的丈夫、父亲及其他亲属陪伴在身边。而前一天晚上,奥巴马总统也亲自打电话给她,祝贺她当选。

　　当天下午,赵美心参加投票的是众议院有关新能源的一项议案。她透露说,目前最关注的是要努力推进全民健保和综合移民改革。第一要务就是力挺全民健保过关。她也坦言深感在国会的压力和责任重大,她第一次出席健保改革会议直到凌晨六点才结束。赵美心也表示,她已注意到加州众议员方文忠推动要求加州和联邦政府就1882年的《排华法案》向在美华人道歉的立法。赵美心表示支持方文忠的提案,并希望能与方文忠联手在国会推动这一立法。

　　赵美心是继俄勒冈州选出的众议员吴振伟(David Wu)之后的第二位华裔国会众议员,是第一位华裔女国会众议员,也是第111届国会中的第12位亚太裔众议员。

　　拥有37年民主党党龄的赵美心还在大学读书时,就注册投票。她深感少数族裔发出自己的声音、争取平等权益多么艰难和重要。1990年、1994年和1999年,赵美心先后三次被当选加州蒙特利公园市市长。2001年当选加州众议员。

　　赵美心的从政之途多年来层楼更上,从学区委员、市议员、市长等职,到州众议员、州平税局委员,在民选的仕途上奋勇跋涉一往无前。她的家庭成员也不乏从政俊杰,其丈夫伍国庆是现任加州众议员,其兄赵中求担任过北加州桑尼维尔市议员、市长。

　　1953年7月7日出生在洛杉矶的赵美心,父亲是美国二代华人,母亲1949年前自广东移民来美。她是洛杉矶加州大学的心理学博士,参政前在东洛杉矶社区学院任教授。

总部在华盛顿的国际领袖基金会(The International Leadership Foundation)7月23日晚在首都举行隆重的年度颁奖典礼,把今年的最高荣誉"年度国际公职服务奖"颁发给赵美心、吴振伟两位杰出的华裔政治领袖,不啻是为赵美心的胜选锦上添花。

赵美心8月7日晚间又飞到旧金山,作为特邀嘉宾出席在旧金山市政府大厅举行的美华协会(OCA)第31届全国年会开幕式。她与加州主计长江俊辉、州众议员方文忠、旧金山市长纽森、市议员邱信福、朱嘉文和马兆光、阿拉米达县参事赖燕屏、圣荷西市议员朱感生、奥克兰市议员关丽珍等众多政要到场,造就年会开幕典礼成了一次华裔重量级政界精英的大聚会。

国会山庄华裔女性第一人! 赵美心的美国梦也是全体华裔的光荣与梦想。路漫漫其修远兮,赵美心未来的征程,也都必将有包括华裔在内的民众伴随。

(6/11/2009)

房地产市场的美国梦

自 1995 年起就对美国房地产市场中移民和少数族裔的动向展开系统调查的知名研究机构皮尤中心,2009 年 5 月 12 日公布了 2008 年的调查报告,显示近六成亚裔拥有自购住房,居少数族裔之首;而少数族裔购房者增加比白人迅速,但遭遇次贷危机房市泡沫破灭的打击也更大。

调查统计表明,亚裔购买住房比例过去 10 年一直居少数族裔之首。显示亚裔整体经济基础逐步稳固,安居乐业态势不断提升。

2008 年,美国平均拥有住房率为 67.8％,其中白人高达 74.9％,亚裔 59.1％,西班牙裔 48.9％,非洲裔 47.5％。

亚裔拥有住房率最高的年份是 2006 年(60.8％),2007 后因房市泡沫破裂而略有下降,仍然高于其他少数族裔。亚裔有房率在 1995 年就已达到 49.1％,而当时西班牙裔和非洲裔分别为 42.1％ 和 41.9％。十多年来的进展变化显示,亚裔有房率增长也大大高于西班牙裔和非洲裔。

尽管缺乏华裔拥房率的具体调查数据,但以华人秉承的"有房斯有土、有土斯有财"的传统,华裔移民来到新大陆改善生活品质的梦想之一,大抵是凭藉买房安乐居而开始实现的,华裔有房率至少在亚裔中名列前茅。这样架构在房地产市场的美国梦,几乎也为所有移民所梦寐以求,也是移民开拓新生活的第一步。

这个第一步的美国梦,无疑具有极强的激励意义和指标作用。对华裔来说,拥有自己的住房,无异于构筑起新的家园,是移民生涯的转折,也是创新发展的新起点。

　　迄今已延续一年多的次贷危机风暴,汇合金融海啸,形成前所未有的经济衰退,重创了愈来愈多移民凭藉拥有自住屋而架构起来的美国梦。哪一个家庭倘若遭遇裁员凶猛和丧失房屋赎回权的打击,都可能陷入困境。不幸的是,遭遇这双重打击的家庭也与日俱增。据房地产数据公司 Realty Trac 的统计,美国 4 月份丧失抵押赎回权的案例比去年同期增长 32%,全美共有超过 34 万个家庭收到止赎通知。Realty Trac 估计,接下来的三到四个月依然是止赎的高峰期。

　　这样的后果是收回的法拍屋增多,反过来又进一步压制房价,也意味着银行在出现更多亏损状态下,更加难以扩大消费贷款,进而导致更多人失业。这个恶性循环的"经济链"其实就是美国梦的"克星"。所有遇到贷款麻烦的家庭一旦因缴不起月供而被赶出住所,再重新实现自己的房屋美国梦将可能更难,毕竟如此沉重的挫折将可能令人一蹶不振。

　　硅谷乃至旧金山湾区等华裔聚居之处,房地产市场的波动也很微妙。法拍屋数量不断增加,房屋中间价同比已暴跌了 41%,次贷后的烂账让无数的屋主狼狈不堪,也拖累了整个房地产市场。构筑自有屋美国梦的华裔,正坚守最后一道防线,他们依靠相对足够的储蓄,哪怕家庭成员中有人失业而失去经济来源,也要与次贷划清界限,绝不做法拍屋的牺牲品。手头活络有周转资金的,还伺机而动,看准房屋价几近低谷而抄底进场,捡一回便宜货,投资、自住两相宜。他们中也许不乏你我熟悉的身影,正在逆势而上,再度构建房地产市场的美国梦。

(5/18/2009)

与 CNN 面对面

亚特兰大(ATLANTA),美国东南方重镇,佐治亚州交通、金融、经济与文化中心。1996 年夏季奥运会举办城市。还在 20 世纪 80 年代,美国 500 家大企业中的 431 家就在该市设厂或办事处,著名的可口可乐公司总部、洛克希德公司总部等都坐落在这里。而美国有线电视新闻网(Cable news network,简称 CNN)的诞生,使这座名城距离全世界各地都不再遥远。

由特纳广播公司(TBS)董事长特德·特纳于 1980 年 6 月创办的 CNN,通过卫星向有线电视网和卫星电视用户提供全天候的新闻节目,特纳的前妻是电影明星简·方达,如今比简·方达更名闻遐迩的商界奇才特纳涉足传媒界后曾经说过,"CNN 要播出直到世界末日,即使到了世界末日,CNN 也要现场转播那一刻!"CNN 总部邻近亚特兰大市中心奥林匹克公园,约莫 14 层高的建筑虽不显眼,但其楼顶醒目的 CNN 红色标记在市中心不同方位、角度都容易望到。

全美少数族裔媒体组织"新美国传媒"(NAM)2009 年年会(商展)暨颁奖典礼 6 月 4 日、5 日在亚特兰大市凯悦酒店的会展中心举行。CNN、可口可乐等著名公司赞助了本次活动。CNN 更在 4 日下午敞开大门,开放新闻播报和制作室现场供 NAM 年会代表参观,笔者也因此得以一窥 CNN"庐山真面目"。半小时的招待会、近一小时的参访,这也可以说是美国少数族裔媒体从业员与主流媒体 CNN 的一次面对面零距离交流。

创业之初曾遭遇美国各大电视网"白眼"乃至当局打压的 CNN，堪称美国媒体异军突起的范例。这个曾被蔑称为"鸡零狗碎"的电视台于 1983 年斩获甚多，因接连报道韩国航空公司 007 号班机被前苏联空军击落、美国驻贝鲁特海军陆战队司令部被炸、美军入侵格林纳达等一系列重大新闻而荣获皮博第奖。1986 年，CNN 又独家现场报道美国航天飞机"挑战者"号升空失事爆炸，令 ABC、NBC、CBS 等大牌"老字号"相形见绌颜面尽失，由此确立了 CNN 独家现场实况报道的地位。里根遇刺、伊朗人质事件、海湾战争、英国王妃黛安娜车祸、东欧巨变等几乎所有国际重大事件，CNN 的现场即时新闻名扬天下、举世震撼。"哪里有突发事件，哪里就有 CNN"的口碑开始流传。1991 年 1 月 16 日海湾战争爆发，CNN 记者独家采访了萨达姆，世界各国首脑和外交部长收看的电视机几乎都在接收 CNN 新闻；时任美国总统布什说："我从 CNN 了解的东西甚至比从中央情报局得到的还要多。"

自然，当政者也不止一次从 CNN 品尝、领教到传媒的巨大冲击力。2005 年卡特琳娜飓风重创新奥尔良时，CNN 的大幅度报道披露了美国政府反应迟钝、救灾协调和指挥何其混乱等弊端，狼狈不堪的美国政府以新奥尔良形势严峻不能保证记者安全为由，宣布个别区域不再向记者开放。CNN 当即敏感地意识到当局这一举措干涉新闻采访自由，遂聘请律师正式起诉美国政府。一周后，白宫让步撤回了限制采访决定。其实，让当局头大的早已不止于此，当初 CNN 申请加入白宫记者团就曾遭拒，实在是因为 CNN 的即时播报形式与风格让当局吃不消。试想，由于 CNN 的即时新闻，让媒介的受众包括公众都能在第一时间与政府首脑分享信息资源，洞悉重大事件真相，置欲掌控"话语权"的当局于何境地？只是不依不饶的 CNN 最后一纸诉讼状，将美国政府告到法院并赢得官司，堂而皇之地成为白宫记者团的一员，从此 CNN 记者的镜头让华盛顿政要乃至总统在公众知情权面前无处可遁。

　　带领参观并讲解的 CNN"向导"口若悬河有问必答，让人感觉他本来就是电视播音员出身。相继观看介绍录像片和不同实况播音频道的大屏幕，CNN 的历史与现状叠影交汇；透过楼道玻璃幕墙察看导播室，设施硬件及工作状态一览无余；在天气预报屏幕前的演练（向导并邀请 NAM 参访代表随意走到屏幕背景前作"实况播报"演习），再欣赏在线播放的民众自行采访节目（"Live Rrportr"，当时是两个小孩的自我报道），无不令人兴味盎然，大开眼界。这家名闻遐迩的电视网的新闻播报现场与她的内容、形式，都予人直观、生动的印象。

　　全天 24 小时播放国内外新闻的 CNN，目前在全世界设有 40 多个记者站，以迅疾独特的报道风靡全球，其《今日世界》、《世界报道》（每周由 120 个国家或地区各自提供 3 分钟电视报道，原汁原味播出）、《交火》（Crossfire）、《可靠消息来源》（Reliable Sources）等王牌新闻、访谈专栏，包括拉里·金、帕特·布坎南和伯纳德·萧名牌主持人的"脱口秀"等节目，以及双向网络电视节目"CNN 交互电视"（CNN Interactive）等，堪称独步天下的品牌，足以与美国乃至世界各大媒体相抗衡。但就是这么一个著名的国际化媒体集团，其总部不过是栋不起眼的多层楼建筑（还与一家旅馆合用），在"硬件"、规模上不必说远远难追中国央视（CCTV）大楼的豪华气派，即便是中国随便哪个省市级的电视台建筑，都可能压过 CNN 的风头。我们亲眼所见的一个 CNN 导播室，几十平方米的大厅内紧挨着数十个工作台，桌上电脑的显示器大多还是老旧型的；那档主持人的节目就在一个角落的播报台实况播出。各守其责的员工们纵然各种服饰打扮不同，自我意识动作不一，却都能够有条不紊地忙碌着，确保来自地球村不同区域的新闻都在第一时间播出。

　　参观 CNN 时，笔者也想起 2008 年起一度流行的那句话："做人别太 CNN"。当时那个 CNN 主持人 Jack Cafferty 的辱华言论，着实激起海内外中国人的愤慨，在国人的眼里，CNN 似乎也成了偏颇、不友善的代名词。然而客观地说,CNN不论在世界新闻还是中国报道方面,都在追求全面、整体、多样化的目标。CNN的节目也许涉及中国的民主、政治、人权甚或西藏问题,但更多触及文化、艺术、体育、经济、社会领域的话题。姚明、张艺谋、刘翔等都曾是CNN"亚洲名人聊天室"栏目聚焦的热点人物,有关中国的快餐连锁店介绍,以及一个美国人到中国减肥的故事等,不乏社会性和人性。2008年9月温家宝总理访问纽约之际,CNN也对他做了特别采访;而温家宝选择CNN作为向美国民众传达自己声音的渠道,本身说明他眼里的CNN还不失为一个客观可信的媒体吧。

在CNN建筑楼一楼特高天花板大厅下是商业化的餐饮大排档,停放着一辆涂了草绿色防护漆的装甲车("沙漠风暴"),那是CNN在海湾战争时曾经抵达前线的现场报道车,装备有各种卫星通信器材,保障即时向全世界播放第一手战时新闻。这个传媒界的荣耀现在被定格于此,足见CNN也为之骄傲。大厅二三层以上周边环绕悬挂的CNN标志和星条旗以及万国旗,不仅点缀出大厅内的壮观色彩,也凸显出CNN追求的全球性、多元化特色,及其雇员的国际化特色。这些特色与CNN报道所力求的独特性、现场感、时效性相得益彰,不失为任何媒体的借鉴。而CNN标榜追求真实、公正、平衡和自律的原则,以及惯于透过暴力、灾难、冲突等事件制造轰动效应的手段,也让世人见识到一个西方社会主流媒体的新闻观。

与CNN面对面的另一个感触,就是CNN对少数族裔媒体的平等相待和热情接纳。CNN总部平时虽然也开放公众参观,但当天在接待NAM代表参观之前,还特意在前厅一侧的酒吧大厅内举行了一个轻松惬意的招待会,也可证CNN对首次接待如此之多的全国少数族裔媒体人员的重视。这个话题的另一面,则不妨说在多样化的美国社会大背景下,近年全美少数族裔媒体群体的发展、壮大,其触角不仅渗透到社会每个角落,事实上也成为美国媒体大军的一个分支,不能不让原先独大的主流媒体刮目相看。

与 CNN 面对面,各少数族裔媒体也在相互面对面。新美国传媒年会的不同主题研讨会,场面盛大而温馨的全国种族媒介奖颁奖晚会,以及不同区域、族裔、文字、语言媒体的交流商展,……暮然回首,发现在少数族裔媒体群中,亚裔、至少是华文媒体也并不算突出。"山外有山,天外有天",族裔媒体与族裔社区、文化的交融共生,也因此显现无限广阔的发展空间与潜力。

(6/26/2009)

边缘崛起:少数族裔传媒的发展

曾几何时,移民族群在美国被长期视为主流社会的边缘,各少数族裔的人数、分布不均,不同程度遭遇歧视和职场"玻璃天花板";少数族裔的传媒也主要服务于本族裔需求,偏安一隅,难于和主流传媒争锋,更遑论掌握社会"话语权"。

近年来,随着民权意识高涨,各移民族裔于积极维护权益之际,在经济、文化、教育、科技等领域都诞生不容轻忽的精英群落,实力渐增;少数族裔传媒群体迅速发展壮大,其触角不仅渗透到族裔社区每个角落,也涉及全社会方方面面,事实上已成为美国媒体大军的一个分支,开始让原先独大傲视天下的主流媒体刮目相看。

曾经荣获美国重要传媒奖的媒体人桑迪·克罗斯,较早发现、关注少数族裔传媒的潜力,她发起主导的"新加州传媒"非盈利机构,不几年又扩充为"新美国传媒"(NAM),如今已是覆盖全美国 50 个州、超过 2500 个不同种族、150 种文字语言的少数族裔传媒的合作组织,除英文媒体外,还包括汉语、阿拉伯语、韩语、越南语、乌尔都语、西班牙文、葡萄牙文、德文、俄文、波兰语等十大类少数族裔文字语言媒体。"新美国传媒"在 2009 年 6 月初于亚特兰大举行的年会活动中公布的一项调查显示,阅读、收看和收听少数族裔报纸、电视台和电台的人数已经达到 5700 万;或者说,五分之四(82%)的少数族裔固定从本族裔传媒获得资讯。

同一民调也显示,全美各地的中文报纸覆盖了 70％的华裔成人,54％的华裔上网阅读本族裔网站。不言而喻,美国少数族裔传媒的普及率越来越高,成为少数族裔获取新闻和资讯、了解有关本社区甚至母国消息,以及其他令他们感兴趣问题的主要来源。

诚如"新美国传媒"执行主任桑迪·克罗斯指出,这些民调凸显了少数族裔传媒在美国新闻领域所发挥的特殊作用,也昭示出主流传媒和少数族裔传媒加强合作的重要性。

在美国主流媒体纷纷出现亏损甚至破产的近几年,少数族裔传媒的市场却仍在逆势扩展,涵盖面扩大。在保证充分的信息量和信息面基础上,加强新闻社区性和服务系统性,成了少数族裔传媒自强于主流传媒之外的特色,也是众多尾大不掉的主流媒体原先不屑、如今难为的优势。

"新美国传媒"的影响力也日渐提升,她所展开的多项族裔文化、移民人口发展和移民改革、少数族裔妇女地位等相关调查,引起了主流社会的关注,事实上也率先拥有了在这些领域的"话语权"。"新美国传媒"近年来相继在旧金山、圣荷西、华盛顿、亚特兰大等美国各大城市举行的年会或者专题研讨会,吸引不少政要名流出席。不同区域、族裔、文字、语言媒体的交流商展,蔚为壮观,昭示着少数族裔传媒的边缘崛起,异军逐鹿,其能量和影响力令主流社会难以小觑。

前第一夫人、联邦参议员、现任国务卿希拉里曾经在华盛顿会见"新美国传媒"成员。联邦人口普查局 2009 年 6 月初与"新美国传媒"在亚特兰大举行联席会议,共商 2010 年人口普查大计。人口普查局助理局长杰克森希望借助少数族裔传媒,加大宣导人口普查工作的内涵与意义。由于少数族裔传媒得天独厚的优势,人口普查局正将之看作是在移民和少数族裔社区建立互信的一个同盟和渠道。伴随着人口普查领域的合作,少数族裔及其传媒都有望进一步贴近、融入这个国家社会的动脉,并继续获得长足的拓展。

诚然，少数族裔传媒尤其是传统传媒，也面临如何应对衰退乃至生存危机的挑战，这个让所有传媒无不殚精竭虑的命题，同时寓意了传媒未来生存发展之道：把握定位、锁住读者群，也即掌握社区乃至社会"话语权"，并在扬长避短的前提下锐意创新。

（7/23/2009）

妖魔化的"硅谷华人间谍论"

　　美国联邦调查局(FBI)总是喜欢折腾出什么惊天动地的爆炸性案子来,似乎不如此作为就难显示出其"捍卫国家安全"举足轻重的地位与能量。不久前,FBI某些官员又老调重弹,将在硅谷从事高科技工作的华人都视为"窃取机密"的间谍嫌疑,甚至言之凿凿地声称大约有3000多家华人公司可能在全美从事偷窃商业机密和获得高科技情报的间谍行为,危及美国国家利益和安全。

　　美国《圣荷西水星报》和《每日评论在线》2006年9月29日报道,两名华裔工程师被控窃取高科技公司机密一案将于2007年1月开审。两名被告被控偷窃太阳微系统公司(Sun)、全美达(Transmeta)、NEC(日本电气株式会社)及美国泰鼎科技(Trident)四家公司的微芯片保安卡及其他商业机密,"协助中国发展半导体业"。

　　这个例子事实上是几年前发生的,两名被控的华裔工程师2001年在旧金山国际机场候机时被联邦调查局特工拘捕。证据是在两人的手提行李箱内发现大量"怀疑为商业机密"的文件、属于两人雇主的太阳公司和全美达公司的专用文件,以及怀疑从这两公司偷来的科技仪器。FBI人员指该两名华裔工程师涉嫌计划与中国杭州市政府联合开办投资公司,该项合作投资项目是由市政府及中国中央政府拨款推进。

　　媒体还举出另外的例子,譬如硅谷两名华人2001至2002年间非法将被限制出口的夜视科技仪器出口到中国。所谓多宗高科技公司被华裔员工涉嫌偷窃公司机密资料案,说到底只是些个案,不能也不应该代表所有在硅谷乃至全美的华人的行为,何况真相如何还须待司法审理。人们已经清楚的倒是,同样是几年前被刻意炒作甚嚣尘上的华裔工程师李文和事件,最终的事实岂不证明指控他为"间谍"的折腾行为太可笑又太可气吗?!

美国联邦调查局反情报处前副处长戴维·苏斯迪坦承"美国的盟国,比如说以色列和法国,它们也在偷窃美国的机密",但他直指"中国却是头号窃密国。只要你看看中国在研发领域的进展,就知道他们瞄准的目标就是硅谷"。

美国商业部出口执法组圣荷西办公室主管朱莉·萨尔西多也竭尽夸张之能事地宣称:"在美国商务部调查的案件中,大约三分之一是涉及中国的。这些新型间谍不同于传统的特务,他们不是007式的特工,而是商人、学生或者学者。他们瞄准的目标不是军事情报,而是高新技术,因此,硅谷成了他们的头号目标。"不过她也无奈地表示,根据调查报告,多间中国军方及政府支持的研究所似乎曾多次透过贸易途径取得美国的敏感科技,但要提出证明则相当不容易。

危言耸听的目的自然是"折腾"出想象中的敌人,随之而来的是加强应对之策,以表明FBI不是吃干饭的。据透露,为了应对"中国新间谍",联邦调查局在"硅谷之都"圣荷西增加了一个经济间谍与反情报办公室,另外还打算在硅谷发源地帕洛阿图市设一个经济间谍办公室。

事实上,自李文和冤案以来,美国华裔就常常背上了美国科技与商业领域"间谍"的黑锅。美华协会的一位负责人因此说:"FBI就是张大网,把所有的华裔美国人都装进去,这样每个华裔人士就不得不证明自己不是间谍!"由此看来,FBI首先是要把华裔"妖魔化",然后导致科技界乃至全社会的恐惧与反弹,其后果自然是最终要将在美的所有华裔打成"另类",人人自危。

《圣荷西水星报》的文章，强调硅谷作为美国高科技的重镇和中心，理所当然地成为各国窃取经济和科技情报的"温床"。此说也许是当今世界现实的观照之一，但文章透露联邦调查局称有3000多家华人公司可能在美从事窃取科技和商业机密的间谍活动，据有识之士分析，这一数字实际上还是沿用当年李文和事件发生时联邦调查局所统计的，以及当时联邦众议员考克斯所公布的数字，也就是说这么多年以来这一数字还在"生搬硬套"，不仅是老调重弹，其捕风捉影之程度都大为可疑。

前述FBI官员苏斯迪"看看中国在研发领域的进展，就知道他们瞄准的目标"之说，却也从另一方面透露出中国的日益强盛壮大，早已令某些人很不爽，千方百计罗织出"间谍"的罪名，并企图产生一石三鸟的效应：威胁在美华人"夹起尾巴做人"，诬蔑打击中国声望，进而让所有他国他民"染指"高科技有所顾忌，以图逞独霸天下之能。

可惜，FBI某些官员的创意答案太过浅薄，满脑子还灌装着冷战时代的思维、仇恨，甚或掺杂了相当多的歧视意识与自我独尊心态，但妖魔化中国和在美华人的结果往往适得其反，因为事实最终会纠正谬误。成千上万杰出华人工程师、科学家为美国科技事业作出的贡献，更终将令那些挥舞"妖魔化"大棒整日折腾的要人无地自容。"硅谷华人间谍论"的风生水起只会成为历史荒谬的一个注脚。

（10/5/2006）

FBI 备忘录

美国联邦调查局（FBI）2007 年 6 月底至 7 月初于旧金山湾区几家中文媒体刊登召募情报人员的广告，虽然篇幅不大，却也引发轩然大波。不仅华裔社区猜疑、谴责声浪日盛，中国驻旧金山总领事馆乃至中国外交部发言人也直斥广告内容"纯属无稽之谈"，并称"美方有一些人逆潮流而动，顽固保持冷战思维，企图抹黑中国形象，并散布中国威胁论，他们的做法不得人心，也决不会得逞。"

一般而论，FBI 的机构背景较为特殊、敏感，但它征募情报人员就如一些华裔人士所说像警察局招兵买马一样，无须大惊小怪；不过这次做法很特别，不能不令人疑窦丛生。一是罕见地在中文媒体以中文刊出广告（以往类似征人启事多为英文广告），二是广告内容暗藏玄机，却又直言不讳地点名"中国国家安全部"这样的对象，令人讶异莫名。

请细读该则广告全文：

"联邦调查局（FBI）有很多职责，其中包括保护美国国内安全以及公民权利，在此居住的华人也曾经常帮助 FBI 防止破坏分子渗入并危害我们的国家。为了保护我们的自由和民主，我们将继续寻求你的协助。如果有人获得任何有关危害我们国家利益的情报，我们愿意诚恳与你交谈。我们尤其欢迎所有知悉有关中国国家安全部情况的人与联邦调查局联络。如果不懂英文，我们有会讲中文的调查员帮你。请致电(415)553－6400或写信到FBI,P.O. Box36015,San Francisco,CA94103与调查员浩思联系(任何与FBI联络的人,其身份将会被严格保密)。"

上述文字中,称"华人也曾经常帮助FBI防止破坏分子渗入……"颇有鼓励征召华人当间谍之嫌,点名"中国国家安全部"则容易让人将其与"破坏分子"、"恐怖行动"、"危害美国国家利益"等划上等号。FBI旧金山分支的发言人7月9日以一份英文声明回应各方质疑道:"联邦调查局并非要求华裔社区的成员相互监视或者从事针对中国政府的间谍活动。……意图是通过中文广告向湾区讲华语的居民提供一个交流非法活动信息的途径。"并且声称"联邦调查局并不从事间谍活动。"如此的表白显然如同"此地无银三百两"般多余和滑稽了。

1908年成立的FBI,原名司法部调查局,1924年改为现名。它原是美国司法部下属的主要为执法收集情报的部门,近年来主要负责美国国内的反间谍和重大刑事案件侦破工作。"9·11"之后,在有效防范和打击恐怖活动的堂皇名义下,其在国内调查和监视公众的权力也有所扩大。

尽管FBI的职责主要是负责美国国内的安全,但其触角早就"捞过界",在世界22个国家派出驻外机构。《国际先驱导报》最近曾披露:"FBI北京办事处已经在美国驻华使馆里神秘地蛰伏了5年之久",三任负责人都是"中国通",前两任还是美籍华人。联邦调查局副局长富恩斯特赞扬FBI驻北京机构"在中美执法合作中发挥联络作用"。他念念不忘的"经典案例",就是当年从美国遣返中国巨贪、中国银行广东开平支行原行长余振东事件。富恩斯特也不讳言FBI现在正在与中国公安部合作,调查"东突"势力在国际恐怖活动中发挥的作用及其与基地组织的关系。因此,反恐和反腐,是美中双方合作的两大重点。至于FBI驻外机构更多隐密的"天机",富恩斯特自然是不能泄露的。

既然FBI与中国公安部有合作关系,又要打探人家"安全部"的情报,就绝非正常途径了。"捞过界"过了头,恐怕连中央情报局(CIA)都会不悦吧。

美国中央情报局(前身为二战时的战略情报局),正式成立于1947年9月18日。其实此前的1947年7月26日,美国国会就通过了建立中央情报局的《1947国家安全法》,规定中央情报局的职权和任务是收集有关国家安全的情报,直接向国家安全委员会(从而直接向总统)汇报,执行与国家安全有关的任务。随着冷战"铁幕"拉开,1948年6月,时任总统杜鲁门签署文件,规定中情局可以在国外从事各种秘密行动,"作为美国政府公开外交活动的补充"。其触角和影响可谓无处不在,美国前总统老布什早先也出任过中情局局长。

作为分管国外和国内情报工作的两大机构,CIA和FBI之间向来明争暗斗,摩擦不断,互不服气。胡佛任联邦调查局局长期间,一度禁止手下与中央情报局接触。如今FBI又惹出这一档广告风波,CIA不看热闹怕也说不过去了。

(7/10/2007)

"全球态度"下的中国形象

一项国际民调显示,就国际形象而言,中国比美国为佳。美国知名的民调机构——皮尤(PEW)研究中心不久前公布了一份"全球态度项目"调查报告,本来主要目的是了解美国在世界的形象,却因为其数据显示出"中国国际形象好于美国"而引起海内外关注。在受调查的16个国家中,包括英国在内的11个国家的过半民众对中国大陆的印象优于美国,只有印度和波兰认为美国比中国好;加拿大则对美中的印象不偏不倚。

然而,这份长达68页的调查报告其实还有不少值得反思的信息。

在皮尤展开的美国、中国、德国、法国和日本的五国好感度比较调查中,虽然中国在很多国家眼里要好于美国,但却差于日本:在调查的16个国家中,有14个国家对日本的好感度要高于中国。

也许,日本的对外经援使其在很多受援国具有良好口碑,金钱外交频频奏效;日本与西方的盟邦关系以及双方没有历史纠葛包袱可能也使其较多得分;但日本的经济建设成就与民主体制更为世人看好,恐怕也是其纵然远交近攻却仍然畅通而一意孤行的本钱。

东西方对中国崛起态度两极,也反映在皮尤调查中:虽然法国、西班牙和波兰等国的多数受访者认为中国经济发展会对他们的国家带来负面影响,但在英国、加拿大、德国、荷兰和约旦,半数以上的受访者认为中国的经济增长对他们的国家有利。亚洲国家对中国经济发展的态度则更为积极,在印度,对中国经济发展持正面态度与负面态度的民众比例分别为 53％和 36％;在巴基斯坦,这两个比例分别为 68％和 10％;在印度尼西亚,这两个比例分别为 70％和 23％。即使在美国,也有 49％的受访者认为中国经济发展是一件好事,高于持相反观点的比例——40％。

"全球态度"表现在军事实力上,就出现了更大差异。调查表明,绝大多数国家都支持某个国家在军事上崛起与美国抗衡。不过,当问到假如这个国家是中国时,西方国家与发展中国家表现出截然不同的态度。几乎所有受访的西方国家都不希望看到中国成为能在军事上与美国抗衡的强国,而在中东和亚洲的发展中国家,支持中国成为军事强国的民众比例均超过了不支持者的比例。印度尼西亚 60％的民众支持中国在军事上成为能与美国抗衡的强国,28％的民众表示不支持。而约旦和巴基斯坦支持中国成为军事强国的受访者比例都高达 77％。

整体而言,中国的总体国际形象似乎还不错,但是隐忧也不小。如果说,美国的霸权主义及其发动的伊拉克战争几乎摧毁了美国的国际形象,那么是什么因素让很多国家尤其是西方国家对中国戒心重重呢?尽管北京一再宣示"和平崛起"、"不称霸",为什么还会引起不少国家与人民的猜疑呢?中国终将解决台湾问题也即中国统一的方式与手段,一直是许多国家特别是西方世界耿耿于怀放心不下的;中国经济改革成功之后的政治体制如何"变法",更是大多数国家期盼甚或不安的;中国的崛起将带给亚洲乃至全球怎样的平衡或冲击,又是世界上多少观察家希冀预测到答案的⋯⋯

外在形象往往是内在性格、品德、智慧与实力、对外关系等等的综合体现,个人是如此,家族是如此,国家也无出其右。"人或誉之,百说徒虚;人或排之,半言有余。"态度虽然不会决定一切,形象却可以深入人心扩而散之。中国绝不能仅仅满足定位在目前的"国际形象",理应朝和谐、发展的目标进步;不是如中国不同地方常常推行的效果不彰甚至适得其反的"形象工程"，经济的繁荣催动政治的清明与改革的锣鼓，顺应民意的隐恶扬善，自强不息，亲仁善邻，近悦远来，才有可能让全世界刮目相看。

（1/20/2008）

"国安语言"与"国家利益"

    2007 年新年伊始,时任美国总统布什在全美大学校长峰会上推出了"国家安全语言倡议"计划,拟定 2007 财政年度拨款 1.14 亿元倾注于外语教学和交流合作。其中汉语和阿拉伯语、俄语、印地语、波斯语一起被列为美国最急需语言人才的"关键"(critical)外语尤其引人瞩目。值得注意的还有,这笔拨款将临时编入国防预算中,鼓励与国防相关的外语教育,完全出于外交、反恐等战略意图考虑。计划同时鼓励更多外国留学生,特别是来自"关键"国家的留学生来美,以符合美国的国家利益。最新消息还透露,美国有意将中国留学生签证有效期从 1 年延长到 4 年。

    "国家安全语言倡议"计划的推手,其实包括时任国务卿赖斯,她大力促成总统推进这一计划,无疑与其主导的美国战略外交息息相关。赖斯最近提出"转换外交"概念,调整部署美国在全球的外交布局。对照被列入五种"关键"外语的国家区域,可以看出"国安语言"的确认正是纳入"转换外交"的战略谋划之中。

    据《华盛顿邮报》报导,国务卿赖斯当年 1 月 18 日在有"外交官摇篮"之誉的美国乔治敦大学发表演讲,宣布将从今年开始裁减驻欧洲和美国国内外交人员数量,同时向中国和印度等国增派外交官。

    赖斯强调,随着冷战后形势的变化,美国外交界的升迁文化也要改一改了。她认为,美国外交官除非接受危险岗位,至少在两个地区有任职经历,精通两门外语,特别是中文、乌尔都语和阿拉伯语,否则就不能升迁。顺应此一战略考虑,目前在欧洲和美国国内的 100 名外交官今年将被调往中国、印度及一些阿拉伯国家任职。与此同时,正在接受汉语、阿拉伯语等"关键"语言训练的美国外交官数量达到创纪录的规模,而在未来几年内,6400 名美国外交官中的三分之一将发生岗位变化。

无独有偶,还在 2005 年 5 月,美国参议员利伯曼和亚历山大就提出了"2005 美中文化接触法案",要求联邦政府从 2006 年到 2011 年的五个财政年度内拨款 13 亿美元,全面促进美中在教育、学术、商业等方面的交流与接触,并在美国中小学加强汉语(中文)教育。这一提案虽然还有待国会两院批准通过,但美国高层对推动美中交流的关切,已经呈现年复一年不断升温的趋势,则愈来愈明显了。

当然,这一切都是为了符合"美国的国家利益"。正如赖斯演讲时的直言不讳,就是要推广美国民主、自由的价值观。此外,赖斯的副手、美国副国务卿佐利克曾经提出"利益相关者"概念,在"中国崛起"可能挑战美国外交政策甚至地位的意识形态及现实背景下,美国急于调整对华外交策略,更加重视对华关系,以实施推动其"中国是利益相关者"概念的现实战略安排也是可以预期的。

一个历史现实是,汉语修习在美国,甚至在西方任何国家都从未受到过作为一个语言所应有的重视和开发。多年前,美国的公立学校认为只有法语、德语和西班牙语是值得教授的语言。如今汉语被提到了"关键"语言的地位,不管美国如何为适应其"国家利益"而推动汉语等外语教习,以为诸如国防部、国务院、情报部门等重要机构提供和储备业已相当短缺的外语人才,但"汉语热"的必然升温,无疑对促进美中两国民间交流文化了解产生积极的作用。

目前美国正规学习汉语者仅 5 万名,正规汉语教师只有 2000 多人,这与中国学习英语人数高达 2 亿的比例相差悬殊。如果美国学生学汉语的人数增长 5%,将需要 25000 名合格的汉语教师。美国目前已经有 700 多所大学开始提供专门的汉语学习计划,200 多所从幼儿园到 12 年级的美国中小学也已经将汉语列为"沉浸"式教学课程。全美 2400 个高中今年将开始教授中文(AP 课程),2005 年底在巴尔的的召开的"全美外文教学会议"传出的消息,全美有超过 8000 多所学校都希望教授中文。如何妥善解决汉语教师"荒"的现象,也已经刻不容缓。

汉语成为美国的"国安语言",纵然与美国的国家利益紧紧绑在一起,却也是一把"双刃剑",其最终的推广必定会穿透政治的樊篱;毕竟,语言、文化的沟通,将缩短国与国之间、不同民族之间的距离。

(1/30/2007)

谨慎的乐观：中国公民美国游

随着中国公民来美旅游首发团于 2008 年 6 月 17 日抵达美国,中美两国业界关注的中国公民游美国的观光市场正式开启,今后中国公民来美旅游团势必如雨后春笋般勃发增长,但市场面临的竞争、规范化等趋势和文化差异可能引发的纠纷现象,也开始被业界有识之士正视。这一市场的前景,可以预期为谨慎的乐观。

首先,是美国的旅游接待能力有待提高,导游素质亟需提升。事实上,无论是东部的纽约、华盛顿,还是西部的旧金山、洛杉矶,接待团体游客的住宿酒店和饮食饭店都很少能达标,数量也有限。此前多年,旅游业者接待大陆公务员、企业界人士几乎无日无之的访问团时,就常常碰上难以订妥酒店的麻烦,今后接待大批旅游团客,可想而知矛盾更多。以旧金山机场附近商圈为例,酒店紧张、饭店饱和的现象早就存在;大批团体客进入后,订房间、床位的难度就更大了。另一方面,华埠也好,郊区也罢,可供批量游客进膳的饭店不多,质量也有限。业界流传"上档次的饭店不接团,接团的饭店吓跑本地客"的说法,也不是空穴来风。各旅行社能接待 50 人左右的大巴士本来就不多,在旺季就更加供不应求。这个接待能力的矛盾如果仅仅从"硬件"上改善,假以时日,还不难办到,但美国旅游市场的"软件"也不无瑕疵,导游队伍总体上参差不齐,因为美国没有针对导游的考核制度,各旅行社聘用的导游也极少有高学历出身者,更缺少旅游专业科班出身者,因此导游素质与中国对导游水平的严格培训和要求不可相比。即以华人旅游业看，不少新移民兼职导游以"糊口"需要暂时栖身此行业打工，本身还弄不明白不同景点的特色乃至历史、文化内涵，临场发挥信口开河，"忽悠"者比比皆是。

其次，旅游市场欠规范，业界已经存在的"三角债"问题可能会日趋严重。

从以往的情况看，有些从业者为了竞争只顾低价收团，又不得不到处欠债，牵涉到合作的业界伙伴这儿被人欠、那儿欠别人，"三角债"越滚越乱，整个行业陷入恶性竞争。而今后开放的大陆公民游美国团，据说报价普遍比以往的公务团低，连锁反应之下，旅游业合作链上危机四伏，利润只会降到最低。如果再有旅行社一味标榜低价追求接团，而根本无法保证服务质量，自毁信誉，最终吃亏的还是游客。上述现象，都是潜在的隐性的商业纠纷根源，倘不及早预防、改善、改进，就难以顺利有效接待团体游客，还可能会出问题。

事实也证明，刚刚开放的中国公民游美国，是政治因素和民间交流因素促成的，美国本地旅游市场的准备并不充分。美国作为一个个性化的自由国度，早在半世纪前开始普及的汽车和发达的高速公路网，催生美国人的旅游基本上是个性化的自助驾车游，这也导致美国本地旅游业界接待大团体游客的能力先天不足；美国人外出旅游亲近大自然的本能，远远高于享乐的成分，美国人对风景名胜的保护原则总是高于开发、建设所谓"楼堂馆所"的消费欲望。这一切凸显出中美两国人民的文化差异、旅游观的差异，有可能在今后接待中国公民游美国的进程中导致不愉快甚至纠纷，不能不予以重视。

中国公民游美国往往期望值过高，又总是喜欢比较"硬件"，以高楼大厦为"气派"，以感官刺激和享受为需要，还有那莫名其妙的斗"富"攀比心态。按照业界过去接待大陆公务团的经验看，入住美国的酒店星级标准，游览景点的设施，可能都无法入他们的"法眼"，以为比起大陆来差远了。假若到优胜美地、黄石公园等国家公园游览，大陆客多半会惊异设施"简陋",缺乏星级享乐酒店和饭店。他们只会惊讶、赞叹、留恋赌城拉斯维加斯、大西洋城的金碧辉煌、灯红酒绿。中国人的吃文化、享乐文化和赌博文化,碰上美国的环保与对自然美的崇尚、欣赏,就可能格格不入。

业界有识人士还指出,大批中国公民游客今后涌来美国,也需要提高本身素质,这其实也是事关国民教育国民形象的大事。诸如在机场候机、签票插队,在酒店房间内抽烟,在饭店用过洗手间后不冲水,在任何公共场合大声喧哗……等等现象,令人侧目,不改不行。他们举例说,曾经接待公务员团入住酒店,大堂柜台上标明了本酒店谢绝吸烟,违例者罚款,居然有团员甩出一张百元美钞说:"先缴罚款,不能不让老子抽烟了罢!"酒店经理和服务员只能目瞪口呆。据悉,这种失礼失态现象不在少数,不改怎么行?整改又岂是短期能奏效?就经济效益而言,充耳的呼声似乎是大陆游客将带进美国市场莫大的消费量,甚或给不景气的美国经济注入强心针,但有业界人士指出,未来大陆游客游美国,有可能为美国旅游市场增加 40 亿美元年效益,但美国旅游市场的收益本身不足全美国 GDP 增长总量的 1%,这个所谓"强心针"只是阿 Q 式的自慰罢。

开放中国公民美国游,无论从民间交流还是观光、消费市场,都应该是双赢的趋势,但前提是双方都应该有充足的务实的心理准备,以及必须各自提升素质和接待水准、互相适应山水、人文旅游的应有的境界,加以有序化的竞争、规范化的行业,这个日益开放的观光市场才可能和谐发展。

(7/9/2008)

谁来瓜分美中航线市场？

　　2007年7月中旬，美国多家颇具实力的航空公司竞相向美国交通部（USDepartment of Transportation）申请开通由美国不同城市到中国大陆不同城市的直航业务。美中航线前景被美国航空界一致看好，并已开始大举进入这一市场的实质准备与演练阶段。相比之下，中国大陆航空业在这一市场的经营本来就不理想，似乎也没有重整旗鼓的信心及规划，实在令人失望。

　　包括美国联合航空公司（United Airlines，简称"美联航"）、美国航空公司（American Airlines，简称"美航"）、美国大陆航空公司（Continental Airlines，简称"大陆"）、美国西北航空公司（Northwest Airlines，简称"西北"）在内的六家航空公司，7月16日不约而同地向联邦交通部呈文，申请开通美中两国城市间的双向航班。美联航申请计划于2008年开通旧金山及洛杉矶分别与广州间的直航服务。美联航认为，在美国所有城市中，旧金山的美籍华人最多；而广州是中国珠江三角洲地区的商业中心，也是许多美国以及其他国家工厂的制造基地，还是中国人口数量第三的城市。与其他没有直航服务的大城市地区相比，从旧金山地区到广州的旅客人数要多。此次申请开通的航线可能会成为美国与广州之间由美国航空公司提供的首次每日直航服务。美航则竞标芝加哥直飞中国北京的航线；大陆航空申请开通纽约/纽华克与上海间的由美国航空公司提供的首个也是唯一的日常直航服务,该公司还计划推出克利夫兰与上海间的原机直达航班服务。其他航空公司申请的航线还包括自休斯顿、凤凰城、纽约、亚特兰大等地开通北京、上海、广州等城市的直航航班。他们都相信,新的更多的航线开通,有利于美中之间日益频繁的经贸往来与文化交流。

这些在全美国乃至世界航空市场占有相当份额的航空公司,有的已经拥有多年从旧金山、洛杉矶、纽约等美国主要都市每天往返中国北京、上海的航线服务经验,此次申请开通新的不同城市之间的航线服务,显然是已经尝到了在美中航线市场分沾利益的甜头,而欲更加看好未来美中航线市场的更大利益。这类航空公司希望并要求开通新的航线,也显然是对市场作过缜密的研究调查,并对本公司实力及服务品牌深具信心且做了充分的准备。他们的申请案提供厚厚的市场调研报告,并且都在向交通部备案的同时,开始了游说国会议员的进程。在旧金山,华裔加州参议员余胤良等替美联航背书。美航开通芝加哥至北京的航线申请案更获得伊利诺伊州、德克萨斯州、阿肯色州、爱荷华州、堪萨斯州、密苏里州、内布拉斯加州、北卡罗莱纳州、奥克拉荷马州、田纳西州和威斯康辛州的州参议员以及几乎这些州所有的国会议员的支持,强烈要求联邦政府批准申请。该申请除了得到上至国会议员、州长、市长下至机场、企业和商会的支持,而且还有 10 万多名乘客已经在线上请愿书上签名以支持美航。

寻求议员支持和民众签名,是美国民主的特色之一,在申请开通新航线的进程中也正如火如荼般展开。朝野上下,航空企业与民众消费者之间,都为开通新航线而摩拳擦掌,市场经济主导下的美国人,无论官民商贾骨子里早就都认定经济发展是硬道理,美中两个大国在 21 世纪的交往只会日益频繁,开通新航线自然是多多益善。

反观中国大陆的航空公司,似乎对这些市场前景患了失盲症,还是几乎没有进取的底气?总之是不见有丝毫值得称道之处。中国国际航空公司(国航)是最早经营美中航线的大陆航空公司,也是大陆最大牌的航空公司,但其经营与服务实在难以令人恭维。东方航空、南方航空也提供美中航线的服务,但这三家大陆航空公司近年来经营美中航线的规模不见扩展,反有萎缩。国航北京飞旧金山的航线,到今天还不是每天有航班;东方航空早些年干脆撤销了驻旧金山办事处,上海—旧金山之间的航线也随之取消。倒是美联航、美航、西北航空等美国航空公司,多年来在美中航线上乐此不疲,日日飞航,极大地方便了太平洋两端的商务客、移民客和游客,也因此经济效益日增。而据悉,国航美中航线几乎是不赚钱的,闻之让人匪夷所思;其空中服务、餐饮也常遭旅客投诉。7月底自北京飞旧金山的一架航班居然晚点 24 小时,滞留的旅客未能获得理想的安置与合理的解释及理赔,最终被破坏形象的是航空公司本身。有旅客甚至放言今后再也不乘坐国航了,此言固然过激,却值得国航高层反思。

大陆的航空公司为何对开拓未来美中航线市场没有进取之心? 可能还有体制的因素。目前中国大陆的航空公司几乎都是"国有"体制,为何美国航空公司甚至连香港、台湾的私营航空公司都蒸蒸日上? 大陆的航班却缺乏市场竞争的勇气甚至意愿,实在让国人颜面尽扫;相较之下,谁想瓜分谁更有实力更有积极性瓜分美中航线市场,也就不是难解的答案了。(倒是如海南航空那样新兴的后起之秀,拓展的雄心与步伐不小,2009 年起开通了西雅图至上海的每周一次往返航线。)

再设问:比之美国国会议员们的支持热情,美国交通部的审核程序,中国大陆的人大代表、民航总局在忙些什么? 他们难道对未来美中航线市场这样一块大蛋糕无动于衷吗? 他们的职责允许他们如此无动于衷吗?

不过,大陆航空界总算还是有些动作的,譬如自 8 月 1 日起,乘坐中国国际航空公司国际航线的乘客有机会赢取 2008 北京奥运会免费门票。作为 2008 北京奥运会唯一航空客运合作伙伴(Airline Partner),国航透过"买机票赠送奥运门票"活动,炫耀的更在于那"唯一伙伴"的权利;但赠送奥运门票活动的操作透明度、公平公正性却总还是让乘客不放心。何况,人们更关心的服务质量等现象,亟需有大的改善。

(8/5/2007 初稿,1/10/2009 补正)

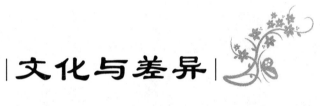

文化与差异

笑话人生

　　人的一生是伴随着笑的一生,可惜这笑的人生走的是无可奈何的下坡路。

　　有一项医学健康方面的研究表明,婴幼儿平均每天会笑 500 次,成年人每天平均笑 50 次。不论是大笑、微笑,还是欢笑、苦笑,笑是人的本能,是快乐的表征,是情绪的渲泄,也是身心健康与否的预兆。一个正常人的一生,能够笑多少回呵!但一个人的下半生,却是笑得愈来愈少愈来愈勉强了。这结果有生理机制方面的因素,更不乏环境、遭际等等社会、命运的因素。一个人笑的机能从旺盛趋于式微,正对应了其一生从无忧无虑浑身充满喜乐到渐阅人事冷暖心灰趣尽。寂寞晚年悲凉暮岁,笑意寥寥,唯有童年时的笑声如天庭溅落,天真无邪。

　　忧患人生,笑意荡然无存,这是多少人的悲剧,把上苍赋予的笑的神圣权益剥夺殆尽或是退避三舍。但正因为"人生忧患识字始",人才更需要让笑来慰籍心灵;可叹人生的重负往往把笑的本能压成了泪,变作了愁,笑神离我们远去,悲夫!

　　美国毕竟是一个年轻的国家,美国人更是一个生性欢乐爱笑爱闹的民族。两世纪来,美国大大小小的笑星谐星满天地遍布,带给人们多少欢笑喜乐。于 2003 年 7 月 27 日谢世的百岁谐星鲍勃·霍帕(Bob Hope),就是擅长俏皮笑话让亿万人民欢笑忘忧的幽默大师。这位 1903 年出生于英格兰、4 岁随父母移民美国的笑星（他后来说笑话称自己"在 4 岁时发现不能当英国国王，就离开了英国。"），在他生命的四分之三时段也即 75 年的从艺生涯里，以给世人增添笑声为天职。霍帕是位全方位的天才艺术家，涉足领域包括歌舞剧、广播、电视、电影等各种艺术，他的单人"脱口秀"更是天下一绝，插科打诨的技巧臻于化境，连他自己的蒜形鼻子和矮胖身材也是逗笑的绝佳素材；他的自我调侃与不含恶意的挖苦人的笑话，是无数美国人百听不厌的经典段子。从 1942 年到 1990 年，他每年奔波海内外劳军，至少有 22 个圣诞节都是和海外的美国军人一起度过，他的笑话是美国驻外官兵最希望获得的圣诞礼物。他也喜欢拿总统隐私或特征开玩笑，自罗斯福总统以来美国 11 位总统都被他消遣过，那些总统大人不以为怫甘之如饴，大概他们也清楚能被这位笑星调侃发挥笑的功能也是人生一乐吧。《今日美国》报披露霍帕拿总统当笑料的经典例子之一是：他说起会经常跌倒的福特总统，"在高尔夫球场上要找寻福特并不难，你只要跟着那些打球受伤的人就能找到他。"

鲍勃·霍帕说过的笑话数不胜数，如今他已不再可能登台为观众说笑话了，但他捐赠给美国国会图书馆的笑话就多达 50 万则，国会图书馆已将霍帕最著名的"笑话档案"输入电脑，供民众浏览。霍帕在生前曾经说过："我永远不会退休，我要一路说笑话走向坟墓。"他说到做到，他的一生是真正的笑话人生，给别人添笑送乐，也让自己笑到生命尽头。他应该是一百岁生命历程中天天都能笑 500 次的吧。

他是少数将人的笑的功能发挥到极致的谐星巨匠之一，他的笑话激发多少人将笑持续不断欢乐永续，他的笑话人生本身也将成为美国人的经典。

（7/30/2003）

文化偶像摭谈

近年来中国大陆也流行评选“文化偶像”了，不过提名公布后往往遭遇一片讨伐声，不少人士对赵薇、王菲、赵本山等影星、歌星、笑星上榜颇不以为然，认为是媚俗的表现、文化的悲哀。其实那些人士不明白的是，借用文化的躯壳包装起世人的偶像，那本来就是次文化或者说流行文化的拿手好戏，不需要太认真的。这个世界也早就让流行文化扫荡了所有可称作文化的角落，张国荣、梅艳芳的去世在华人世界引发的轰动，正是人们对流行文化顶礼膜拜的最好注解。

美国人似乎更接纳流行文化的一切和一切的流行文化，美国时尚杂志《人物》与 VH1 电视网 2003 年底联合评选“200 大流行文化偶像”，名正言顺地为流行文化张目，其入选的偶像级人物也以演艺界人士居多。前 20 名中除戴安娜王妃（第 9）和前总统克林顿（第 18）外，清一色全是演艺界人士甚或如米老鼠（第 17）这样的动画片玩偶。黑人脱口秀主持人欧普拉·温芙瑞、超人、“猫王”、美国早期著名喜剧演员露西尔·鲍尔、汤姆·克鲁斯、梦露、玛当娜、迈可·乔丹、迈可·杰克逊依次在前 10 名列榜，他们都是影星、歌星、球星或电视主持人。再扩大看 200 名偶像名单，入选的演艺界明星还有斯皮尔伯格、拳王阿里、布兰妮、汤姆·汉克斯、茱丽亚·罗伯茨、奥黛丽·赫本、“吹牛老爹”、布拉德·皮特、妮可·基曼、梅尔吉布森、丹佐·华盛顿、哈莉·贝瑞等一大串，连 E.T 外星人、蜘蛛侠、哈利·波特、蝙蝠侠这类影视或畅销书主人翁也都上榜,足见流行的文化之魅力难挡。

上述流行文化偶像,不仅早就风靡美国,甚至也风靡了全世界,从过去到现在,影响到几代人何止上亿万? 他们已经不单纯只是影视界、运动界的代表,而各自成为某种时尚、某种品牌、某种趋势的标志。当然,身为偶像,他们也并非都是让人肝脑涂地的权威,更多意义上是人们喜闻乐见的生活和社会性代表,是普通人可以与之互动交流的对象。入选的文化名人还包括前总统肯尼迪、比尔·盖茨、恐怖小说作家斯蒂芬·金、华裔功夫明星李小龙、著名设计师范思哲等,当年几乎搅翻白宫的前实习生莱温斯基也榜上有名。可以说,他们写下了不同的美国历史与文化,没有他们的出现,美国就将可能是另一种社会、生活形态。

偶像,而且是文化的,又是流行的,那便多少带有媚俗因素。社会的受众需要偶像,这些偶像同样也离不开大众的捧场。清高已经远去,流行正主宰文化,这正是当今世界蜕变的真谛。

(1/10/2004)

彩虹旗下的另类文化

　　每年 6 月的最后一个星期天,照例是美国同性恋者一年中最盛大的狂欢节日,从纽约、华盛顿、亚特兰大到旧金山、西雅图等等美国东西部大都市几乎都同时举行"同志光荣大游行",凸显美国社会"万花筒"的光怪陆离。自联邦最高法院于 2003 年 6 月 26 日通过同性恋行为不违法的历史性裁决以来,全美同性恋者一年比一年更狂热地庆祝这个自己的节日。"同志们"盛装打扮的招摇过市已不仅仅局限于往年追求热闹"派对"气氛,而弥散出张扬权利、拥抱希望的光环。尤其是加州,2008 年 11 月加州选民投票通过了废除同性恋婚姻合法化的第 8 号法案;而加州最高法院 2009 年 5 月 26 日以 6:1 裁决 8 号提案有效,同时也判定 2008 年 6 月至 11 月间在加州结婚的 1 万 8000 对同性伴侣婚姻有效。这种模棱两可的裁决益发导致追求同性恋婚姻合法与维护传统婚姻的两大阵营对峙,也使得 2009 年 6 月 28 日旧金山市区的"同志光荣大游行"就更加成为同性恋大本营张扬旗号、显耀别样人生的大舞台。

　　这个"同志光荣日"照例到处是人海旗山,人是来自各行各业各阶层的老中青少男同性恋、女同性恋乃至双性恋者、变性恋者族群,旗是象征接纳、包容同性恋的七色彩虹旗及各种彩旗;奇装异服、花车竞舞,艳丽夺目、稀奇古怪。号称同性恋"圣地"的旧金山,当天更成了全美国甚至全世界同性恋者朝圣的"麦加",全称"女同性恋者、男同性恋者、双性恋者与变性恋者光荣大游行"的活动今年已迈入第39届,主题从2003年的"你应该给他们希望",到今天的"让结合更完美"(To Form A More Perfect Union),也可见同性恋团体诉求的更加目标更高更直接。伴着重型机车隆隆的引擎声,"机车女同志"(Dykeson Bikes)队伍开道,超过200个团体相继在繁华的市场街头招摇过市,全裸的、半裸的,造型、动作千奇百怪,标语口号惊世骇俗。犹记得某一年的游行景象,一些游行者甚至亮出"我们的早餐是同性恋性交"(We had Sodomy for breakfast!)的旗号,大有语不惊人死不休之慨。游行队伍延绵数英里,浩浩荡荡几小时,上十万民众夹道观看,其规模、盛况连国庆日的游行活动都难以匹敌。高潮在市中心一直延续到彻夜狂欢,多少"同志"乐而忘归,多少游客惊讶莫名。彩虹旗下人生梦,几多乖张几多谜。

近年来,在"同志光荣大游行"队列中,也出现了较多的亚裔同性恋者身影,部分在美国出生成长的华裔(ABC)同性恋者,在青少年时期就不惧向社会"验明正身"。事实上在旧金山、纽约等城市也早有华裔、亚裔的同性恋者联盟组织。2001年第31届旧金山"同志光荣大游行"的总指挥,就是一位华裔变性恋者钟绍基,"她"当年担任"旧金山男女同性恋者、双性恋者、变性恋者荣耀会"主席。如今,也是由华裔同性恋作家谢汉兰领军,出任6月28日大游行总指挥。美国华裔同性恋族群的活跃似乎超越世界其他任何地区的同胞,不再羞羞答答,而是理直气壮地求享有"平等权利"。

旧金山同性恋族群人多势众,在当地不仅成为特异文化景观,也早已构成相当强大的政治势力。在大游行队伍中出现各级政要早已稀松平常,政客们谁都不敢得罪之,每逢选举前还必去同性恋社区拜票,唯恐言辞不逊失去了这一大票源。

旧金山市议会里多年来也不乏同性恋者代表,前任市议长、现任州众议员阿米亚诺就是他们争权呐喊的先锋。市长纽森前几年为同性恋配偶主持证婚仪式,也被视为同性恋维权的同道。今年大游行期间,他也主动现身亮相,与路边观众和同性恋人士互动热烈。也许他心底以为同性恋合法权益就是该荫蔽于美国自由平等精神之下,而他开始加州州长的竞选之旅,何尝不希望现在就巩固"大本营"票仓。事实上,支持他的义工在游行现场就发放了大量象征同性恋社区的彩虹竞选标志。

彩虹旗成为同性恋的象征也许由来已久,其实在一些住宅区或大学宿舍区都不鲜见。旧金山、纽约等都市的同性恋社区这种色彩鲜明的标志更是无处不在,同性恋酒吧、舞吧之多,更是寻常日子同性恋寻欢作乐的天地或"避风港",是"同志文化"的媒介和滋生地,无论本地或外来的同性恋者都不会错过。旧金山以南的"硅谷之都"圣荷西市,本世纪初也在市政厅前广场堂而皇之地举行升彩虹旗仪式,标志着从市长到议员们都认同同性恋的合法权益了。

联邦最高法院 2003 年 6 月 26 日以 6 票对 3 票的历史性判决,看似只是推翻了德克萨斯州禁止同性成年人之间性行为(Sodomy)的地方法律,实际上废除了全美国各地不同程度禁止 Sodomy 的法律。最高法院多数派的裁决意见包括同性恋者有权要求别人"尊重他们的私生活",少数派的意见则无奈地认为最高法院已经在这场"文化战争"中显示了迥异的立场。在全美同性恋社区弹冠相庆的同时,宗教及保守团体自然对此大加挞伐,而国会的不少领袖和相当数量的参议员、众议员也持较保守态度,他们希望国会能通过一项禁止美国承认同性恋婚姻的宪法修正案。

倘若说,传统婚姻形式在新世纪风潮和异样文化的冲击下已然自顾不暇,而山姆大叔也无法约束追求同性婚姻自由平等的别样人生,那么这个以基督教立国的国度显然在文化、理念方面危机四伏,每届总统手按《圣经》就职的仪式还有什么警醒意义?!其实,《圣经》早已彰显了正义、邪恶之分,彰显了人类命运的初始与未来,但现代社会的太多诱惑与主张,让人不偏离公义的轨道也难。

可见,星条旗下的新大陆,教堂林立教众亿万,面临彩虹旗飘荡摇曳的挑战,法律公器动摇,道德观念破碎,社会、文化、意识形态的纷争还将无休无止继续下去,揭示出人生百态的善恶优劣与怪谲。

(7/1/2009)

美国特异文化 DNA 的消遁

　　美国流行歌坛天王迈克尔·杰克逊（Michael Joseph Jackson）在家里猝死，送医后抢救无效，洛杉矶加州大学医疗中心于美国太平洋时间 2009 年 6 月 25 日下午 2 点 26 分宣布其死于心跳停止。

　　神秘精灵般的一代巨星陨落，全球为之震惊，余波汹涌激荡，无异于一次社会文化娱乐界的大海啸。

　　杰克逊的猝然逝去，离他 8 月 29 日的 51 岁生日只差两个月。其实 11 年前的 40 岁生日前几个月，他已然为自己的后事与亲友商议了。那一年（1998）他不知何故冥冥之中把自己的 40 岁生日当做生命的大限，口口声声说自己"活不过 8 月底，我即将归天！"

　　据称"天王"这一"感悟"来自《圣经》的启示，他曾经引经据典地将《圣经》中所有与"40"相关的事，解析为悲剧或灾难的降临，并与自己的 40 岁年龄划上了等号。而他交代家人处理后事的遗嘱，则写明要把大部分财产留给世界上亟需帮助的儿童。杰克逊是全世界以个人名义捐助慈善事业最多的人。他一个人支持了世界上 39 个慈善救助基金会，保持着 2006 年的吉尼斯世界个人慈善纪录。他 40 岁那年直言："或许我走了以后，世人会对我产生美好、永久的怀念，那些不利于我的谣言，绝不允许陪我入殓。"

　　"娈童案"、"性骚扰"等官司留言不断，怪病缠身，婚姻不幸，这个 5 岁就崭露音乐天分、与四位兄长组成"五兄弟"（The Jackson 5）乐团登台演唱,11岁便夺得美国单曲榜冠军后渐成流行乐坛灵魂人物的"大哥大",杰克逊一生创造不断,奇迹不断,麻烦不断,内心的焦虑烦恼也不断。

在辉煌的背后,杰克逊却有摆不脱的阴影和自卑,人生的追求与世俗的压力交织成的巨大矛盾,仿佛堵在他心头的大山,压抑而挣扎,盛名之下裹来流言蜚语;无法选择的族裔肤色,成功也另类,希望也悲壮。这个传奇巨星生前曾经靡费奢华,也曾避债形同流亡;出身卑微却崇尚皇家贵族文化,乃至世人皆知热捧的"天王"美誉最初也是他自行加冕。台上劲歌热舞形象超群迷倒多少"粉丝",台下容貌扭曲行径怪异吓退几多歌迷。

因为是个黑人,杰克逊的肤色成为沉重的话题和难解之谜。世人也许更愿意相信他不惜花费重金并忍受生理痛苦做周身整形术,旨在"漂白"皮肤,背叛种族;而对另外的解释则将信将疑——他解释自己肤色的改变是因为患了"白癜风",而且他的肤色很不匀称,必须要用浓妆来掩饰。

因为是个黑人,杰克逊迎娶白人的"摇滚乐之王"猫王之女,却遭遇了美国白人世界和种族歧视者的憎恨。幸亏他还不乏白人朋友:歌坛大姐大麦当娜、影星伊丽莎白·泰勒……

因为是个黑人,杰克逊所有超越了白人艺术家的音乐成就,也会被嘲笑甚至憎恨。哪怕他的歌曲讴歌世界和谐世界和平,也可能招来异样的眼光。

但对这个世界而言,杰克逊早已不仅仅是一个艺术家,甚或不只是流行乐坛天王巨星,而是一代美国娱乐文化的象征,一种"文化DNA"(葛莱美奖得主约翰·梅尔语)。这个文化象征无可替代,这种"文化DNA"更无法复制。杰克逊的逝去,他的歌声堪为绝唱,预示着一个文化娱乐时代象征的消逝,也昭示了美国一种空前绝后特立独行的"文化DNA"将消遁,留下的只有恒久的追忆、模仿、怀念、欣赏和叹息。

(6/30/2009)

"枪文化"导演杀戮荒诞剧

2009 年 1 月 27 日,洛杉矶发生灭门惨案,一名失业汉涉嫌在家中把妻子和儿女六人杀死后,再吞枪自杀,一家七口全部死亡。

旧金山年仅 23 岁的华裔青年余家健(音译:Jiajian Yu)元月 22 日凌晨 2 时在人行道上被人用枪击中头部,不治身亡。青春年华葬送于枪弹之下,再度见证了美国枪击案无日无之的可怕与无奈。

紧接着的 28 日,俄亥俄州哥伦布市郊区一家四口也被发现"灭门",当局认为是男主人枪杀了妻子和两个孩子后自杀。

稍早前同样在洛杉矶,一名失业的中年男子在绝望中枪杀了岳母、妻子和三个儿子后饮弹自尽。

回溯 2008 年 11 月中旬,硅谷 47 岁华裔工程师吴京华(音译:Jin-ghua Wu)疑因遭遇裁员涉嫌枪杀三名公司主管。

也许,因裁员、次贷危机与工作压力导致不同程度的恐惧而引起心理健康问题的"金融危机综合症"正在悄然蔓延。但直面上述因经济恶化导致的人伦惨剧,又无一不是与枪支这个美国社会"道具"有关,倘若说都是枪支惹的祸也不为过。

美国枪支泛滥现象早就成为一个社会毒瘤,长期来却缺乏有效的手术,更鲜见高明而具正义感的医师。长此以往,以枪支为道具的美国社会不但上演了一出出惨不忍睹的案情,诸如十多年来不胜枚举的校园枪杀案、几乎无日无之的街头谋杀案;也不乏令人唏嘘目瞪口呆的各种荒诞剧相继登场。

　　美国一名男子在看电影之际，因不满前座的一家人讲话，先把手中的爆米花丢在对方小孩身上，又掏枪击伤小孩的父亲，居然还回到座位上继续看电影，直到被警察抓走。

　　俄亥俄州杰克森县一个4岁小男孩因保姆无意踩了他的脚，竟然开枪击伤了保姆。

　　俄勒冈州一名男子随手把手枪丢在床上，不料枪支走火，子弹穿墙而过，击中睡梦中的邻家女子肩膀。

　　更令人匪夷所思的剧情还有，2007年伊利诺伊州一名10个月大的男婴获得许可，以自己的名义拥有一支12口径猎枪和一支手枪。事情缘起孩子的祖父欲赠送孙子一把猎枪作礼物，孩子的父亲试着通过互联网为儿子填了申请表格，没想到真的拿到了执照。

　　伊利诺伊州的枪支法律据称在美国属于最严的州之一。申请人没有年龄限制，但21岁以下的申请者必须获得合法监护人的书面同意。警方称批准这个婴儿的持枪申请是"依法办事"。

　　……

　　目前美国民间至少拥有枪支两亿以上，超过了成年人口的数量。历史渊源与拥枪自重的文化观念，是枪支泛滥的温床，导致枪支管制在美国基本上形同虚设，以枪支为道具的社会惨剧、荒诞剧也便层出不穷。金融危机加剧社会矛盾后，泛滥无度的枪支到了任何人手里，也就容易大开杀戒了。

（1/30/2009）

乐善好施的文化与性格

在美国待久的华人之间有时候会不把大多数美国人放在眼里，他们不经意间就以不屑的语气放话道："老美银行账户里没几个钱！"言下之意是咱华人的腰包满、底气足。再看他们出入驾名车、居有大豪宅的派头，好不风光，也令人侧目。一个生机勃勃的多元化社会给多少移民提高了发展的机会，偏偏有些人把八旗子弟的遗风也裹了来，玩世不恭，炫富争奇，丢人现眼，多么扫兴！

另一个方面，包括300多万华人在内的亚裔（约在1000万人之上）在全美国主要族裔对于"公益捐献"参与度排名表上却只有敬陪末座的份。美国《慈善记事》杂志2003年5月号刊发了一项关于不同族裔参与慈善活动支持度的调查研究，将这一事实展现在世人面前，着实令亚裔人士汗颜。该研究报告指出，虽然美国亚裔的"可支配年所得"为人均11148美元，位居主要族群之首（白人平均为10171美元，黑人即非洲裔为5652美元，西语裔仅4370美元），但在"公益捐献"上却明显是最小器的一族了。美国的"公益捐献"占可支配所得比例平均值约为百分之五，而亚裔却只有百分之三点九，不及最高比例的非洲裔（百分之八点六）的一半。分类而言，在"公益捐款比例"中，非洲裔最热衷与宗教有关的捐款，捐献为可支配所得的百分之七点七，亚裔仅捐献百分之三点一。其他性质的捐款，则以白人最高（百分之一点六），亚裔和西语裔最低（百分之零点八）。这样甘居人后的比例当然与收入最高的经济地位不协调。

这里面也不无文化的差异,但公益捐献文化本来就是美国社会的主流现象之一,立足生存于美国的移民何能自外于这个主流文化?更不必说入乡随俗也是起码的礼仪。虽然东西方文化有别,但亚裔尤其是华人的公益捐献意识薄弱不能找任何理由去搪塞,而理应见贤思齐向美国人学习。美国等西方国家及人民一直接受基督教教义的熏陶,《圣经》里便有"十一奉献"之说(即把自己收入的十分之一定期捐献),尽管这是宗教层面上的训导,但人们的公益捐献意识在现代社会和实际生活中发扬光大也是不争的事实。

公益捐献,自然是造福社会造福人类的伟大事业,可惜我们华人对此还存在不少盲区盲点。华人对公益捐献较为漠然的一种解释是,不清楚那些公益捐款是否对自己或自己的族群有助,于是就置之度外或裹足不前了。华人也不是一概拒绝捐献的,为自己的家乡或救灾或济贫,为跟子女上大学息息相关的奖学金基金捐款,都时有所闻,不过那只能属于相对狭隘的公益范围。北加州的华人防癌协会作为全美国防癌协会的分支,所开展的一系列活动包括筹款捐献,以及如硅谷华裔企业家陈丕宏创业成功后捐出 2000 万美元回馈母校斯坦福大学等例子,已有融入主流社会捐献文化的内核,堪可倡导,但这样的公益捐献毕竟在华人社区不算普及。至于捐 1000 元乃至上万美元出席总统或其他政客的竞选筹款宴会并获得与总统等人合影留念的殊荣(然后把合影放大张挂于客厅或办公室以显"荣耀"),那是带有个人或政党利益的政治捐输,期待的是不同的"回报率",与公益捐献不可相提并论。

美国社会的进步和社会福利的推进维持,相当一部分也得益于源源不断的公益捐献。历代富翁在这方面不乏上佳的表现,虽然有人说富翁捐款那是九牛一毛举手之劳,甚至是为了税务上的好处,但客观上那些富翁的大笔捐款支撑起了美国社会从科学、文化、艺术到无家可归者救济的一座座丰碑,功不可没。洛克菲勒、卡耐基、福特、比尔

·盖茨等富豪的名字,已和许多一流的大学、科学实验室、图书馆、博物馆、医院相辉映。英特尔公司"三巨头"之一的戈登·摩尔向加州理工学院捐款数亿美元,该校一所大楼则以其名命名。更重要的是他和其他许多校友的回馈性资助,使得加州理工学院在全球经济萧条的大形势下仍然可以展开一流的教学与研究,这也是"常春藤盟校"等一大批美国名牌大学久盛不衰的奥秘之一。全球首富、微软公司创办人比尔·盖茨迄今已经捐出或承诺的捐款超出 220 亿美元,受益者不限美国本土,包括国际性疫苗接种和儿童健康项目;他曾有一次捐款 20 亿美元更新全美中学图书馆电脑的纪录,让青少年蒙惠。老牌石油大王洛克菲勒后半生大彻大悟,将个人财产的百分之七十五也即至少 7 亿 5000 万美元捐向不同的用途,据称 1932 年中国发生了霍乱,多亏洛克菲勒基金会资助大量的疫苗,才未酿成大灾。北京早期著名的协和医院也是由于洛克菲勒基金会的资助而落成。有线新闻网(CNN)创办人特纳,将他资产的三分之一即 10 亿多美元捐献给联合国,支持联合国儿童健康和环境项目。硅谷创投家克拉克捐献 1.5 亿美元给斯坦福大学的生物医药研发机构;前网景公司总经理出资 1 亿美元,帮助密西西比州的小孩都能读书识字;eBay 创始人奥米达捐献 42 亿美元成立基金会,以资助更多的非盈利团体;……

公益捐献,也绝非唯有富翁专美于前的。多年前,密西西比州一位毕生操劳经营洗衣店的黑人老妇把自己的辛苦积蓄 15 万美元捐给当地一所大学,设立了"黑人学生基金"。旧金山一位靠每月领取养老金 851 美元度日的 80 多岁黑人女士也曾向她常常看病的医院捐献了 1000 美元善款,指定作为某位医生主持的学生医疗计划的基金。美国奥克拉荷马州联邦大楼爆炸案与"9·11"恐怖袭击灾难之后,全国各地的捐献(包括捐款、捐血、捐时间做义工等等)如潮水般涌向灾难中心……这一切,都成为新闻的焦点、历史性的义举,无不闪耀着普通人的灵魂之光。

不同的调查显示,1996 年美国人平均每户的公益捐献为 1071 美元,相当于全年收入的百分之二点一;1999年有百分之四十九的美国人参与公益捐献,2000年则有百分之七十三的美国人曾经捐献;美国私人性质慈善机构1999年的支出达1900亿美元,几乎是联邦财政预算的三分之一。这些数据是由无数美国老百姓和富翁共同的奉献而完成的,贫富的差别在美国公益捐献上已不能构成障碍,因为身为国家的主人,美国人的公民意识早已深深认同公益捐献文化,这一伴随着美国一起成长的公益捐献文化激活了美国生生不息的前进动力,也造就了美国人整体上的乐善好施性格。

文化与性格,正是美国人灵魂的映照。移民美国的华人,接受这部分灵魂之光的映照,应该不会埋没固有的光环吧!

(8/10/2003)

东西方捐献文化的差异

　　自 2002 年起评选全美年度慈善家的美国《商业周刊》,多年来公布的年度前 50 名慈善家名单,微软公司的创始人、董事长比尔·盖茨夫妇几乎都名列榜首,当选为美国最慷慨的慈善家。从 1999 年至 2003 年五年间,比尔·盖茨及其夫人梅琳达已经捐献和认捐的慈善款总额为 230 亿美元,刚好是其 460 亿美元家产的一半。英特尔公司创办人之一的戈登·摩尔夫妇和著名投资家索罗斯在 2003 年排名榜上分别位居第二、第三,慈善捐款各为 70 亿美元和 24 亿美元。在前十名的慈善家行列中,还包括戴尔公司的总裁迈可·戴尔夫妇(第六名,捐款 12 亿美元)、百货业大王沃尔玛公司沃尔顿家族(第七名,捐款 7.5 亿美元)、有线新闻网的特德·特纳(第八名,捐款 6.64 美元)。现任纽约市长、只象征性支取 1 美元薪水的富翁迈可·布隆伯格(彭博)也列名第十一。富豪争当慈善家已然蔚成风气。

　　美国的慈善捐款在推动社会、环保、医疗、教育、福利等等领域所发挥的作用愈来愈重要,民间生生不息并有效运作的各种基金会也多半依靠源源不断的慈善捐款,为不同的层面与群体输送爱心和帮助。美国慈善捐款的传统也许可以追溯到立国的基督教义,那种奉献的文化与精神在世俗的外在表现之一便是慈善捐款,从早期的洛克菲勒、卡耐基、福特等富翁世家,到今天的比尔、摩尔、戴尔等高科技新贵,都毫无例外心甘情愿地向社会各个方面捐输了数目不小的善款,他们对社会的回馈造福于千千万万的民众,也维系了乐善好施的文化精神。这样的行为基本上与官方无涉,自发自愿带来的自主则使所有的善款尽其所能,最大限度不打折扣地用到该用的地方去。

美国富翁的慈善捐款或许也有税务等其他方面的考虑,但要把自己的一半以上身家交付出去绝不是每个人轻易能做到的。君子爱财,取之有道。在此基础上才有可能做那潇洒的智慧的"散财童子",也还是需要极强的爱心与魅力无边的文化精神导引。美国的慈善捐款蔚为社会大观,普通的民众对公益事业也都乐于奉献捐助,"9·11"事件后全美各地民众对死难者家属的无私捐献是最集中的现实呈现,足以说明根深蒂固的捐献文化与利他精神如何潜移默化影响着一代代美国人。

中国30年来的改革开放推进了国富民强的步伐,也造就了数目可观的百万富翁、亿万富翁,"福布斯"等中国富翁排名榜近年来也颇吸引人们的眼球,但那些在商场呼风唤雨一掷千金的富翁们却鲜有所闻作出任何像回事的捐献举动。胡润与"福布斯"近年分别推出的"中国大陆慈善企业家排行榜",在圈内外引发争议与质疑迄今未息,但胡润得出的一个结论却让人共鸣,那便是:中国的"卡耐基"还没有找到。环顾神州,从荣智健到丁磊等一系列世袭富翁或科技新贵,有谁在公益捐献方面让人刮目相看过?中国富翁的慈善意识远远未臻成熟,真正意义上的中国民间慈善事业更还在学步阶段。2003年底《中国青年报》披露,由"中国—欧洲青年经理项目"发起,在北京君悦大酒店举行为中国孤儿募捐晚宴,每位收600元人民币,出席的都是外国企业代表,竟无一家中国企业现身。募捐负责人安娜无奈地叹息道:"这是一种文化差异。"中国富翁们是否一概拒绝类似的慈善捐献活动呢?非也。电视画面上常见到一些企业老板手举放大的支票招摇,他们在乎的是千万人亿万人的收视率,是寻常花钱也难买到的广告效益,个别人甚至在风光扬名之后还会干出不兑现不践约的劣迹。

其实传统上中国不乏捐献文化和利他精神的底蕴,富翁望族乐善好施的不在少数,何以今天却只见人们为积累财富不择手段,为蝇头小利坑害他人,即使应某某部门或关系户要求捐出自己财产的百万千万分之一,也多半是利益交换或沽名钓誉的手段。他们更热衷的是炫耀自己的财富,过穷奢极侈的生活;或是用大把大把的金钱行贿,修建今后更方便敛财的保护伞。这种行径令人侧目,也成了诱发整体人心不古的主要原因,在社会分配不公贫富不均的普遍现象下,民众则因贪污腐败风气不正而产生难以化解的"信任危机"。然而,要解决中国社会福利、教育、医疗、环保等各方面的问题,单靠政府的财政势必捉襟见肘,营造社会慈善基金会健康发展的机制,使各阶层人士和富翁们有回归良知挥洒爱心的合理合法途径,也使设定或募捐而得的善款最大程度发挥效益,将可能对改善某些领域的现状起到一定的互补作用。要而言之,中国需要给予慈善事业准确的定位,让慈善捐献回归本义,构建合理合情的慈善活动运作系统,激发富翁与全民的爱心热情,才可能推动中国的慈善事业健康发展。

世界首富的比尔·盖茨同时又是头号慈善家,这是何等合理合情的事物规律。人类捐献文化与利他精神的光芒最终都会照耀到世界每一个角落,古老而年轻的中国却不应该继续被动地等待这光芒的降临。

(2/2/2004)

盖茨隐退　慈善增辉

叱咤全球软件业 30 余载,垄断"世界首富"13 年之久的微软总裁比尔·盖茨 2008 年 6 月 27 日正式退休,并宣布把自己 580 亿美元财产全数捐给名下慈善基金——比尔及梅琳达盖茨基金会(Bill & Miranda Gates Foundation),一分一毫也不会留给自己子女。此举意味着这个在个人电脑时代 IT 领域摘取桂冠的技术、商业天才,为了履行两年前的承诺,而从自己一手打拼创立起来的软件王国隐退,潇洒地挥手而去,不带走半官一职,转而投身他和妻子已经倾注多年心血的慈善事业。盖茨曾透露,做为全职慈善家,他要去的第一站就是中国。

比尔·盖茨投身的软件事业,不仅令他及其创业伙伴迅速致富,更造福于全人类,催生了更多的高科技发明问世,如今又把个人盈利所得全部奉捐给慈善事业,进一步造福人类,难怪有人说,作为事业成功又有如此博大心怀的世界富翁第一人,他简直堪称"上帝的化身"。

全球软件业的龙头老大微软王国走掉了一个掌门人,而世界慈善事业前沿增添了一位义无反顾的笃行者。

独立研究机构 Directions of Microsoft 的研究总监赫尔姆(Rob-Helm)认为,盖茨将以史上最伟大商人的形象谢幕,地位堪比埃克森美孚创始人洛克菲勒(John D. Rockefeller)。而石油大王洛克菲勒及其家族也以倾心慈善事业而延续美誉至今。事实上盖茨更受到另一位前辈超级富翁慈善家卡内基的影响。卡内基的名言"拥巨富而死者以耻辱终"，为慈善家世代传诵。早在1911年，美国钢铁大王卡内基创立了"纽约卡内基基金会"，奠定了现代慈善事业的基础。在1919年去世前，卡内基累计捐款3亿3000万美元，卡内基基金会至今仍继续造福世人。卡内基认为，处置多余财富，让其真正有益于社会是一项本领。若给子孙留下"万能"的美元，"无异于给他留下了一个诅咒"。

《商业周刊》新世纪以来连续推出美国50大慈善家排行榜，盖茨夫妇和英特尔公司创建者戈登摩尔夫妇及"股神"巴菲特夫妇等一直名列前茅。两年前，当盖茨决定两年内淡出微软公司业务专注慈善事业之际，世界第二富豪巴菲特决定向慈善基金捐资370亿美元，其中大部分交由比尔及梅琳达盖茨基金会管理。这一佳话广为传播，彰显了当代美国富翁淡泊名利继承慈善传统的作为。而今天，盖茨的彻底隐退，无异于给举世瞩目的慈善事业添彩增辉。

一些论者指称美国富翁捐资慈善事业，只是为了获得免税的好处，这是相当浅薄的看法。尽管税务管理上有合理避税等优惠措施，那些身家几十亿几百亿美元的富翁，在税务上早有专家为其依法打理，即使能够得到法定的免税好处，也都按计划投资到事业发展中，更不会处心积虑地顶风作案逃税漏税。从卡内基到盖茨，这些富翁转化为慈善家，倾其全部身家于慈善事业，而不给后代留下好处，他们的价值观岂可以区区免税的好处观之。

美国富翁热衷于慈善事业，基于美国慈善文化根深蒂固的理念。这种源自最早逃离欧洲到新大陆谋生的新教徒理念，因他们立足发展之际由衷地产生对这片土地回报的朴素概念，也便逐渐形成符合《圣经》教诲的"富人只是财富的社会管理人"的观念。就是说，财富私有制只具备法律意义，但在道德和价值层面，超过生活需要的财富就应该属于整个社会。如何让社会和民众分享财富，成了一项巨大而繁复的管理工作。自"卡内基基金会"以来渐趋成熟的基金会慈善运作基本模式，则将财富最有效地用于社会最需要的领域，诸如医疗、教育、贫困救助等等方面。盖茨的主要捐助定位,就是提供给包括中国在内的发展中国家在一些特需领域的资金。

企业家化身慈善家,再以企业管理的效能支配慈善基金的走向,也因为众多慈善家的群体行为,而产生了对社会财富的重新分配。这种重新分配,就近足以济贫解困;长远而谋,则对经济、教育、医疗等层面催化崭新的变化。美国举世闻名的众多名校、医疗研究机构和博物馆的发展欣欣向荣,以及艾滋病研治、癌症研治等领域的持续发展,很大程度上得益于各种慈善基金的注入。

由此可见,在美国慈善文化哺育成长下的一代代富翁,鲜少"守财奴"的私欲和弊端,而不乏回馈社会改造社会的弘愿。比尔·盖茨在软件王国的急流勇退,正是他投身慈善事业的世纪跳跃。

(7/11/2008)

另类偶像

　　什么是"美国梦"？机会、运气、成功、出名？多数美国人和从全世界各个角落来到美国的移民都无时无刻不在追逐"美国梦"，并不是新大陆的黄金比别处多到了唾手可得的地步，乃是这里提供给人们更多更平等的机会，以及新大陆人民对成功的宽泛标准与赞赏态度，赋予"美国梦"永不过时的内涵。

　　几年来名扬美利坚的伯克利加州大学土木工程专业学生孔庆翔（William Hung），可以说是实现"美国梦"的最新典范。这位 11 岁时从香港移民美国、现年 20 岁的大学生于 2003—2004 年之交成为无数美国人的青春偶像，缘于他当年参加电视节目"美国偶像"（American Idol）选拔比赛，当其貌不扬甚至还有点爆牙、五音不全、土里土气的孔庆翔用其带有浓重口音的英语和大胆滑稽的动作演唱时，遭现场一位评委西蒙打断，并以英国英语腔尖刻地讽刺道："你既不会唱，又不会跳，你来干什么？你还有什么话说？"孔庆翔没有被唬住，更没有被吓呆，他理直气壮不卑不亢地回答："我已经尽了全力，我没有什么可后悔的。"

　　也许就是这么一句真诚、真切的表白打动了电视机前的无数观众，而他们的热情与支持成全了一个新的"美国偶像"，一个迥异于普通定义的"美国偶像"。虽然他在大赛中名落孙山，但他却被所有的优胜者更获观众、媒体和娱乐界青睐。有人迅速为他建立了个人网站，短短三个月内上网人数节节飙涨;为他发起签名要把这位新偶像往上顶、直至顶到好莱坞的活动很快征集到 80000 多个签名。许多女孩给他写信求爱,多家报刊、电视台邀请他做嘉宾接受专访,eBay 也开始拍卖关于他的纪念品,Fuse/Koch Recorde 唱片官司与他签约出版的孔庆翔首张个人演唱专辑 CD《灵感》也于 2004 年 4 月 6 日在全美发行热销,与这一收录了孔庆翔 11 首歌曲的 CD 同时问世的还有唱片公司专门为他度身量造的专访纪录片 DVD《偶像梦工场:孔庆翔的故事》。而在同一天晚上,他被特邀在北加州奥克兰体育馆有姚明参战的休斯顿火箭队与奥克兰金州战士队的篮球赛中场与女子啦啦队同台表演,"笑果"奇佳。他又受邀请到纽约录制音乐节目,乃至在全美各地的演艺场合亮相,宛若一阵旋风刮起连翩波澜。他的首张专辑唱片不但在亚马逊网上书店进入最畅销前十名之榜,在全美国唱片市场销量也跃入前四十名之列。这项纪录据称迄今没有一个华人偶像歌星如当红的周杰伦、孙燕姿之辈能够打破,而"另类偶像"孔庆翔却轻而易举地达到了。

一个人气颇旺的新偶像就这样诞生了。看似偶然,实为必然。他是凭自己的勇气、真诚和不畏权势的抗战精神奠定了今天的偶像地位,更是由于美国观众尤其是年轻人没有偏见的喜欢、对他那股子倔劲甚至包括跑调跑腔的歌喉与自然开放的动作、性格的偏爱认同了一位不同寻常的新偶像。有专家称,孔庆翔的自信和反驳评委的那番话,有助于改变美国社会对亚裔的刻板看法,其慷慨激昂的抗辩言简意赅,自有一股正气,难怪让许多美国人佩服。孔庆翔在大学"中国声乐"课的老师和一些同学评判他"唱歌很认真,声音很大","敢唱,胆子大,不怕出丑,这符合美国文化的特点","他唱错了也不怕人笑话,不在乎别人怎么看他,单纯率直,没有心眼。"一个本色的孔庆翔在美国多元文化氛围里,得以毫不掩饰地以自己的本色行事为人。

奥林匹克比赛自古以来就流传一句经典名言:"参与比获奖更重要。"孔庆翔从"美国偶像"电视节目中脱颖而出,并不由于他具有什么杰出的演唱天份,而只是因为他真挚地参与。这一点与奥林匹克精神相吻合,也与美国文化相吻合。因此,这个新美国偶像是幸运的,但更幸运的是新大陆,是这个社会拥有何等宽容心胸的人民,拥有人人平等的机会和运气。

(6/20/2004)

《时代》人物折射年度风云

美国《时代》周刊无疑是全美国最具有全球影响的杂志,她每年年末评选并刊载于封面的"年度风云人物",不仅举世瞩目,推出当年最著名最具"新闻眼"的人物,也引领着时代潮流生生不息。岁末刊出的当期周刊也因此洛阳纸贵。

这个缘起于1927年的评选,虽然号称为"风云人物",但入选对象除了是知名的男人、女人、夫妇、一群人之外,甚至也有以意念、地方、机器获选的,也不是仅仅以"功成名就"为标准,只要有举足轻重的重要性和影响力,那就不论好或坏,他(她/它)或他(她/它)们就堪为"年度风云人物"了。

《时代》周刊的"年度风云人物"甄选,应该是相当严谨的,却也往往会产生戏剧性的效果,因为这个筛选过程会由于一年来的所有重要事件和人物的回顾,而变得相对戏剧化。正如前《时代》执行编辑吉姆·凯利称呼"风云人物"评选为"美国人最喜爱的室内游戏",他的说法意有所指,毕竟挑选的过程就很有趣,宛如每年的奥斯卡评选一样。

自1927年推出这项评选以来,注重世界级政治领袖及思想家的传统逐渐形成。此外,历来能够当选《时代》"年度风云人物"的,几乎都是领当年风骚或开风气之先者,国家级的王宫贵族、元首阁老,或者游走于战争与和平之间的强力斡旋者(他们往往还摘取了诺贝尔和平奖的桂冠)、或者大变革社会的先驱者,以及大明星、大企业家、商界大亨,还有如机器人、电脑之类的新潮流产品,等等,都可能在入选之列。以那样的标准放在全球范围看,蒋介石、邓小平等中国闻人曾经入选,荣登《时代》封面,也是当之无愧了。邓小平甚至获得两次入榜的荣耀,显示他及他推动的中国社会变革在那个时代的重要意义和影响。当然,《时代》的"年度风云人物"常常导致争议四起,譬如1938年的当选者是希特勒,而1979年的风云人物则是伊朗宗教领袖霍梅尼。

美国总统,尤其是刚刚胜选的总统,几乎都是这个"风云人物"榜的"必胜客"。从罗斯福总统迄今的每一任美国总统(除了杰拉尔德·福特之外),都至少被选为《时代》"年度风云人物"一次以上,其中,杜鲁门、艾森豪威尔、约翰森、尼克松、里根、克林顿和小布什两次当选"年度风云人物"。

美国大兵的形象意义与使命

2003年12月22日出版的《时代》杂志,其封面是三名全身戎装、手握冲锋枪的美军士兵(包括一名女兵),形象英武,他们代表了攻打伊拉克的美军普通士兵,在击败布什总统、国防部长拉姆斯菲尔德等大人物候选人之后,不无争议地成为当年的"风云人物"。

《时代》周刊总编辑吉姆·凯利对最后选定无名美军大兵登上"年度风云人物"宝座的解释是:伊拉克战争后乱七八糟的局面表明,华盛顿的政策必须由基层士兵日复一日地执行。我们以为,这个称号应该属于这些人。他并表示,虽然"年度风云人物"的评选不无争议,但编辑部内部对于将伊拉克战争列为本年度头号新闻的意见则相当统一。与此同时,美联社12月19日揭晓的2003年十大新闻评选中,伊拉克战争也不出意料地稳居第一,"哥伦比亚号"宇航飞船空难、加州州长罢免选举、SARS蔓延、美东及加东大停电等事件分列其后。

伊拉克战争被重要的媒体都选为本年度重大新闻之首,印证美国社会和传媒对美国主导的这场战争高度重视和相对高比例的支持。

而美国大兵摘取年度风云人物的桂冠,也相对吻合美国社会的这一视角标准。其实,这也并非美国大兵首度获得如此的荣耀,早在 1950 年朝鲜战争爆发之初,《时代》周刊就赋予过美国兵"年度风云人物"的称号。可见,首先是战争本身的全球性震撼效应,导致美国社会和媒体在对战争关注的同时,也无法漠视作为战略战术执行者推进者的美军士兵群体。伊拉克战争时期传媒对女兵林奇等美军俘虏的大篇幅报导,点名报导攻克伊拉克首都巴格达并摧毁萨达姆塑像以及 12 月 13 日生擒萨达姆的美军都是精锐部队,等等,都在不同程度上为美国大兵歌功颂德,是属于美国特征的"主旋律"清新形象。况且,美国大兵的使命不会因战争胜利而结束,他们将继续成为传媒的主角。

虽然与当年的朝鲜战争、越战一样,2003 年美国发起的伊拉克战争在国际社会都遭遇各种质疑,但实力强大、作风强悍的美国照样一意孤行,甚至不惜与老盟友德、法两国翻脸,最后打赢了这场力量对比悬殊几无悬念的战争,也留下了千疮百孔的伊拉克战后重建烂摊子与世界和平依然遭受恐怖主义分子恫吓袭击的后遗症。同样,在这场战争中,"以服从为天职"的美军士兵无法选择他们的立场,他们是"命运的奉召者",冒着生命危险在枪林弹雨中穿行,并经受与亲人天各一方的离愁折磨,也几乎每天都目睹耳闻同僚战友伤亡或被俘的情形。他们只能以普通军人的坚韧、无畏和勇气,去承受"生命中不能承受之重",去背负战争与和平不能两全的心灵十字架。他们身为一个特殊的群体,获选为"年度风云人物",也是当之无愧的一种历史使命,可惜他们的这个称号构筑在战争的本体之上,便不免染上无奈与悲情的色彩。

《时代》周刊的"年度风云人物"评选,无疑是全世界最具影响力的传媒效益与荣誉。但就人类发展的趋势而言,人们显然更欢迎诸如爱因斯坦、何大一或者英特尔总裁安迪·格罗夫当年因科技方面的杰出贡献而被遴选为年度风云人物的结果,甚至那一年将问世不久却前途无量的电脑选为"年度风云人物",人们也欣然接受。毕竟,这些才真正昭示出人类之光。

另类"告密者"折射世风国情

回过头去看2002年度的《时代》风云人物,非同寻常地由三位名不见经传的美国职业妇女共同担当,不仅突破以往多甄选如政治领袖、战争英雄、科技明星、企业翘楚那样的大名人的传统,也传递出美国社会文化微妙的变迁信息。

联邦调查局资深特工科琳·罗莉、世界通讯公司审计员辛西亚·库珀和安然公司福总裁莎朗·沃特金斯这三位新上榜的时代风云人物,有一个共同特点,那就是她们都在自身的岗位上目睹本机构、本公司的种种弊端,而在正义感的驱使下揭发事实真相,表现出不同流合污、抗争权威的道德与勇气。

罗莉在2002年5月投书联邦调查局局长米勒,批评该机构主管在"9·11"恐怖袭击事件发生前忽略她要求调查有"第20名劫机犯"之称的嫌疑案,从而坐失避免或防范"9·11"事件的良机。她后来在国会作证时并直指联邦调查局内部充斥官僚及"一心想升官"的风气。库珀和沃特金斯则分别揭露了各自公司耸人听闻的假账阴谋,使全球电信巨子世界通讯公司和全美第七大能源交易商安然公司破产背后的黑幕大白于天下。

《时代》周刊将这三位女性选为年度风云人物的理由称:她们"相信真相不能被一笔勾销,她们采取行动确保真相不被掩盖"。《时代》杂志总编辑凯利认为,她们象征美国面临的重大挑战,该如何挽回民众对遭受丑闻玷污机构、企业或天主教会的信心。他赞扬三位女性个性坚强,绝对站在正义的一方,而正因为她们是小人物才更了不起。

《时代》周刊以揭发真相的"告密者"(The Whistle-blowrs)一词形容这三位封面人物,具有颠覆社会文化传统的意义。在这一期周刊发行之际,《时代》杂志公布的一项民意调查显示,百分之六十的美国人视检举告密者为英雄,百分之七十五的民众表示,如果他们发现类似的黑暗行为，也将勇于做一名检举者。这个民意的非同一般之处在于，遭遇恐怖主义袭击、大公司丑闻案等社会、心理冲击之后，美国民众通常鄙屑告密者的逆反心态有所扭转，他们更注意维护大多数人的权益，更崇尚公义和真理，而不惧怕向权威挑战。

当年那个靠偷偷录下与莱温斯基谈话、最后导致克林顿总统绯闻案即所谓"拉链门"事件曝光的琳达·崔普，曾经受到世人的普遍谴责与鄙屑。她作为一个居心叵测的疯狂窥私者、告密者，令大多数美国人厌恶之极，甚至比讨厌独立检察官史达尔还要讨厌这个邪恶的女人。但在今天，罗莉等女"三剑客"走上告密检举的道路，不是出自个人恩怨，不是为了满足窥私之欲，更不是为了出卖灵魂，而是高举公义大旗，伸张国家与人民利益，她们理所当然地获得人民的喝彩。她们的告密检举为美国人的道德标准订立了新的尺度，别人的天大的隐私都可以不管，国家和人民的正义绝不能置若罔闻。前者或是美国人的天性，后者则是美国人在经历大事变后的觉悟。

所以，崔普其人依旧注定被钉在历史的耻辱柱上，而罗莉等女"三剑客"则成为世人的楷模而将流芳百世。

全球经济的民生指标

值得注意的是，《时代》周刊评选 2006 年的"年度风云人物"为"使用互联网的每一个人"。当年 12 月 17 日一期《时代》周刊发布的年度人物特刊的封面，印着一台电脑，电脑显示器荧幕上写着"你"字。

自然，这不是《时代》杂志第一次选定群体人物为"年度风云人物"。"美国科学家"是 1960 年《时代》年度人物，"25 岁以下一代"成为《时代》1966 年的年度人物，"美国中产阶级"被评为《时代》1969 年的年度人物，"美国妇女"1975 年成为《时代》当年的年度人物，而电脑在1982 年成为《时代》杂志的年度人物。

无论平民还是社会精英，如你、我、他之类的群体被选作"年度风云人物",并非偶然的奇思妙想心血来潮,确实是当今社会的大势所趋。单个的英雄固然不会绝迹,但更多的群体人物也不乏施展的平台。问题在于,谁是当今世界的主宰?或者说,上榜的年度风云人物"使用互联网的每一个人"也即你我他,能够主宰这个世界的变化吗?他们也许是社会的代表,却并非时代的灵魂。

美联社年终评出 2006 年十大经济新闻,其中一半与民生问题息息相关。美国住房市场急剧降温,导致美国经济自第二季度起增速大幅放慢位列首位;其余包括汽车产业陷入困境、油价再创新高、汽油价格变动等都几乎影响到每个人的生活质量。而中国经济发展令美国经济界瞩目位列十大经济新闻之九,除了说明美国不再忽视中国的经济发展外,中国超过 10% 的经济增长率在数据化西方世界几乎是"不可能的任务"般的神话。事实上,泡沫经济和通货膨胀在世界范围顽固地占据一席之地,无时无刻不想冒头搅一番风生水起,美国与中国概莫能例外。

美国住房市场急剧降温,不但重创美国经济,对全球房地产经济的影响也相当大。中国大陆的房地产市场价格高企与薪水族收入不成比例,官商利益输送形态下的圈地行为、开发模式不仅让广大老百姓沦为不规范市场经济场的弱势族,更催生房地产市场的泡沫化隐患。不少房地产开发商在国内市场卖不动的大势下瞄准海外市场,依然收效甚微。毕竟,美国房地产市场的下滑,其杠杆指标作用便会微妙地显现,并且没有地域的限制。曾经如履薄冰的消费者,几番波澜不惊的炒房客,面对这样的预势都只能看紧自己的荷包而徒唤无奈。

有一点堪可回味的是,美国房地产开发建筑商在房市疲软之后采取的提振措施,完全从市场经济规律出发,这是中国房地产市场所欠缺的调节。

美国汽车制造商生产的汽车,尤其是运动型多功能车所占市场份额迅速萎缩,导致美国汽车业陷入困境。福特和通用汽车公司大幅裁员,公司的股票甚至沦为"垃圾股"。通用汽车公司在汽车制造业近一

文化与差异 | 177

个世纪的龙头地位也几乎拱手相让,由日本的丰田汽车公司独占鳌头。美国汽车王国的声誉受损,元气大伤,而众多汽车制造业工人的失业,更让美国人的信心低落。

受原油价格上涨、炼油能力不足等因素掣肘,2006年初起美国汽油价格冲破每加仑3美元大关,令驾车人惶惶不可终日。高汽油价格又打击了高油耗的美国车。可以说,这一经济现象对消费者与制造商、销售商都是一场恶梦。美国这个"装在汽车轮子上的国家",在高油价的冲击波下纵然还不至于摇摇欲坠,但放慢速度减缓消费则是迫不得已的现实了。

伊战撤军遥遥无期,地球天灾人祸不断,政坛瞬间风云变化,……芸芸众生最关心的终是自家的民生大计,是经济的眼前表现。"十大经济新闻"将2006年定格为过去式,但所透露的全球经济的民生指标,也为新的一年展现了疗伤、救治和振兴的目标与方向。经济学家、企业家、销售商乃至政府首脑,都不能不掂量肩头的重担,但不能迷失的是:经济的主体终归是老百姓,无数个平民所系的民生现象,就是解决问题发展经济的不二前提。

回头再说这个"年度风云人物"即"使用互联网的每一个人"——"你",无论全球经济的好坏、战争与和平的此起彼伏,毕竟这个"你"活跃在互联网无远弗届超越时空的大平台,探索着宇宙的无穷变化并且探索、变革着人类生存的形态与模式,已然是当今世界脱胎换骨般的变革,也同时还面临新的诘问:人类是科学的主人,抑或科学主宰人类? 在这样的变革中人类仍将不断思索并探索着。

《时代》周刊陈述说,正是"你"们让即将过去的一年发生了天翻地履的变化,成百上千万或许未曾谋面的普通网民汇聚在一起,合力推出像网络大百科、博客(blogs)、影视上载网站如You Tube和社交网络例如My Space这样的网络世界,然后改变了现实世界。没有哪一个单独的人物能够在过去一年里产生如此之大的威力。因此,"你"成为《时代》周刊年度风云人物当之无愧。

《时代》周刊的总编在公布这一结果时解释说,一向是国际政经指标的《时代》年度风云人物,选出"你"为年度风云人物,代表了网络时代人人都是主角。

　　可见,虽然称之为"风云人物",但获选对象多元化的趋势年复一年地"颠覆"着以往的传统,男人、女人、夫妇、一群人、一个想法、一个地方甚至一台机器,都可以荣膺这个头衔。好坏与否几乎不是选项,只要在过去一年最具有"影响力",就最具有资格。

(1/20/2007)

美国"居委会"

中国大陆来的移民大多对"居民委员会"、"居民干部"这样的称谓不陌生,在美国这片土地上,其实也是有类似"居委会"的管理网的,不过那是完全自发的、只对居民的利益负责的民间组织,没有种种喜欢窥私、恶意中伤和盛气凌人之类的作派,注重、捍卫的是邻里间的安全、社区的宁静,直至向政府有关部门陈情要求对某某事务的改进改善。我现在住的位于加州硅谷的一处街区,周围不少邻居是已在此地居住几十年以上的"原住民",从那批房子刚盖起来就搬入,他们的子女如今都已像屋前路旁的大树般枝繁叶茂了,他们视这儿为自己的家乡,一草一木都是有感情的。"9·11"恐怖事件发生后,街区的邻里关怀小组成员挨家挨户发慰问信,赠送可张贴于门窗上的星条旗,对凝聚民心激励爱国热情自有相当作用。

这个邻里关怀小组每个月还有自己印刷的16开月报,向社区住户通报当月的相关要事,诸如何时要集中清理大型废旧家具或电子垃圾,某个周末某街区有多户家庭共同展开"庭院(车库)拍卖"活动。也会通告并举行不定期的邻里聚会,约定某个傍晚大家汇聚于某个家庭庭院,在轻松自如的气氛下喝点饮料、吃点烤肉、热狗,聊聊天,海侃一通,睦邻相偕的愿望达到了,该说的事也便沟通交流了。

记得刚迁移到新家不久,《邻里月报》向大家通报说,鉴于当时通过本街区一条主街的外来车辆过多及车速过快,搅乱了原本的社区宁静氛围并带来不安全因素,因此有必要予以限制,希望各家住户发表意见,以备向相关结构交涉改善。不久,就看到有施工人员在该主街的几个十字路口筑起小小的街心花园,沿街的两侧还交错铺起水泥隔离带,路口则挂起了车辆限速的醒目标志牌,街区的往来车辆果然比以前减少了些,车速在那变窄变曲的道上行驶自然也快不起来。我因此真为邻里关怀小组的作用和市政府部门从善如流的举措及效率感叹。

有些住宅小区委托物业公司管理,那些管理和保安人员犹如"居委会"成员,可以依法循章办事,诸如不得在窗台和公共绿化地上晾晒衣服、不要大声喧哗、带朋友客人去小区游泳池游泳要登记等等,甚至连在自己的车位上换机油也不允许,据说这都是保障小区整洁清静安全所必要的,住户一旦明白也是会自觉遵守了。我以前住过一个约有300户人家的公寓小区,管理方在每年独立日假期前后还在游泳池畔的草坪上款待住户,各种烧烤、热狗、饮料管饱,十足一个多族裔的大派对。自然,"羊毛出在羊身上",那活动的开销都出自每家每户每月上缴的不菲的月费。倘若住户对物业公司管理不满,或某位管理级人士好吃懒做抑或气使颐指,居民也可联合签名换公司罢免之。

美国的"居委会"一般以守望相助、睦邻友好为宗旨,其"职权"也由全体居民共同赋予并符合共同利益,因此虽然也少不了一些通报、商议之类的琐屑事,但邻居们基本不会反感,毕竟那一举一动都是维护大家的利益。曾有位熟人因疏于屋前草坪修剪,还在后院种菜,引起他居住的高尚小区邻居的不满,邻里代表要求他改正,起初他觉得别人"狗逮耗子多管闲事",最后明白兹事体大,不仅仅是整洁美观的问题,还关系到整个社区的品位甚至影响到未来的房价,也马上"痛改前非"了。又有位熟人想把自己买下的破房子拆了重盖两层小楼,偏偏那社区的传统崇尚平房,设计图不被邻里屋主协会批准徒唤无奈,理由是你加盖了高层,四周邻居风景尽收眼底,人家的隐私哪去了?

有资料披露全美国共有23万多个屋主协会,还有其他邻里协会等等民间组织,旧金山华埠(唐人街)也有一个活跃的街坊会,都有相当的权利与义务,说到底是维护自己作为纳税人和产业主的利益,这也符合大多数美国人的利益,因此这些美国"居委会"能长治久安下去。

(1/8/2004)

胖瘦之间藏玄机

　　大约偏热与偏冷的地带，都容易使人懒散，进而催生胖子的。美联社曾经披露《男子健美》（*Men's Fitness*）杂志评选最新的全美"最肥胖城市"年度排行榜，大致可以佐证上述观点。该排行榜的前十名城市有五个位于偏热的德克萨斯州，分别是休斯顿（第二）、达拉斯（第三）、圣安东尼奥（第四）、福和市（第六）和阿灵顿；另外五个恰恰是处在寒冷区域的城市，分别是密歇根州的底特律（第一）、伊利诺伊州的芝加哥、宾州的费城、俄亥俄州的克利夫兰和哥伦布市。

　　连续三年名列全美"最肥胖城市"冠军的休斯顿，虽然后来退居第二，让贤给底特律，但以它领衔的德州五城市在前十名排行榜中相对居前，依然让人对热带地区的火辣劲刮目相看，不禁想起一些非洲的贫穷国家居然也有不少胖子的现象。据称，已经是第十年公布这一排行榜的该杂志，是由营养、医学专家依据每个城市居民运动、饮食及生活习惯、抽烟喝酒的节制度以及城市水质与空气品质、公园与户外休闲设施比率、拥有多少快餐连锁店、居民平均驾车通勤时间等 14 项指标，而予以衡量评鉴。

　　调查显示，美国黑人的肥胖率为 36%，远远高于其他族裔。位于其后的西班牙裔的肥胖率是 29%，白人为 24%。美联社曾经披露美国疾病防治中心（CDC）的调查报告，有 17 个州的黑人肥胖率都比其他族裔高许多，其他州也稍高或近似。

健康部门的官员认为有多种原因造成了这种情况。最明显的是在许多地方,包括黑人在内的少数族裔都属于贫穷群体,低收入造成了他们不能获得足够的医疗服务、运动设施,或者更加昂贵的健康食品。而在观念上,非裔和西班牙裔似乎更容易接受大体重,对自己的体型超重不在乎亦不太会去刻意减肥或运动。

　　当然,暑热与寒冷地带居民肥胖者偏多,也是相对而言的。本来具备"牛仔精神"的德州人,在西部片中的形象往往以彪悍、结实甚或精瘦干练者出现,奈何如今物质条件日益优渥,丰盛美味大餐成了不容抗拒的家常便饭,又缺少运动,惯于做个"沙发马铃薯片"的电视迷,要不胖也很难了。而底特律跃居榜首的理由包括天气寒冷、空气品质差、电视观众人数剧增、健身设施不全,等等;该市市长的回应突出了底特律作为"全球汽车之都"的特征:"我们的文化是,想去哪里就走出家门,坐汽车或搭巴士。"过度仰赖汽车代步,正是容易发胖的因素之一。其实无论寒热地带或是气候公认为最适宜的加州,全美国事实上哪儿都不乏过度肥胖之人,各种减肥途径蔚成风气,造就了大量商机,却收效甚微。说到底,还是运动太少或不得法、饮食起居习惯不佳等等种下肥胖的"祸因",天气毕竟只起到"催情"的作用。

　　胖瘦之间藏玄机。古人欧阳修说:"以自然之道,养自然之身。"先哲富兰克林称:"饮食节制常常使人头脑清醒思想敏捷。"而生命在于运动更是大家耳熟能详的座右铭,问题只是我们实行了没有或实行了多少。

(4/27/2007)

东西方文化差异警醒录

2009 年盛夏，一对定居美国北加州硅谷地区的华裔高学历夫妇携带儿女赴外州旅行途中，因管教孩子不当，有挥拳动手的粗暴行为而被目击者举报，旋即卷入官司；夫妇遭拘捕，子女被强制送往当地家庭寄养监管。原本美好的度假旅行，变成一个家庭难以抹去的噩梦，其中的教训深刻，也再度引发海外华人社区关注东西方文化差异和教育手段区别所产生的影响。

父母亲旅途"教训"子女引祸上身

12 岁的 Alice Wang 在硅谷师从名家学画 6 年，不久前赢得 2009 年联合国环保组织的绘画比赛获北美地区头奖。曾于 4 月到首都华盛顿接受颁奖，还将定于 8 月中旬赴韩国参加这项绘画比赛的全球大奖揭晓暨颁奖典礼。

为了庆贺孩子的成绩，Alice 的父母、任职于斯坦福大学研究工作的物理学家王苏文（译音：Suwen Wang）和供职于法律界的夏洛特·傅（Charlotte Fu）夫妇，6 月上旬携带 13 岁儿和 12 岁女儿驾车旅游，并陪伴女儿赴内布拉斯加州奥马哈市参加一项画展颁奖。6 月 6 日在内州开车途中，这对夫妇因涉嫌"殴打"小孩，被目击者发现报警而被拘押，其子女也被判寄养监护在当地一个家庭超过一个月。

据相关报道描述，一位目击者告诉警方，在奥马哈市外停靠在路边的一辆车上，瞧见一对父母殴打他们的儿子。警方透露，这位目击者先发现傅走出车辆，"教训"坐在后座的男孩；随后，又看见王从前座转身殴打了他的儿子脸部。该夫妇后来的解释是：由于坐在后座的女儿与其13岁的哥哥发生争吵，父亲王苏文于是停车到路边欲"教训"儿子，他被路人看到"掴打"男孩脸部，而王妻下车以及挥拳殴打坐在车后座的男孩脸部数下的动作，也被人看到并报警。而王苏文和妻子则坚称并没有对孩子"动粗"。但是警察接报后疾驰赶到现场，在听了哭诉男孩的一面之辞后，当即拘禁了王氏夫妇（他们被关了两夜后，各以250美元交保），两个小孩则被送往2000英里外的寄养中心"监管"。

这对夫妇在奥马哈的辩护律师尼尔森（Michael Nelson）辩解道，母亲傅教训男孩是因为儿子在车上不断欺负妹妹，并咒骂傅，以致夫妇俩停下车来"教训"儿子，整个事件大约持续了20分钟。律师还强调，这名男孩并没有受到任何伤害。

可是，奥马哈当地媒体引用警方的报告指出，傅因鼻子被割伤血从脸上流出，他们的小孩也受到"搅扰"。当地法院指定的两位孩子监护人还要求没收王和傅的美国护照，禁止他们前往韩国参加8月17日举行的联合国大奖颁奖典礼。而傅则以女儿的名义向当局提出了特别请求，希望能够让女儿返回加州的家。她称整个事件与她女儿毫无关系，现在其却成了无辜的受害者。为参加比赛女儿花了6年时间，赴韩国领奖是她一生难得的机会，如果无法前往将会毁了她的前程。

事件过去一个月后，这个家庭四位成员还分隔异地，不能团聚。7月7日上午，王和傅在内州奥马哈（Omaha）的法庭出庭，试图说服法官允许他们的孩子回到家。他们在硅谷地区的十多位同情者，8日还特地前往当地法院声援。内布拉斯加当地法院随后允准王和傅的儿子和女儿先从该州的寄养家庭返回加州社会服务厅指定的监护机构。

直到 7 月 14 日,经加州圣塔克拉拉县法庭裁定,允许两孩子回家与亲生父母团聚。这起在华裔社区引起轰动的"虐待儿童"案件暂告一个段落,但留在大人、孩子心底的创伤深浅不一,教训惨重。

当 13 岁儿子和 12 女儿回到自己身边后,在斯坦福大学从事物理研究工作的父亲王苏文(译音:Suwen Wang)表示:"因'教训'自己小孩而让子女在外州被监护看管达一个多月,是没有道理的,也很难让人接受。"

可以想见,两个小孩在远离双亲和居家、学校的一个陌生场所被"寄养监护"逾月,情绪之紧张和不稳定,那种不安全感和无法安然入眠的状态,可能成为灵魂深处的阴影,久久影响他俩未来的人生。

而事件披露后,认为此事涉及"种族歧视"的声音也不绝于耳。当事人王苏文表示这不仅是他个人的看法,一些白人也觉得此事件处理方式"过火",毕竟把小孩在外地看管超过一个月毫无道理,而且极"不寻常"!

律师 Nelson 也认为王氏夫妇的族裔在事件中比较敏感。他说,这个家庭四位成员虽然全部都是美国公民,但他们华裔的身份,似乎引致当局偏见。

文化差异导致认知差异

撇开事件的种种"外部因素"乃至执法当局可能存在的某种偏见,该事件由于东西方文化差异和教育子女方式的差异,而引起美国社会乃至不同族裔认知偏差的教训,不可谓不深刻甚至惨重。

获奖女孩的绘画老师方云华认为,此事件凸现了东西方文化对子女教育的差异,对在美的华裔家庭无疑是个警训。尽管他透露,事实上王氏夫妇对子女非常疼爱,也极为重视子女教育,连续 6 年,女儿来学画父母都是全程陪同,这在学画孩童家长中也不多见。说他们"虐待"孩子,恐怕没有一个华人会相信。

但偏偏王氏夫妇在路边"教训"儿子的动作被当地"爱管闲事"的人士逮个"现行"，警方现场调查又依据小孩弱势一方的立场，确信身为父母在"教训"小孩时有动手的事实，这样的东方式教育子女方式就难免被认定触法了。

其实在我们生活的社区和周遭的群体，发生因为看似"小事"实则触犯不同法规的事件，当事人还浑然不觉却被美国人"管闲事"直到"吃不了兜着走"的尴尬情形，早已司空见惯，也确已到了令人不得不警觉的地步。类似因东西方文化差异且缺乏足够沟通而导致的误会事件、官司层出不穷，也给予人们随时随地都不难验证的教训。

21世纪初，一部反映东西方文化差异的电影《刮痧》（梁家辉、蒋雯丽主演）的问世，在全球各地观众群中引起了不小的反响。也许，这部电影是中国人第一次意识到东西方文化差异并以艺术表现现实现象及问题的尝试。

事实上，电影《刮痧》公映后不久，2001年5月上旬，美国密歇根州便上演了一幕《刮痧》的真实版，只不过结局远比电影更悲惨，教训更惨烈。当时，居住密歇根州西南部一个小城市的美籍华人曹显庆因替患有尿道炎的8岁女儿涂药和换衣服，遭误解被举报而遭当局指控对儿童性侵犯。当社工强行带走他的四名子女时，曹显庆企图阻止而与警察发生冲突，结果被开枪击毙；曹显庆的妻子弋真则因被控"忽视和未尽责任"，被剥夺了对两个女儿（一个12岁，一个8岁）的监护权。

曹显庆是四年前与同样来自中国内地、拥有罗德岛大学化学博士学位的弋真结婚的。为了让在药厂担任研究员的妻子安心工作，曹显庆全职在家照顾四名子女。其中12及8岁的女儿是弋真和其前夫所生，而2岁半的女儿和10个月大的儿子是曹显庆与弋真婚后所生。8岁的二女儿患有尿道炎，需要按时在患部上药。为了不让妻子分心，曹显庆在女儿患病后一个月时间里一直悉心护理着女儿。

据当时报道披露，8岁的二女儿上学时，老师用玩具熊作教具，询问是否有人触摸过女孩隐私器官时，少不更事的二女儿向老师报告了她爸爸的动作,校方立即通知社区工作人员及警方。当天下午社工和警察前往曹家,以严重性侵犯为由要立即带走曹家四名子女。随后就发生了前述曹显庆被枪击遇难的悲剧。

警方的处理显然过火失当,但由于东西方文化差异,以及语言障碍而不能妥善沟通导致矛盾加剧的教训,更加惨重。

此外,海外华人往往忽略或者不知道西方人极其重视对儿童和老人各种权益的保护保障,不论是约定俗成由来已久的传统,还是已经成为法规的条文。上述事件中,身处美国的曹显庆已被视作有严重性侵犯行为在先,又抗拒社工拆散其子女,以中国传统的伦理对抗西方执法行为在后,被警察采取极端制止手段,令人唏嘘的是中间缺乏一个缓冲的沟通环节。

不能忽视"小节"的微妙与敏感

类似的情节还有一例。2004年夏天,美国一位移民妇女回福建老家探亲,顺便把她多年前寄养在老家的6岁女儿带回了美国。由于母女分离多年,小女儿人地生疏,饮食也不习惯,经常哭泣。当妈妈的在衣厂打工十多小时回家,面对哭成泪人的女儿却哄不停歇,难免心烦气躁,不由得对女儿吼叫:"你再哭,我就把你从楼上扔下去摔死算了!"女儿吓得不敢再哭了。

第二天女儿上学,在学校里也哭个不停,引起教师注意和询问,小女孩大哭着说,"我不想死!"大吃一惊的老师追问缘由,小女孩转述说她的妈妈要把她从楼上扔下去摔死她!老师汇报校长,学校赶紧报警,警方当天傍晚就以"企图谋杀未成年儿童罪"的罪名,拘捕了女孩的父母,女孩也被当局有关部门暂时寄养监管。

一句随意恐吓孩子的大话,一句只想止住女儿哭泣的烦恼话,不仅让孩子童稚的心灵遭受莫大的恐惧,也给华人夫妇教育孩子的方法带来惨痛的教训。这种因"误会"引发的事件,警醒人们再也不能对东西方文化差异熟视无睹了,再也不能任由"自己的方式"随心所欲地去"管教"孩子了。

其实,这类"误会"、"误解"导致意料的事件,大多是由于不谙甚或不在意东西方文化差异的小事而引起的。也许,你以为是爱溺孩子,常常有喜欢拍拍小孩屁股或者摸摸头皮的举动;或者,你望子成龙望女成凤心切,即使子女童心未泯不甘单调清苦地练琴习字、学舞学画,你也必定"硬下心"逼迫孩子按你的要求挤光所有的时间……倘若被美国路人或邻居看到并以为不妥,说不定就免不了惹上麻烦。有父母疼爱孩子,搂着年幼子女一起睡觉,传到学校,会令子女在各种怪异猜疑的目光下无颜自处,家长也难脱侵犯子女的嫌疑。甚至很多刚成为新移民的华裔家庭,因经济困难住宿环境差,一家几口挤在一个房间内过日子,也可能被美国人视为不人道乃至对孩童安全有害。

即使成人之间的交往,也有许多涉及东西方文化差异的细节不能不留意。在洛杉矶工业市工作的一位华裔新移民员工,曾经因在公司洗手间拍同事的肩膀,而引发一场"性骚扰"官司,使其身陷困境。虽然是出于"打招呼"的善意,但不同族裔之间的不同的文化和习惯,会产生微妙的差异,难道可以率性任意自以为是吗?毕竟在美国,碰触别人的身体(无论是异性还是同性)都是犯忌的。

早些年,洛杉矶胡桃谷学区一位华裔家长因为规定五年级的女儿负担家事,并且要求女儿背诵出美国 50 州州名;由于亲子之间沟通不畅引起争执,而对女儿有过体罚行为,并留下伤痕。学校老师怀疑学生遭到虐待时,依据加州儿童保护法向社工部门报告,社工偕同警察第二天探访了这个华裔家庭。虽然最后以"证据不足,不受审理"结案,但陷这个家庭于困扰麻烦的疗救,却不可能不了了之。

西方所谓虐待子女罪不仅是指身体上的体罚,还泛指一切有碍儿童身心正常成长的行为,诸如逼子女读书太狠、违背孩子的意愿指使强迫孩子学这干那,等等,其实都不同程度地犯了伤害幼童精神健康罪。

很多场合、时间发生的这样那样引起麻烦的事件乃至官司,几乎都是源于一些"小节",言辞不妥,或者动作引发误解,往往我们早就熟视无睹的现象,却都包含了东西方文化差异所能导致的微妙与敏感,不能等闲视之。在美国,即使朋友之间来往,也不能打听对方或他人的收入,对女士不可问年龄,没有预约一般不能做不速之客闯别人家门,……隐私权、价值观、社交礼仪、风俗习惯之类,在人们生活、社会意识领域的影响,可大可小,都轻忽不得。

从东方移民到美国来的父母,都希望子女在美式教育环境下获得更优越的表现,就应该入乡随俗,学会按照美国方式和观念来思考教育等问题,归根结底,就是要正视东西方文化差异和教育传统区别,善于包容和沟通,才能让孩子和家庭都能在异国他乡健康地愉快地成长、发展。

融入美国必须正视东西方文化差异

华人移民美国一百多年,从最初的"讨生活"过日子,到现当代追求更有品质更有尊严的生活,无不都是延续一个实现美妙高远的美国梦的过程。近年来,在美华人华侨也开始意识到融入美国社会的重要性必要性,但在如何融合进美国这个多族裔多文化"大熔炉"的进程中,却仍然存在着一些盲区、误区。无所适从举步维艰者有之,固步自封自以为是者有之,唯唯诺诺看人脸色者有之,只要自由罔顾法律者亦有之,反对歧视却时时歧视他族者更有之。这样的不同表现,从个人到某群体的言行举止,一时一地或许尚有姑息宽宥的空间;"放大"为社会现象视之,却肯定是有悖于社会进步和公德法制的,长期而言必不能被容忍放任。

华人华侨要融入美国社会,却往往很难迈过上述盲区、误区,归根结底还是没有从心底想到要"入乡随俗",更没有在面对东西方文化差异而产生的各种矛盾之际,采取积极的正视观念与协调态度。试想,我们移民美国留学美国以来，在家居生活、邻里相处、工作学习、交通旅行、问病求医、购物耍玩等等方面，所遭遇到的几乎所有问题、疑惑乃至事件，哪一个不是由于东西方文化差异所引起，又有哪一项与东西方文化差异脱节？譬如，体罚孩子、打骂孩子，在中国人的传统中早已见怪不怪，甚至一些学校教师也一直奉行祖传的体罚学生的不二手段。然而在西方，或者说到了21世纪的今天，东西方文化与教育都需要开展有益的交流互动，至少海外的华人应该体认到，完全照搬东方传统的教育方式，完全按照"自己的孩子任由自己打骂"的心态，不仅落伍了，也有点强词夺理。一味照"老法子"，"拳棍之下出孝子"的目的或许能够达成，要教出品学兼优知书达理又懂得责任担当的下一代，却几乎不可能。

譬如，华人秉承传统，要求子女成龙成凤，灌输子女成名成家的观念，几乎从小就逼迫孩子学这学那，即使读大学选专业也要由家长说了算，毫不顾及子女的兴趣爱好。美国式的教育则是鼓励个性发展，独立思考，文体德兼顾，身心成长健康第一。那些东方式家教强迫子女卯足劲"修习"各种才艺而挤压休息娱乐空间的行径，看在美国家长与教师眼里，非但形同变相"体罚"，也无异于精神虐待了。

再譬如，华人华侨喜欢扎堆图个热闹，餐馆里吃饭喝酒大呼小叫，马路上打手机电话吼声如雷，嗜好在电影院里说悄悄话，起码予人不礼貌不文明的印象。

驾车犯规遭遇警察了，有的人还喜欢在警察问讯时"辩论"，或者不按规矩反而做出不恰当的动作，以为"有理辩三分"、"无理也要搅三分"，结果原本只是简单的交通违规吃罚单，却由于不适当时机和地点做出的不适当行为，变成了刑事官司，先被扣起来，有理也说不清。

又譬如，有人按家乡的习惯与同事同学"拉近乎"，拍拍肩摸摸头，就可能会引来"性骚扰"的诉讼；甚至你拍拍孩子的屁股，也可能引发误解，小则遭孩子抗议，大则吃上官司。

所有这一切"小节"，其实我们早就熟视无睹，却都包含了东西方文化差异所能导致的微妙与敏感，不能等闲视之。隐私权、价值观、社交礼仪、风俗习惯之类，在人们生活、社会意识领域的影响，可大可小，也都轻忽不得。

美国政治学家亨廷顿写过一篇著名的文章《文明的冲突》，认为文化的差异将成为人类分歧与冲突的主导因素，文明的冲突将主宰全球政治。他的论点在政治意识形态领域被大量引用、论证，但作为社会主体下的每一个个体，人与人之间交往的文化因素及其差异，更需要引起人们的重视、理解和协调。说到底，我们常说的融入美国融入社会，就必须正视东西方文化的差异，面对客观存在层出不穷的差异，沟通化解，求同化异，减少误差，谋求和谐，才能使移民融合过程少了摩擦，多了意趣，胜任愉快，皆大欢喜。

(7/24/2009)

回归本真的人文交流

中国国务委员刘延东 2009 年 4 月的美国访问之行,可以概言之为推动"人文交流之旅"。她 14 日在华盛顿会见美国国务卿希拉里时指出,两国人文领域交流与合作对增进双方互信,加深两国人民相互了解与友谊,推动中美关系进一步保持良好发展势头具有重要意义,应成为双方共同努力建设 21 世纪积极合作全面的中美关系的重要组成部分。

翌日,刘延东又在耶鲁大学发表了题为《深化人文交流与合作,开辟中美关系的新境界》的演讲。她说,建设 21 世纪积极合作全面的中美关系,需要深化和拓展两国人文领域的交流与合作。人文交流具有基础性、先导性、广泛性与持久性,是国与国之间、人民与人民之间相互了解、增进友谊和互信的桥梁,与经贸合作等共同构成中美关系的重要内容。加强人文交流,增进共识与理解,有利于超越社会制度和发展模式的差异,使不同文明在相互借鉴中共同发展,为两国和世界人民谋求更大福祉。

事实上,美中之间、东西方之间的人文交流自古以来就不断推展,具有比美中两国和东西方世界之间政治、外交、经贸往来更悠久更广泛的民间基础。

至迟追溯到 15、16 世纪,当时中国的明清时代与西方各国的民间交往业已日益频繁,其中涉及文化、艺术、教育、医学、宗教等领域的人文性质的交流,几乎深入到相当广泛而深入的层面。这类人文交流不仅加深异国异族之间的了解和友好,也为国与国之间的交往奠定了深厚的民意基础。倘若不是晚清朝廷的腐败昏庸闭关排外,以及八国联军等入侵事件的干扰破坏,历史上中国人民与国际间的交往将可能在人文艺术交流的领域缔结人类璀璨的花果。源远流长、博大精深的中国文化,与西方各国的科学精神、创新精神及文化文明长时期的不断交流碰撞,势必孕育出更多造福于人类和世界的文明之花。

犹如詹姆斯·威廉·富布赖特所说:"对世界大事多点了解、多点理性、多点同情心,让各国学会和平而友好地生活在一起。"这位选自堪萨斯州的美国参议员,于1946年提出富布赖特法案并获国会通过立法,确立了美国与外国学者和学生到对方国家交流进修的方案。旨在通过教育和文化交流来促进国家间的相互了解,迄今已经为140多个国家的25万名学术成绩优异、领导才干突出的参与者提供机会,到对方国家展开文化、思想交流、协力解决共同面对的问题,成为美国在全球范围内开展的大规模国际合作交流项目。参与这一项目的学者被称为富布赖特学者。中国改革开放以来,也有许多学者受惠于富布赖特计划,成为中美人文交流的使者,成为本真的民间人文交流的实践者、推动者。

今天,摈弃政治歧义、制度异见,超越一切意识形态,乃至搁置相关历史纠葛,美中两国在人文领域的交流前景就可能直追历史上的交往盛期。而回归本真本源的人文交流,凸显其民间草根性、文化融合性、友谊互信性,在友善、诚信和相互信任的基础上,凭借人民与人民之间没有人为隔阂及根本利益冲突的友好来往,必将揭开恢弘历史篇章的新页!

(4/24/2009)

叩访一个看中国的"窗口"

美西名校斯坦福大学胡佛研究所(全称"胡佛战争、革命与和平研究所")自 1919 年创立以来,以收集珍藏第一次世界大战有关的历史资料为主,而亚洲的"中华民国"档案在上世纪末至今也成为收藏的重点。2006 年 4 月起先后对外公开的蒋介石日记、宋子文日记,则是该研究所独有的稀世文史藏品,对研究中国近代史而言是不可或缺的第一手资料。

包括中国大陆高校在内的海内外中国近现代研究学者,近两年来都视斯坦福大学胡佛研究所为发掘史料的宝库,络绎不绝到这儿"掘宝"的中国学者不在少数,大陆的某些高校、出版社更已与胡佛研究所达成合作共识,或共同整理部分史料出版,或长期、分批展开学者交流。中国近代史的研究因发掘、掌握了众多第一手史料而具备了新的研究角度与"话语权"。

不过,伯克利加大东亚研究中心 2008 年 2 月 29 日和 3 月 1 日特约海外十位知名学者,集中拜会胡佛研究所,查阅"蒋介石日记"原件,并就其研究价值讨论的这一学术交流活动,则是近年来西方学者对中国近代史料的一次集体"聚焦",意义非凡。促成这一海外学者如此集中地与"蒋介石日记"面对面接触,除了有伯克利加大东亚研究所所长叶文心和胡佛研究所研究员郭岱君等华裔学者牵线搭桥之功,还在于中国在当代世界地位的日益壮大、日益引发全球各地政府机构、智库团体的关注。西方学术界在加强对中国关注了解之际,有机会接触第一手的中国近代史料,当然也给他们开启了一扇了解中国发展之路的窗口,这也是他们求之不得的机缘。

来自美国与欧洲、日本的这批西方学者,包括英属哥伦比亚大学齐克(Tim Cheek)、里昂大学的汉诺特(Christian Henriot)、哈佛大学的威廉姆·科尔比、印第安娜大学穆哈恩(Klaus Muehlhahn)、斯坦福大学的托马斯·穆拉尼(Tomas Mulaney)、加州圣玛丽学院的姆斯利诺(MicahMus-cilino)、南加州大学施翰(Brett Sheehan)、科罗拉多大学韦斯顿(Tim Westen)、日本庆应大学三田辰雄(Yamada Tatsuo)等,都是中国史与中国问题研究方面的专家。据悉,学者们重点对二战期间日军侵华战争期间的蒋介石日记展开了研讨。他们认为,日记披露了一些过去无人知晓的史料,对了解诸如"西安事变"等重要历史事件的真相很有参考价值。胡佛研究所接受蒋介石孙媳妇蒋方智怡的委托和授权,保管蒋介石一生的日记成为典藏,并陆续公开蒋介石日记的内容的做法,也导致今天西方学者得以亲身一阅民国名人日记。这种珍藏并逐步有序公布史料的做法,自然也为海内外学者乐见。

由华裔学者主持并邀请相当多西方学者展开的这次查阅、研讨蒋介石日记的学术活动,对西方学术界细察深研中国近代史实的助益不言而喻。当然,正如东亚研究中心主任叶文心女士所表达的观点:蒋介石日记是非常珍贵的历史资料,但不可能作为唯一的中国近代历史研究依据。笔者相信,无论是中国学术界还是西方学术界对蒋介石日记等史料的关注,都不是唯一的研究中国近代历史"话语权"之源;但对胡佛研究所等西方学术重镇这样的"窗口"不断叩访,毕竟是进一步发掘史料走近中国了解中国的务实途径。

(3/5/2008)

留学生"吻瘫"机场事件需要集体反思

　　2010 年新年伊始,28 岁的中国留美博士生江海松因元月 3 日在美东纽瓦克机场吻别女友闯入禁区,导致机场戒严关闭 6 小时的事件,引发社会舆论大哗,也引起海内外华人热议。

　　江海松定于 1 月 28 日在纽瓦克市法院出庭。据传他将面临挑衅入侵罪指控,遭受 500 美元罚款和 30 天监禁的处罚。新泽西州参议员劳腾伯格甚至要求吊销他的签证,遣返其回中国。理由是江海松制造的麻烦导致 1600 人被困机场,大量航班晚点、经济损失超过上亿美元,不严惩不足以警示他人。

　　事件发生于刚刚过去的圣诞节恐袭炸机未遂案之后,全美航空安检升级之际,公众因此而质疑机场安检漏洞的问责声也随之四起。撇开这方面的检讨,以及江海松的合法权益被中国驻美使领馆关注而理应受到保护,被网民调侃为中国留学生"浪漫一吻'吻瘫'美国机场"的这一事件,在法制观念、社会公德、责任判断乃至文化差异诸层面,确有认真反思的必要。对于美国航空界而言,江海松闯入禁区的行为触发了一起航空安检的"大乌龙",但作为一个旅客送行者,遵行公共场所(更不必提安检重地了)规则,遵守法规,应该是起码的行为准则,不能因为海关安检员临时离开就可"检漏"闯黄围栏。江海松的行为显然不被美国公众认同,因为这是在不恰当的场合做出的不恰当的举动,绝大多数公众都不可能原谅这类在执法区域逾越规矩的行为。

由此说江海松缺乏法制观念或者公德，只是表象的归纳。深层的原因可以解析为对社会法制和公德由来已久的漠视，这种漠视与我行我素的性格并无直接联系，许多率意随性的美国人也不至于会在执法区域自找麻烦，除非别有企图。江之所以擅闯安检区却没有意识到后果（其友人说法），可见他根本没把越界闯禁区行为当一回事，只能令人遗憾地感到，他内心漠视法制的意识已然根深蒂固，而这种漠视心态的生成，自然是"冰冻三尺非一日之寒"的过程。

其次，毕业于上海交通大学的江海松，2004年赴美国留学，目前在罗格斯大学联合分子生物科学系攻读博士学位。他来美国五六年，入乡随俗知晓美国社会必要的规矩礼仪，理当耳熟能详了，但他此番表现出来的闯关行径，非但对社会法制与特定场所的安检措施漠然视之，对自己的鲁莽行为也缺乏应有的责任判断，与他分子生物博士生的身份亦不相称。一个在科学学科深造接受高深而严谨科学训练的博士生，暴露在社会视野的行为却是如此轻率疏漏幼稚不端；似是不能在行动之前思考后果，也不能判定是非承担责任的边缘"社会人"，正印证了教育在某些方面的失误，亟需倡导人才素质的合理结构培养，为时代输入更多业务专攻与社会责任有机结合的人才。

再次，江海松机场吻别女友，被一些网民视为"浪漫"之举，以为在西方世界的吻别是社会常态，不足为奇。这也牵涉到东西方文化差异的误读。热恋中的情人相见时难别亦难，拥吻惜别难分难舍的情景，地球村各个角落都在无休止地上演，今天开放的中国社会发生更浪漫的故事也随时随地都有可能。江海松此举不足为训的是，他和女友的"浪漫"不能以破坏机场安检区的规矩为代价。倘若他和女友在纽约时代广场或者帝国大厦顶楼上演拥吻一幕，又被摄入镜头曝光，倒容易被世人视作"经典"、"浪漫"的"世纪之吻"，遗憾的是他把吻别场景挪在旅客进出频繁安全控制特别的机场安检区，那就只能被警方搜寻法院传讯了。这与文化其实无涉，还是漠视法制惹的祸。

当然，因为江海松这一个案而与整体中国人的"素质低下"划等号,则是别有用心故意炒作。诚然,中国移民、留学生、访问旅游者近年在美国社会各种场合因不文明举动甚至触犯法规而遭惩罚的事例,时有所闻,有些是无心之失,有的属明知故犯,需要人们共同反思甚或忏悔。而江海松闯安检区事件,正是促进集体反思的一个契机。反思应当触动我们每个人的神经,面对不容置疑的社会法制和行为准则,在不失性格自由的前提下,去做一个我行我素肆意妄为的"独行侠"呢,还是做一个遵循原则有益社会的智者? 这是在东西方任何国家都会面临的选择。

(1/14/2010)

移民的情绪

多元化社区的族裔冲突因素

　　刚刚过去的 2010 年的春天,对于旧金山湾区的华人社区来说,却像难以言说的"多事之秋"。1 月 24 日,旧金山一名 83 岁的华裔老人陈焕洲无故遭到六名非洲裔青少年殴打,并于 3 月 19 日在旧金山总医院不治过世。3 月 22 日在相同地点的 T 先轻轨列车站台,57 岁的华裔妇女郑惠兰在被几名非裔青少年围堵,并被推下月台,最后被司机救回一条命,但牙齿断裂,头部肿起大包,双脚至今仍很痛。3 月 27日晚,一辆南向行驶的轻轨列车正在驶入旧金山三街和威廉姆斯街交界处的站台,一位华裔男子正准备下车时,遭到车上五至七名青少年围殴。4 月 16 日下午,旧金山一对华裔市民到奥克兰市逛街时,无故遭两名非裔青少年拳脚相向,59 岁的父亲俞恬声送医院后昏迷,并于20 日不治身亡。

　　在不长的时间里相对集中地发生了这些恶性事件,而且殴打对象都无一例外是华裔,不能不引起社区的不安和反弹。人们对警方的追查及当局的治安措施也颇多怨言,但更重要的是,在一向以多元化文化著称、多族裔聚居的旧金山,竟然也出现了如此多而杂乱的社会现象,实在是摆在我们的城市、社区和当局面前的一道难题,该如何化解呢?

　　旧金山民权律师黄正凯透露,从 2009 年秋季开始,全市的仇恨犯罪案件增加了 400%。当然,在一个民主、自由的社会,面对恶化的生存环境与态势,人民还是要靠团结说话并显示力量。亚裔社区4月、5月先后举行过多次千人集会,以及警民座谈会,发出"守望相助,共抗暴力"的声音,在维护社区和谐的前提下要求当局给予必要的制度保障。

尽管迫于事件的严重性、社区反弹及媒体广泛报道,从市长到警察局长等奥克兰、旧金山当局政要都相继表态谴责暴力行为,允诺采取强化治安措施,包括增加巡警,并且重金悬赏捉拿相关案件疑犯。政要们与草根民众坐在一起探讨社区安全大计,也成为近期旧金山全社会关注的热点。不过部分民选官员的态度其实远不如当初他们到唐人街拉票筹款那般卖力使劲,有的官员只是充当消防队"灭火"的角色,在案情还未查实时就迫不及待地表示多数打劫案"并无族裔仇恨因素";有的官员谈论相关案件,甚至要卧床受害者到场"站台"(遭家属拒绝),不乏作秀的色彩。旧金山警察委员会委员潘伟旋指出,很多官员不愿意承认华裔和非洲裔的族裔关系紧张状况加剧,这样无助于化解矛盾。

旧金山市总人口目前超过84万人,其中亚裔占30%,亚裔与白人、非洲裔、拉丁裔等不同族裔移民群居共处的历史超过百年,多元化社区和文化也一直是旧金山引以为傲的"城市名片",为何今天又发生不少暴力案件,人人自危,闹心不已?这个现象已引发主流英文媒体和各族裔社区瞩目,并开始研讨从根源上化解冲突的途径。

《旧金山纪事报》和《纽约时报》都对近期的旧金山暴力案和社区反应做出追踪报道与分析。《旧金山纪事报》的署名文章说,绝不是说整个非裔社区都是暴力的,但回避或忽略其中的族裔议题既不公平也不智。"这不是偷iPad那么简单的问题,而是两个族裔之间深深的隔阂。"

访谷区亚太社区中心董事杜丽莎认为,尽管旧金山是个非常多元化的城市,但是亚裔却一直没有受到足够的尊重。多年来社会上存在的歧视和不公正现象,显示建立和谐社区绝非一日之功;而近来华裔频频遇袭,弥合族裔冲突已成当务之急。而前旧金山防犯罪组织成员毛绮雯更直言非裔青少年瞄准亚裔抢劫之类的犯罪行动早就是"旧金山肮脏的小秘密"。她指出,以 2008 年旧金山警方统计分析的 300 宗打劫案,亚裔受害者高达 85％。《纽约时报》采访了一些曾经是帮派成员的非裔青少年,获知他们在十几岁时就被告知要针对亚裔打劫,因为亚裔"不报案"。

一部以亚非社区矛盾为主题的影片《颜色恐怖》(*Color of Fear*)的制作人 Le Mun Wah 也指出,华裔逐步改变一些传统上非裔社区的面貌,导致了这种紧张关系。他说,旧金山湾区亚裔和非裔关系比非裔和白人关系更紧张,因为没有多少白人住在奥克兰或旧金山湾景猎人角地区。两个族裔的企业不会互聘对方族裔的雇员,华裔也不会到对方商店购物,只是在"忍受"。这个说法与《纽约时报》的分析不谋而合,该报文章指出:对某个社区而言,"一个族裔进驻而另一个族裔感觉自己被迫退出,仿佛自己失去了声音,……有点像权力转移,这自然也会导致(族裔间的)紧张。"旧金山华裔市议员马兆光虽然相信社区压力会促使警方增加警力加强巡逻,但对解决种族矛盾却不抱希望。他认为,人们投诉受到迫害,非洲裔的回应往往拿"我们已经被迫害了几十年了"当挡箭牌。

与此同时,相当多的亚裔和非洲裔社区领袖也都在努力,弥合隔阂,化解心结。刚刚过去的母亲节,一些华裔人士就受到非洲裔社区的邀请,共同庆祝。俞恬声遇难后,奥克兰著名的非裔教堂也在礼拜中哀悼追思,并将教友们的捐款送到俞氏家属手中。而亚裔也须得正视并改变以往给世人忍气吞声"不报案"的印象。团结起来,发出心声,去构建一个和谐美好的多元化社区。

(5/12/2010)

椰果好吃不好卖

　　台湾盛香珍食品公司在美国的知名度,由于旧金山湾区圣马刁郡高等法院于 2003 年 7 月 11 日的一个判决,而再一次与最近的盛夏气温一样升高。不过,在美国公众的印象里,盛香珍的产品——果胶椰糖可以噎死孩童,也又一次获得了法律的印证。

　　这是美国法院第二度对同一家食品公司的相同案例做出判决,圣马刁郡高等法院裁决盛香珍公司赔偿原告,也即被果胶椰糖噎死的两岁幼儿景乐乐的父母亲 5000 万美元,外加替原告承担 2538 元诉讼费。此案事发于 2001 年 2 月 22 日的马萨诸塞州,当时 20 个月大的景乐乐被一颗果胶椰糖卡住喉咙而昏迷,最后不治而亡。小孩的双亲景鸿利、李爱兵均为来自中国大陆的留学生,现居休斯顿。他们于 2002 年对盛香珍公司提出诉讼,虽然赢了官司,但对被告躲在台湾极为不满。诉讼的目的是不要让别的家庭再经历失去孩子的痛苦,至于赔偿金已不能挽回自己爱子的生命,何况在台湾的盛香珍公司是否认罚都是大问号。

　　2003 年 5 月,硅谷所在的圣塔克拉拉郡高等法院已裁决盛香珍公司在第一起果胶噎死孩童案的民事诉讼中败诉,判决盛香珍公司向那位因椰果胶噎死的 11 岁菲律宾裔女孩的家属赔偿 1670 万美元。此外,同样发生在圣塔克拉拉郡的一位 3 岁男孩因椰果胶噎死的诉讼案,也在 8 月开庭。

法院的判决,当然是根据惩罚性原则做出的,但数千万美元的天价数目由一条活生生的生命换来,在美国人的眼里那便不是天价了,因为人命关天,再大的金钱数大不过人命。美国社会时有所闻某顾客在某某店饮咖啡烫了嘴,某顾客在餐馆用餐时发现菜中有头发丝而兴讼索赔的新闻,大多还是消费者一方胜诉,赔偿金也几乎是成百万甚至上千万美元的,如今有吃出人命的大案了,哪有不重罚之理?!

　　华裔移民在近十年来迅猛增长,海峡两岸三地的商家也纷纷进军美国,这是美国纽约、波士顿、洛杉矶、旧金山、休斯顿等亚裔移民聚居的大城市东方超级市场日益扩充的背景。各种东方食品固然大大方便并满足了移民的需求,也为美国市场多元化添了异彩,但食品的结构成分、包装、营养标准、有效日期等等,都必须接受相当严格的限制,稍有差池便可能挨告。盛香珍的椰果胶味道不错,前几年风靡一阵,小孩尤其喜欢也是常情常理,但商家忽略了这种果胶类产品的体积大小及入嘴是否很快溶化的标准对孩童进食的关系,导致接连发生孩童噎死的惨剧,即使属于"无心之失"也毕竟已铸成大错。尽管盛香珍公司对噎死孩童是否吃了本公司食品仍然存疑抗诉,但这类食品一直有不同的商家生产,各公司对应该有的标准和防范都不能没有科学的态度,对美国社会的文化与商业、道德等等方面的准则更不能掉以轻心。

　　果胶好吃不好卖,这个买卖文章大。所有的华裔移民和商家都可以从盛香珍案例中吸取教训,在美国生活,在美国赚钱,倘若对美国的文化、社会和法律漠然视之或不闻不问,那就很难圆一个像样的"美国梦"了。

(7/16/2003)

入籍考试:移民第一课

　　美国国土安全部公民与移民服务局(USCIS)2006 年 11 月 30 日公布了 144 道入籍考试新试题,并决定于 2007 年初在纽约奥伯尼、波士顿、南卡查尔斯顿、科州丹佛、德州艾尔帕索和休斯顿、密苏里堪萨斯市、迈阿密、亚州土桑、华州雅奇玛(Yakima)等全美 10 个城市开始四至五个月的试验期,之后公民与移民服务局将根据试验情况调整试题,并将题库由 144 道精简至 100 道,与此前的题库数量相同。然后,新题库从 2008 年开始在全美实施。

　　在八分之一人口为移民的美国,入籍考试长期受到来自各方面的批评。任何针对移民的细微改变都会引起争议,但布什政府显然已耐不住"入籍考试题目愚蠢透顶"的批评,继 2001 年尝试改革后,又再次把调整后的新试题付诸试验,直到全面实施。

　　改革试验的入籍考试新试题涵盖美国政治制度、民主价值、社会历史、公民权利和责任;虽然每道题都有三至四个的可能答案,只要答对其中一个即可,但在理解与回答上,难度都大幅增加。

　　尽管 USCIS 局长冈萨雷兹在公布新试题当天的电话会议中宣称:新试题的设计在于"摆脱过去靠死记硬背回答简单问题的框架,使之成为更有意义的内容","为了激发移民学习美国的公民价值观,使他们在宣誓成为公民后得以全面参与到美国民主之中"。该局入籍处主任艾奎拉也表示:"新试题鼓励大家学习公民课程,更加爱国。"他们强调新试题在知识深度以及语言要求上都更接近统一的标准,应试者不会因为在不同地区而得到难易程度不同的考题。但移民权益团体强烈质疑这样的说法,据悉有超过230个团体曾就此联名致信USCIS表达关注。民间普遍的反应是难度增加,死记硬背固然不足道,理解答题也颇不易。至少,对英语口头表述、阅读和书写能力的要求大大强化。

毋庸讳言,原有的100道美国入籍考试题目流于简单化、程式化,譬如"美国的国旗上有哪几种颜色? 国旗上有多少颗星星? 国旗上的星星是什么颜色? 代表什么意思? ……""白宫在哪里?"类似的题目难怪引来"任何经过复习的恐怖主义分子都能轻松过关"的讥评。

总体而言,入籍考试新试题半数以上还是些常识题,但有些试题则显得空泛、突兀或者偏异,恐怕连土生土长的美国人甚至知识分子都难以"对答如流",更何况只是临时复习恶补的新移民。试看下列的几道入籍新试题:"独立宣言中其中一个重要意念是什么?""宪法中所说的'我们人民'的含义是什么?""'不可分割的权利'是什么意思?""说出《联邦创议者论文》的其中一位草拟者""说出美国印第安部族中的一个(名称)",等等;答案无疑超越了"基本"了解的范畴,深奥的或者莫衷一是的政治涵义,足以令人一头雾水乃至沮丧;而那些非常识性非必须清楚的部落称谓,大概连布什总统、赖斯国务卿都不一定搞明白。

站在政府的立场,移民入籍考试应当更加公正,更标准化,更具有爱国主义精神,这都是无可厚非的。美国毕竟是全球接纳各国移民最多最宽松的国度,希望在美国居住的移民,学习和了解从语言到文字、从政治、文化到历史的基本常识,也是应有之理应尽之责。艾奎拉主任的另一番话还是传达了相当客观公允的意思:应试者对新考题的准备过程,实际上也是一个学习和接受教育的过程,应试者可以因此理解考题内容所包含的公民价值。"只有你接受了这些价值,你将来才会为捍卫这些价值而战。"

入籍考试新试题已然是一条新移民的必试之路,却不应该成为入籍归化为美国公民的一道过不去的"坎"。准备入籍的移民面对现实,抛却抱怨,正视新的入籍新试题之难,进而克服之,才是迎接美国新生活、架构"美国梦"的新姿态。好在 USCIS 也会为应试者提供学习指南,让应试者对试题内容有充分的理解。新移民就以此为开端,当作融入美国社会的第一课吧。

(12/8/2006)

关于移民：合法与非法

美国国土安全部最新发布的移民统计数据显示，2005 年共有 112 万 2000 多外国人获得绿卡，其中包括 8 万 3000 中国人（来自大陆的移民 7 万人），名列全球第三，仅次于墨西哥、印度。与此同时，2005 年美国共有 60 万 4000 永久居民归化入籍为美国公民，其中来自中国大陆的约 3 万 2000 人（来自台湾和香港的各为 8300 人和 4000 人），排名全球第五。

这个统计数据同时披露，2006 年初美国境内的非凡移民达到 1100 万人，比 2000 年所估计的 850 万日增幅达 24%；其中半数以上来自墨西哥，其余非凡移民的来源地依次是萨尔瓦多、危地马拉、印度和中国。统计表明，中国作为美国非法移民第五大来源地，升幅虽然不及前四大来源国，但 2005 年已有 23 万非法移民入境美国。

同样在全球排名第五，上述两组关于中国的数据令人五味杂陈。前者被媒体报导誉为"中国人成移民生力军"，后者的负面效应则不言而喻。两者带给美国社会的影响、冲击或者说受制于美国文化的表现与其说是殊途同归，不如被看作截然不同。

通过正常渠道移民美国并且归化为公民的人数与日俱增，意味着美国的自由、民主和富裕的吸引力，在全球范围依然不断发酵；美国作为世界上最强大的国家和最大的移民国度，也因此受惠而提升了本身的多元化程度，在文化、经济、科技、商贸等等领域更是获益良多。举例而言有相当多的移民乃至归化公民,最初是由留学生完成学业后延续研究、工作而获得身份形成的,还有一部分不同行业的专家精英则直接循特殊人才移民条例而顺利移民美国,他们对美国当下及未来做出的贡献,业已与美国的国力强盛、科技领先息息相关。无论从哪个角度分析,美国引进了这样一大批人才都是既实惠又聪明的。以留学生来说,包括中国在内的各国留学生在自己母国所接受的大学之前的教育,美国可以不费分文而轻易就招募了大批精英,真是世界上最划算的交易。而那些留学生的母国实际上已经为培养这样的人才花费了前期最根本最昂贵的金钱成本与心血成本。

无疑,这批精英级的移民连同他们的家属亲友,构成了移民美国的佼佼者群体,并很快成为美国社会的中上阶层分子,成为和美国与时俱进甚至可以说养活美国的纳税人阶层的出类拔萃之辈。他们为来到美国后的发展机遇庆幸,美国也不得不为他们的卓越才干而叹息。

那些从各种各样的地下通道偷渡来到美国的非法移民,他们的现状与结局往往不太乐观。有消息披露伯克利加州大学的一项研究称,美国 90 个城市发现至少 1 万名地下奴隶,以移民集中的城市为多;这些人来自 35 个国家,又以中国人为最多,其次为墨西哥、越南。这项研究估计,妓院和色情场所的性奴隶约占 46%,做家庭奴隶的占 27%,在餐馆和血汗工厂的各占 5%左右。

除此之外,非法移民在美国从事的大多是当地居民不愿做的肮脏、危险、辛苦的出卖劳动力的工作,他们不仅被雇主盘剥,还要忍受蛇头或黑社会的敲诈、迫害。他们及其家人的生活处于贫困线之下甚至更糟糕,没有社会地位与医疗、福利保障,也不清楚未来的前途怎样。他们只是来到美国"讨生活",殊不知在他们的母国,他们过去的生活或许都比到美国来"淘金"更加殷实、平安。而在美国,他们既遭遇来自社会中上阶层的白眼与排斥,也要遭受美国蓝领阶层的抱怨与愤慨。他们为美国社会付出了一切,美国却不见得容忍他们成为社会大熔炉的一员。

关于合法移民和非法移民的评价,在美国社会从来就是纷争不断褒贬不一。争取和捍卫移民权益的形形色色团体在全美各大都会应运而生。事实上,这些团体或者类似人权组织也面临两难抉择:既要维护合法移民的权益,又对大量非法移民的处境莫衷一是;既要以合法移民的贡献说服美国人民与政府,又无法不对蜂拥而至的非法移民现象及其来源地尴尬难堪。

而身处美国,我们更切身感受到移民问题对于美国经济、建设及社会福利等等大计的振荡性。社会与民众虽然不惜为维护在美移民的一切合法权益而拼争,却不鼓励赞成非法入境的偷渡者分享美国的资源。毕竟,在这个讲究民法和制宪精神的国度,合法与非法的概念本来就泾渭分明。

(12/10/2006)

我的美国朋友（三题）

　　中国人讲究的朋友之道，贵在相知，如屈原所吟"乐莫乐兮新相知，悲莫悲兮生别离"的况味，移到这北美新大陆来也许会大煞风景，因为与美国人相处，或者说美国人的交友之道似乎更吻合另一句中国的老话——"君子之交淡若水"，杜甫诗云："人生交契无老少，论交何必先同调"的境界，也堪为写照。与老美做朋友，在一起可能无话不谈，无拘无束，不知何时何因他或她忽然离去了，说不定从此音信杳然，再难觅踪迹，空留下怅然与怀想，却也少了许多心理负担。

　　不少同胞和我谈起与老美交友的情景，以及我自己对周围美国人的观察与相处经历，都或多或少印证了上述这番感叹。我想，此乃东西文化差异的光和影，折射在寻常异族人的交往之中，并无光怪陆离之景象，却有合情合理之因素。心心相印的感觉或许不错，但会让人很累；不离不即的境况看似微妙，却也潇洒之极。无须生死相许的悲壮，没有拔刀相助的慷慨，人与人的遭遇多为偶然的萍水相逢，不要太多的沉重，但求些许的轻松，也便快意荡漾心满意足了。

　　在我交往不多的美国普通人里，他们或者远去了，或者还偶有走动，或者仍隔邻而居，他们的身影会不时闪动在我的脑海，就让我试着以删繁就简的笔触为他们中的二三画像剪影吧。

校园一君子

上世纪 90 年代初,浪迹美国,落脚在纽约上州的一座小城普拉兹堡,纽约州大在该城的分校是有点历史的普拉兹堡的骄傲,也是全美最大的公立大学在纽约州最北端所设的分校了。我的当务之急是补习英语,留学生办公室的加拿大籍秘书小姐知道我的难处安慰说,正好有些登记做义工的大学生,"帮你选一个'家教'吧!"没过几天她安排我和一位大二学生克里斯蒂见面,把我"托付"给了他。

时值初秋,瘦削单薄的克里斯蒂披一件咖啡色粗麻毯行走于庄严而又雅致的校园之间,颇有中世纪骑士佐罗兼嬉皮士之风,令人忍俊不禁。后来相处多了,发觉他披这身麻毯出行的时候居多,在校园里也形成别一道风景。他和我约定每星期三个下午各两小时教习英语会话,初初摸了我近乎一张白纸的英文底子后,他在第二回施教时,竟带来了自编自抄的教材,虽然写在简陋的本子、卡片上,着实要花费不少功夫的。他和我的教习,或在图书馆一隅对谈,或引领我遍访博物馆、市中心乃至商业区的店家、酒吧,一一指点,寓教于日常所见所闻。他的教材与教法因此也活泛了许多,让我觉得新鲜,学得兴意盎然。常常,他把美国文化和生活的某些特征在不经意中揭示给我,成为我在美国生活、学习的启蒙者。

克里斯蒂教学时从不迟到,一丝不苟;闲谈时海阔天空,善解人意。他其实不是健谈之人,因了我却打开话匣子,让我感念到这位年纪轻轻的异国朋友为他人着想的心思。他出身于一个偏僻小镇的贫寒之家,父亲在家乡一所监狱当狱警,母亲是不识几个字的家庭主妇,他是家乡极少数上了大学的年轻人之一。知道我以前在中国当过报刊编辑和记者,他的眼睛也发亮了,引为同道,对我披露出今后的志向,就是要到纽约这样的大都市寻一份报纸杂志社的文字工作做。言语里流露出从此走出贫困家乡的愿望,流露出以文化工作为终生事业的抱负。

半年后我要迁居离别小城前,克里斯蒂特地在一个周末邀我去他住的公寓作客,实际上是想替我"饯行"。盛情难却,加之我也喜欢看看美国大学生的日常起居形态,那天上午我欣欣然到了他在校外租的寓所。他先陪我在客厅聊天,闲坐间发现旁边几间卧室内传出男女缠绵之声,克里斯蒂略显尴尬状,稍后便大方地告诉我那是别的同学室友还在睡觉。没多久从不同的卧室各出来一对青年男女,都是 20 岁左右的青春年华,也并不害羞地与我俩打过招呼。我是头一回亲眼看见同居一室的美国大学生,于是向克里斯蒂打趣说:"你的女伴在哪儿?"他坦然一笑,解释说自己尚无女友也无女伴,目前也不想"分心"。那一瞬间,我实在感慨他的单纯无邪,心想他该是"性解放"一代最后的幸存者了。

记得分别前,克里斯蒂给我留下他老家的地址。一年后的圣诞节,我从旅居的西部给他寄去贺卡,却没获些许回音。也许他根本就没再回家乡,他要读大学就是不想再走父母一辈子困守家乡的老路。他如今会在纽约的哪一家报刊社做他喜欢的事呢?

我衷心祝福他,祝福一位追求文化品位、助人为乐的美国青年、一位有骑士兼嬉皮士之风范、更有内涵的当代真君子。

湖畔一教授

帕斯蒂教授是我妻子的导师,留着马克思式的大络腮胡子,有学者的派头,更有顽童般的性情。他拥有哈佛大学东方文化和历史专业的博士学位,也对东方文化抱持浓郁的兴趣。他曾去过中国,会讲几句简单的汉语,想进一步"读懂"中国的愿望也始终很迫切。我到了他执教所在的那个大学城后,他多次向我打听中国的近况,尤其对民情风俗赞叹不绝兴趣浓烈,并和我讲起几句中国民间俚语。他甚至笑嘻嘻地向我求证,中国一般工厂里的男女工人间是否相互"打情骂俏"?

我惊异他了解的细微与角度的独特,也给予他满意的答案。

他的夫人也在同一所大学的图书馆工作,夫妇俩在当地美丽的香普兰湖畔筑屋而居。他多次邀请我们一家去他的湖畔居所作客,那是按中外古今任何标准而论都够得上豪宅别墅的,乡村式民居的外观,妙在沿湖岸坡度而筑,内里乾坤犹如迷宫。坐在其湖畔居临湖木板露台极目眺望,湖光山色,赏心悦目。我戏称老夫子两口子过日子胜似天天在度假,他笑答,从湖畔选址到选料到房屋设计图样,他都亲力亲为或是延聘名师,最后盖成这样的美屋,图的就是随时享受"度假"的感觉。

他并透露说,早半年他应邀去美西伯克利加州大学讲学,原想迁往那儿的兴头被伯克利、旧金山一带奇高无比的房价吓退了;回到东部这小城,益发觉得这湖畔居的可爱可贵,发誓今后不会再考虑搬迁了。据悉,帕斯蒂教授的湖畔别墅建成总费用不过十余万美元,要是在旧金山湾区没有上百万美元就休想了。

刚到小城时,帕斯蒂教授在某个星期六一大早便开车来接我们,说是让我们去看一个地方,到了那儿方知是所教堂,正临时辟作"跳蚤市场",各种便宜的东西从家具、衣服到工艺品应有尽有。帕斯蒂让我们随便看随便选,我最后只看中了一台小半导体收音机,标价仅 3 美元,他还要执意替我付了账。平时周末,他有时会先打电话来说,"请你来我家帮个忙",于是再开车来接我去。一次,他指着他那湖畔别墅一侧从上延伸到湖边的木板走道说,就烦劳你帮我油漆一下。我欣然应允,他从车库里取出一罐清漆和一把刷子交给我,叫我慢慢干。我开始用刷子沾清漆顺着那一条条木板漆将起来,发觉那木板道分明是新漆不久的,质地清爽,实在不必再漆一道吧。我带着疑问与帕斯蒂说,他狡黠一笑称,你如没别的事就算帮我多漆一遍吧。我继续漆下去,身旁是草坪花丛、蓝天绿湖,不觉得累,也能忘忧,手上拿着刷子,心里却涌起诗歌的冲动。很多年后回想起当时的一幕,依然觉得那是平生劳作中最快乐的时光。约莫半天光景,大功告成,帕斯蒂教授嘱我先去客厅休息,并端上我爱吃的香草冰淇淋。送我回家的途中,他塞给我几张钞票,不容我推卸地说:"这是你应得的报酬,谢谢!"

我恍然大悟,原来他是变着法子补贴我们其时不无拮据的家用,类似的"帮忙"有过两三回,包括搭积木式地将车库一侧的木柴(冬天取暖用)码齐到另一侧,约谈"文革"旧闻中国民情风光等等,我更明白他的用心良苦。他清楚我不会平白无故地领受别人的恩赐,但按劳取酬则是天经地义。他决不想以自己的富足优裕挫伤一个外族人最后的自尊,只能以"帮朋友忙"的幌子让我有所行动。那以后我在美国阅尽人间沧桑,冷暖自知,但帕斯蒂教授以美国方式施人援手的做法倒也帮助我鉴别出美国式的人情世故。

大胡子教授帕斯蒂呵!我希望总有一天还会再造访你的湖畔别墅,在那临湖露台品茗赏景谈文论道;我也还愿意为你的木板走道再刷上一道漆,你可千万别再提"报酬",因为你让我明白什么是美国方式的待人之道,便是可遇不可求的可贵一课。

睦邻一主妇

在遇见了安娜之后,我对中国的一句古谚"远亲不如近邻"添了更切实的体会,也对普通美国人的喜怒哀乐有了更贴进的了解。

慈眉善目的安娜将近古稀之年,岁月的雕刀在她的脸上留下沧桑的痕迹,却挡不住灿烂的笑容和乐观的天性。她的满头白发和略胖的身形让我想起前总统老布什的夫人芭芭拉,在"家庭主妇"这个身份和岗位上,安娜和芭芭拉同样数十年如一日恪守其职,尽管她只是一介平民,而芭芭拉贵为第一夫人。这个对比奇特地从一开始到如今都深植于我心,也因此悟出美国社会的发展其实还靠着这一批尽心尽职的主妇们才具备坚韧而鲜活的生命。

第一次和快人快语的安娜打招呼,还处于全然陌生的状态下,我、妻子和她之间却没有一丝拘谨或不安。那是 2000 年的秋天,我和妻子在硅谷一带寻寻觅觅地想买下一栋可以安居的房子，在一处安静的街区看中了后来成了我们的家的这栋独立屋，已有几分中意。隔几日再去那儿想把里里外外看得更仔细些，在庭院间也流连良久，心内又添了几分喜欢。正想找邻居打听周遭环境、治安等细节，恰好碰上隔壁的安娜正在屋前莳弄花枝，她看见我们先问了好，便自我介绍说自己已在这里住了四十多年，这一片房子当年刚盖好时，她和丈夫就买下来住到今天，两个在这儿出生的双胞胎儿子现在也是中年人了。安娜滔滔不绝地赞叹这一带社区的宁静闲适，得知我们有意买下她隔壁的房子时，连声道"欢迎欢迎"。说实在的，我和妻子当时想买下这栋房子的意念，在碰上安娜后便更坚定了。

比邻而居后，安娜在周末主动邀请我们去她家作客，当她窥知我们有意扩建厨房时，马上引我们到她焕然一新的亮堂厨房参观。毕竟是近半世纪房龄的老屋，原来的厨房浴室按时下的标准会显得局促窄小，那是当地许多人家都略加扩建的原因，安娜在几年前也动了这番工，如今面积比以前增扩一倍的厨房是她家里最漂亮的区域。她的扩建点子和效果给我们启发不小。安娜的家里从壁炉到墙壁都摆满挂着她多年收集的玩具娃娃，给整个屋子充盈了几许温馨。她的这份嗜好让人看到不泯的童心，我理解她为何总是如此乐观和心理的年轻了。

安娜的丈夫是位退伍军人，早年曾参加过朝鲜战争，到过中国、日本、菲律宾等不少亚洲国家。从墙上的老照片看，他当年穿戎装的身影是何等高挺英俊，与端庄美丽的少女安多么般配。可惜，现在他却是一个垂垂老矣的帕金森症患者，说话断断续续，双手不停地抖着。安自称她每天要带他去附近的一家康复医院做理疗，常年不断。果真，以后的日子里我常注意到安娜驾驶着她那辆绿色的小车，载着行动不便的丈夫出去归来。据说按规定，她的丈夫可以享受由政府部门雇人照顾的待遇，可是安娜谢绝了，她要亲自陪伴、照料丈夫走完最后的人生旅程。

面对并不闲适轻松的生活,安娜是那么坦然,又尽其所能把每天的生活装点得丰富多彩。很多个清晨,我都看见安娜牵着她的小狗在周围散步,偶尔与我们谈起庭院花草修饰及四季变化之美,流露出掩不住的喜悦激情。我们拟改建翻新庭院时颇为如何规划犯愁,是安娜点明了美国人家前院栽花植草后院多种果树为主的一般规律,让我们心里豁然开朗。

刚搬进新居不久的那年岁末,妻子赶回国内去探望母亲,安娜得悉只有我和读高中的儿子两个男人在家,在圣诞、新年那两个节日都给我们送来她自己做的节日晚餐,特别合儿子的口味,都不想按惯例到外面去用餐了。安娜的细心、体贴仿佛传递出超越时空、种族的母爱,令我感慨不已。那之后,我对她更生出犹如对母亲般的敬爱之情,庆幸能与这样善良慈祥的美国老人为邻为友。

2007年,安娜的丈夫逝世了。我们应邀参加了追思礼拜和葬礼,安娜悲痛不已,半世纪的相伴让她难以抚平失去伴侣的伤痛,一夜间老了许多。她的儿子后来把她送去社区的老人院,有时候碰到我们总是说他的母亲一直郁郁寡欢。一年后,安娜去世,与其说积弱而病走了,毋宁说她急于要去天堂追随自己的另一半了。

雨果说过:"亲善产生幸福,文明带来和谐。"回想起我在美国遇到的这些朋友,我体察到那种超越疆界、种族、文化、语言的友善,他们也许称不上是伟大的人物,却是世界上最智慧又最具亲和力的一群;那种不伴随任何功利目的的友情,那种令人愉悦和谐的感觉,无不闪耀着文明的光芒,是这片新大陆上最可宝贵的资源。

(8/2004 初稿,7/2007 补正)

享受加州阳光的代价

华裔乃至更多族裔移民喜欢栖居美国西海岸的加州,自然有许多难以拒绝的理由甚至直觉上的依恋:气候宜人,风物壮美,社区功能健全,生活舒适方便,无论文化娱乐还是高科技成果的分享都独具魅力,又距太平洋彼岸的故土最近,实在是蜂拥而至的移民首选之地。

不过,也有愈来愈多的困惑动摇着人们坚守加州这个移民家园的信心。房屋价格永远是那么高不可攀,人人领教加州居大不易的厉害;经济荣景消逝已久,复苏迹象难觅,失业率居高不下,所以物价也照旧节节上涨;政府财政总是吃紧,优良的教育品质难以为继。更有地震、暴风雨、泥石流、火灾等天灾频仍不断,像是上苍对居住于这块风水宝地的人们示警。

1989、1994 年的大地震分别给旧金山、洛杉矶重创,2003 年圣诞节前后的地震连赫兹古堡所在的 1 号公路海滨风景线都遭遇摧残;2007 年 10 月 30 日晚 8 时许发生在硅谷一带的 5.6 级地震,震央位于圣荷西附近 AlumRock 约 5 哩外,地震源头距离地面大约 5.7 哩。整个旧金山湾区感受到震荡,许多建筑物剧烈摇晃约 1 分钟。地震强度使东到沙加缅度(Sacramento),北到旧金山、San Rafael 市的居民都体验到震感。硅谷地区不少华裔居民亲身经历到这场虽然级数未算高,但却是继 1989 年 10 月 17 日震毁海湾大桥旧金山 6.9 级大地震之后,湾区发生的最强烈地震。尽管尚无实质性的损失或者伤亡,但人们依然心有余悸。

近年不时发生的南加山火肆虐,百万人流离失所,连好莱坞明星也未能幸免。洛杉矶、圣地亚哥等七县被总统宣布进入紧急状态,阿诺州长飞来飞去恍若扑火总队长。世界经济实力排名号称第七位的加州,在自然灾害面前,竟是如此不堪一击!

仅以地震一项灾情来说,国家地震局四五年前起就年年发布警告,报称北加州绵延数百英里的旧金山湾区处于地震活动频繁带,30年内随时可能发生超过7级的灾难性特大地震。言之凿凿,却并非毫无科学依据的危言耸听,令人顿生防不胜防的无奈。

又据悉,早在2001年初,美国联邦紧急事务管理局(FEMA)曾经列出了最有可能威胁美国的三大潜在灾难:一是纽约遭受恐怖袭击,二是新奥尔良遭遇飓风袭击,三是旧金山发生大地震。试看现实,前两大潜在灾难都已经相继获得验证,那么第三大潜在灾难发生的可能性也就更成了加州居民尤其是北加州人的一大心病。根据美国科学家的一项最新研究结果,在未来20年内,旧金山很有可能会再度遭遇类似1906年几乎毁灭了整座旧金山市的类似的7.9级大地震。科学家预测,这场地震的发生机率为25%。

现代社会人们的忧患意识增加,加州的居民似乎还需要增强灾难意识。因为平时的加州阳光是何等明媚灿烂,加州的山水风景是何等赏心悦目,加州的物产是何等丰盛多元,加州的生活是何等惬意舒适,以至大多数加州人宁可忍受高房价高物价的折磨,也不愿离开加州的阳光、山水。但是,这种人为的忍受、折磨之外,加州人面对随时再度降临的地震、山火、暴雨等等自然灾难,应该有足够的警惕和充分的防范。也许,上帝是公平的,恩赐多多也必会有磨难加之,天堂般美妙的生活环境也可能遭遇炼狱的危险。甘于享受加州阳光的人们,就必得有付出相当代价的准备。

(11/4/2010)

"极端通勤"族

《今日美国》报曾经刊文引述人口普查局公布的研究报告"上班路途"(Journey to Work)的数据显示,全美国大约有 340 万上班员工每天通勤时间一趟超过 90 分钟,是全国平均通勤时间 25.5 分的三倍以上,被称之为"极端通勤"(extreme commute)的上班族。分布比率最高的五个州依次是:纽约州(5.2%)、新泽西州(4.6%)、西佛吉尼亚州(4%)、马里兰州(3.7%)及加利福尼亚州(3.5%)。报告并指出这一族为通勤者中增加最迅速的一群,其中相当多的人上班要跨州越郡甚至穿越好多个不同气候区域才到达工作地点。譬如从宾夕法尼亚州波克诺(Poconos)度假区到纽约市曼哈顿中心,或者是自南加州的莫哈维沙漠(Mojave Desert)边缘前往太平洋沿岸地带上班。

"极端通勤"族这种疲于奔命在上班之途的现象因人而异,归纳起来主要由于经济、居家品质等因素的驱动,而美国联邦和各州每年花费成千上万亿美元修建、改善高速公路网和大众捷运系统(包括地铁、轻轨火车、公交汽车等等),在方便通勤者选择使用不同交通工具上下班之际,其实也推动"极端通勤"一族不亦乐乎地愈跑愈远。著有《美国通勤》一书的运输顾问匹萨斯基就认为,兴建更多道路或者改善捷运系统,相对而言就是鼓励更多人长途通勤,也因之使美国各大都市的郊区范围被延伸得愈来愈远也愈来愈广。

相信一部分"极端通勤"族是希望或者习惯过乡间生活住在郊区,

而又不得不长途奔波到大都会区的另一端去上班；一部分"极端通勤"族则受制于房屋价格昂贵而不得不在远离都市的相对廉价区域购屋而居，代价自然是上班之旅程要变得长而又长。大多数政府机构乃至公司企业等用人大户一般都设在都市区，而即使所有的上班族都愿意居住在距离工作地点很近的同一市区，也早就没有哪一个都市能够提供如此庞大的上班族家居环境及设施了。至于拜高科技之赐，现代网路通讯技术使部分员工工作得以具备较多弹性，则为寻找负担得起的居家时，只会搬迁得离公司或政府机构愈来愈远。因此，希冀有更多公司开设在大都会以外地区，让这些地区的民众能就业于家门口范围之内，才将有可能缓和长途跋涉的"极端通勤"现象。

　　说起来，在下也属于这"极端通勤"族的一分子。居住在"硅谷之都"的圣荷西，上班地点却在邻近旧金山国际机场的那个小城，车程约40英里。为了避开堵车，我每天下午开车沿280高速公路往北到公司；夜间下班从101高速公路再转85再转280公路返家，包括转道至市区行驶的时间，来回差不多正好是90分钟；若遭遇塞车之害，"行不得也哥哥"，那就由不得自己了。算起来，我每个工作日如此奔波90分钟以上，一晃也逾十年了，汽车从旧到新已经换了几辆；每年的汽油费也着实是一笔不小的开支，尤其是近几年来汽油价格节节上涨，开车就好比汽车轮子压在钞票上，有时想想确实怪心痛的。为了家居和日常生活，也由于工作地点周围的房价比我目前居住的硅谷小筑更高不可攀，只能忍痛做个"极端通勤"族吧。好在自己喜欢驾车飞驰在高速公路上的那种感觉，何况在280这条沿途风景如画而车流又相对疏空的高速公路上奔驰，足以令人心旷神怡，驱除种种因生活、工作之累带来的烦恼，也便安之若素，经年累月，习惯成自然了。近一二年，由于网路科技日益发达，得以免除天天长途跋涉之累，剩下每周几次的驾车上班往来，更多品味驾驶的乐趣了。

　　和熟人、朋友谈起上班奔波的经历，被告知竟然还有人从加州中部的佛莱斯诺（Fresno）每天赶到硅谷地区上班的，单程驱车时间就需两个半小时多,来回超过 5 小时;据说他们还宁可这样,因为忍受不了硅谷地区的高房价。那在"极端通勤"族也堪称异数了。

(1/2/2007)

自助餐现象

　　全美国华裔人口超过 300 万,遍布各州、郡、市、镇大大小小中餐馆数量不下 3 至 4 万家。一个半世纪前中国移民背井离乡漂洋过海来到新大陆安身立命的"三把刀"(厨刀、裁衣剪刀、剃头刀)传统,迄今仍旧不同程度地在北美发扬光大;尤其是那"三把刀"之首的"厨刀"也就是开中餐馆的营生,不仅把那么多华夏同胞的中国胃侍候得愈来愈讲究愈来愈周到,时不时地便勾起海外华侨华人的乡情神魂,还把那一大票黑人、白人、拉丁裔人乃至各方移民、宾客的胃口、眼界都吊得高了去。

　　小如两夫妻搭档最多再请个杂工的袖珍型店堂,大至两三层楼可宴客上百桌另辟包厢雅座的超大型酒家,中餐馆在美国落地生根遍地飞花,凭着"民以食为天"那千古不移放之四海而皆准的真理而各显其能。讨生活、赚美元之际,再发掘些"弘扬中华文化"的雅趣,实在是于己于人于民于国多多益善的事业。粤菜、川菜、京菜、湘菜、江浙菜、潮州菜……八方四邦的佳肴美味都在这异国他乡亮出了各有拥趸、不乏食客的招牌。

　　近些年来,全美华人聚居地区又如雨后春笋般兴起了一股"自助餐"(Buffet)潮流,颇具气势和规模的大型高档自助餐馆从纽约、休斯顿到洛杉矶、旧金山各大都会区如滚雪球般接连开张。这种自助餐其实是秉承了美国人在各大城市几乎都形成连锁店效应规模的样式,譬如"Hometowe Buffet"乃至赌城拉斯维加斯、雷诺、大西洋城等各大赌场内如流水席般不歇的自助餐厅那样,也大张旗鼓地打起了"All you can eat"(什么都可以吃,一口气吃到撑饱)的旗号,而且在厅堂装潢、环境布置、座位排列等等方面相当讲究,似乎在"气氛"上已先能予宾客舒适之感。食品方面,则更多达 100 甚至 150 多品种,各种中式炒菜、烩菜包括蟹虾鱼肉时令蔬菜现烤牛排乃至北京烤鸭等等,应有尽有;并配以各种不同西式餐菜、寿司、沙拉、冷盘、中西糕点、冰激淋、水果等等,再加上酸辣汤、味噌汤、蛋花汤、红豆绿豆汤等等,有的店家还专门辟出"铁板烧"区,顾客可以自选洗净的各种海鲜、鸡鸭牛羊猪肉及青红椒丝、豆芽、青菜等等,再添加各种酱糖油盐等调料,交与厨师当场在滚烫的铁板上加工烹制成一道符合个人口味的热炒。

这样的自助餐厅,食品丰盛,氛围不俗,二三好友或者家庭团聚甚或数十人以上的派对都各有所宜好,可谓老少咸宜;又因为价钱相对便宜,即使晚餐价格比午餐贵些,也仅及普通餐馆点一两个小菜的花费,物有所值,所以像赌场自助餐厅每每出现食客盈门的场景,在这些新潮自助餐馆也屡见不鲜了。旧金山湾区的硅谷所在地,2004 年春夏之交的季节里,在相距不过一英里的地盘上就先后开出了两家大型自助餐馆,一家号称"超级"(Super Buffet),一家名为"疯狂"(Crazy Buffet),几个月下来还都每天吸引川流不息的各种肤色食客光顾,大快朵颐。笔者去过这两家几回,果然名不虚传,真是从中午直到深夜不停歇的流水宴席般,任吃任看任品味,那菜式花样比起任何其他自助餐都不遑多让;价格也确乎比当地韩国式、日式的几家老字号自助餐要实惠得多,难怪不少食客宁可排队稍候也心甘了。

据悉,这两家自助餐馆都是由中国大陆移民主理的,数人合资,共同当股东,协力搞一份事业。看那兴旺的景象,也实在让人为这些在美国经济不太景气年代自谋生路闯出新气象的同胞高兴。据说上世纪 90 年代后期在纽约最早动起开大型自助餐馆念头的,是一批吃苦耐劳的福州移民,不过当时的自助餐馆经营服务管理上还依赖家族作坊式的旧制,市场难免还流于边缘化状态。新世纪以来在各都会区生根开花的大型自助餐馆,则有意识摆脱边缘化处境,甚至聘请老美员工甚至经理级管理人员,打进主流市场是指日可待的目标。从东到西,有的华人移民开办的连锁自助餐馆已经发展到20多家,菜点以中式为主,管理向西式看齐,算是创业的好路子。

当然,时间一长,也会出现新问题。自助餐餐馆的花式虽然多,却几乎一成不变,且以"大锅菜"为主,味道比不上有特色菜的餐馆,老饕食客们尝过一二回,便兴趣乏乏了。2009年硅谷新开张的一家自助餐餐馆,加添了特色菜和诸如凤爪、排骨、奶黄包等各种点心,菜式既多又新鲜,口味也不错,食客口耳相传,又吸引尝新客纷至沓来。

2008年的金融危机导致经济衰退,上馆子的人流大大减少,那些曾经兴旺的自助餐餐馆几乎到了门可罗雀的地步,前述那家"疯狂"(Crazy Buffet)甚至只好关张大吉,原本赚钱的营生无奈成了金融海啸的牺牲品。

自助餐,本来图的是方便、快捷,在这个基础上倘能让顾客体味到"多快好省"等等诸般益处,长期而言还是不乏市场优势的。而在本质上,自助餐其实不妨说是"罩"住了人性的弱点摆阵势,"All you can eat",即使吃饱了撑住了,也挡不住下回还要来"All you can eat"的诱惑。在好吃的美国人中国人扎堆的大地上,这样的自助餐馆似乎不旺也难。

(9/10/2008)

"强迫休假"法

    2009 年 7 月 4 日的独立日假日,对许多移民甚至美国公民来说可能不太轻松,尤其是在硅谷高科技界"讨生活"的人恐怕更有"王小二过年一年不如一年"的感觉。不少大大小小的电脑业、电讯业、半导体公司都早就决定在独立日的这一二周"关门"(SHUT DOWN),所有员工在这段日子"强迫休假",不发薪水。企业老板在经济不景气的时期采取这样的非常手段固然是迫不得已,为的是减少成本减轻负担;至于广大"打工族"则直接承受了经济危机所转化到每个社会个体上的压力。

    其实类似的"强迫休假",由来已久,只不过于今为烈罢了。21 世纪初"网络泡沫"以来,硅谷人的岁月和生活质量就几乎与"泡沫"沾上了边。当年很多曾经辉煌过的网路、光纤公司,如昙花一现般遁迹;如今遭遇金融海啸、次贷危机,经济益发萧条,从公司老板到"打工仔"都更加惶惶不可终日了。自 2008 年感恩节、圣诞节到新年,由于受累于金融风暴的整体经济萎缩,硅谷各大小公司乃至各行各业裁员没商量,历经一波波裁员潮而侥幸留在原公司继续工作的员工,除了为保留"饭碗"而努力打拼之外,也要品尝别一番过节的滋味,那就是"SHUT DOWN"而强迫休假。

    曾经财大气粗的硅谷几家大公司,如应用材料公司自 2008 年底起迄今,不仅每逢国定节假日必"强迫休假"一星期,还规定每个月都要"强迫休假"一星期,员工虽可以自己积累的假期"抵充",但月月如此,谁又有那么多假期可"报销"? 只能"乖乖地"挨宰扣薪水。

眼见着那些著名的大公司如应用材料、惠普、阿道比、升阳、国家半导体、AMD、诺发系统(Novellus Systems)、雅虎(Yahoo!)乃至谷歌等都不同程度地在裁员的同时,也采取"SHUT DOWN"之类的手段来应付年节放假的开销,硅谷一些华人主持的中小型公司也毫不犹豫地如法炮制,毕竟开源暂时无门,节流就刻不容缓了。

一家由台湾等地风险投资的研发公司,规定不仅感恩节、圣诞新年前后各一星期和接下来中国春节那一个星期全公司都"SHUT DOWN"外,并从去年11月起就将各部门主管以上中高层管理人员的薪水裁少10%。公司总裁透露说,面对当下资金短缺的经济危机时期,只能全公司上下共度难关了。

另一家有上百名员工并且在湾区开有多家分公司的电脑公司,虽然老板坦承创业十多年来从未因经济状况而裁员,但在2008年底也作出了"非常举措",即要求中层以上经理级管理人员每天增加一小时工作时间,希望管理层藉此多理顺些关系多解决些问题。公司创办人表示,面临前所未有的经济危机和压力,公司要求每位经理级管理人员负起更多责任。

如今在硅谷的华人工程师们碰头或家庭聚会时,难以回避甚至谈及最多的话题,就是"SHUT DOWN"了。意思即为各公司在节日期间关门放假,也不发薪水,所有员工在节假日的前后一星期几乎没有例外地"强迫休假",不再像以前那样逢节日休假还有薪水照拿,甚至需要花掉积累的年假期"冲抵"。

遭遇"SHUT DOWN",被迫休假,有人欢喜有人愁,也意识到这样的公司"法规",尽管"一刀切"不容商量,但算得上人道了,还不是为了避开大裁员削减成本的途径,而尽可能多地保住员工"饭碗"。乐观的人因此随遇而安,趁此机会休生养息,甚或利用"强迫休假"回中国或去欧洲、加拿大等地探亲旅游,这倒使得旅游业航空业大发利市,逢年过节连订机票都不太容易。悲观者唉声叹气，好像大难临头，世界末日来临。也有人苦中作乐自我解嘲说：现在想想真是"剥削有功"啊，老板不剥削，总是"SHUT DOWN"的话，咱不是没活路了么？

来到新大陆这个资本主义世界的移民，尤其是来自中国大陆的移民，大概对"剥削有功"论都有自己的一番切身体会。我当年暑假一脚踏到美东纽约州一个大学城，在最初半个月的新鲜感渐渐消退之际，在享受了美国朋友的盛情接待之后，自己便开始坐不住了。想想一张越洋飞机票已花尽我多少年的积蓄，眼下囊中羞涩是无法打肿脸充胖子的事实，就惦着该去"打工"了。岂料当时既无"工卡"，英语也极不灵光，去找工的结果可想而知，连麦当劳之类快餐店的门都进不了，更不消提什么"对口"的"专业"了。后来经先我而至的留学生指点迷津，说是暂时只能找中餐馆打工，"工卡"、"身份"之类一般可以打打马虎眼，还不能老实称自己过去在大陆是坐办公室的"白领"，要称自己是个普通工人、农民才行。我如法炮制去了当地购物中心一家华裔开的快餐店"见工"，那个黑黝黝剃小平头的广西籍经理挖根刨底问了个遍，总算让我每天晚上 5～10 时店里最忙的时段去"帮忙"，时薪按最低限度的 4 美元算，每星期结算一次，现金交付，才知道自己和那个小老板都有"逃税"之嫌了。虽然干的是又累又脏的活，却也自觉放下"身段"当作体验"洋插队"的劳役来磨炼了。每星期拿回 100 多元，在当时已觉得满足了，至少不像没有工作收入之前那样坐立不安；内心唯一的"苛求"是希望老板增加工作时间，才可能多挣些钱。偶然在周末接到老板电话通知当晚加班，反而会高兴地去上班。有时碰到几个国定假日购物中心全部"SHUT DOWN"时，我和其他一些"打工仔"还真有点怅怅然。

细想想，做人大部分是"劳碌命"，"一分钱难倒英雄汉"，"为五斗米折腰"等等，都是为生活所迫为钱所困，条件反射似地想到"剥削有功"其实是很无奈的。在硅谷，这些年来我多少回耳闻目睹熟人、亲友乃至朋友的朋友毫无心理准备地被老板辞职下岗，因公司"SHUT

DOWN"而待在家里坐吃山空坐卧不宁,他们的心情都是期盼着快点找到新工作,或公司快点恢复正常而不必"强迫休假",也就是盼着有人来"剥削",这样才可能"将日子进行到底"。从社会发展的角度看,各行各业兴旺发达了,也象征着经济好转,财富积累,老百姓才能安居乐业,那是良性循环。

但是,又有很多消息传出不少公司的 CEO、董事长无论经营状况如何,他们这些上层人物支的薪水何止百万千万美元,他们借着"剥削有功"的名义,堂而皇之地掠夺公司和员工甚至投资人的血汗钱。他们天文数字般的进项拉大了这个社会的贫富差距,让人最终明白所谓"剥削有功"的"既得利益"者是谁了;资本主义的现实人生毕竟是利益分明、等级分明的。

(7/6/2009)

硅谷民谣

　　近年频频来往太平洋彼岸的科技界企业商贸界人士与日俱增,促进美中经济学术交流之际,也对东西方文化乃至社会风气有了对照,增添了切身感受。近期硅谷华人间流传两句民谣:"好脏好乱好快活,好山好水好寂寞。"前者说的是对中国大陆的观感,环境虽然脏乱差些,但吃喝玩乐乃至夜生活的各种享受让回国者不亦乐乎;后者指的是美国这边的情景,尤其是硅谷这样的高科技重镇,缺乏热闹的去处,除非甘于寂寞者环保受益者自得其乐,否则实在无趣。

　　这两句民谣尽管不乏夸张,甚或偏颇,但对比之强烈、反差之真切,几乎还是每个人都能感同身受。以前国人远赴北美,几乎都会被善意告诫提防"花花世界"的种种诱惑,譬如五光十色的夜生活,无以复加的"性开放"之类。其实所有到了美国的移民和旅游者都领略到,美利坚新大陆除了纽约等大都会有些"快活"的色彩,拉斯维加斯、大西洋城这样的赌城充满各种诱惑之外,其他各地城乡的确"寂寞"乏味之极;至于大多数美国人也仍然持有传统的家庭观念和健康的生活方式,并没有如国人想象那般"开放"、颓废。如今或许应该反过来看世界,从台湾和硅谷蜂拥到大陆投资经商找发展机会的台商、工程师们,他们的"留守夫人"最担心的只怕是自己的另一半在大洋彼岸寻欢作乐,甚或金屋藏娇养"二奶"吧?

　　前些年硅谷地区也流传一首民谣:"一进硅谷,心里发毛;二手旧车,东奔西跑;三十出头,白发不少;四室小屋,要价奇高;五彩荧幕,键盘敲敲;六神无主,终日辛劳;七夕牛郎,织女难找;八万家当,股票套牢;九点回家,只想睡觉;十万头款,房抢不到;百事无成,上网闲聊;千辛万苦,虚无飘缈;万般无奈,只得跳槽。"有些版本还有"四尺作坊,跑跑龙套"等说法,无非都是给硅谷人的生活、工作与精神状态"画像",倒也堪为"好山好水好寂寞"的细部素描。

这首颇有点打油诗味道和时代地域特色的硅谷民谣,还冠有"硅谷华人工程师之歌"的标题,活脱脱是近年来旅居硅谷乃至旧金山湾区的留学生、工程师等新移民生存状态与心理的写照。民谣中涉及找工作难,工作操劳也难,谈恋爱找朋友难,买房子更难的种种境况,可谓高度概括客观描述。生活的颠沛、工作的艰辛以及那种六神无主、百无聊赖、万般无奈的感觉,想必每个在硅谷的"过来人"与刚刚开始体验的"新鲜人",都曾有过及正产生五味杂陈的人生况味。只是当前经济危机下裁员凶猛,硅谷人想要"跳槽"可比保住饭碗更难了,不到"跳楼"的绝境便是万幸了。

这就是新大陆,是每个移民开始构筑"美国梦"、创造新生活的地方,但愿经历千辛万苦之后如今又遭遇金融海啸、经济衰退、房地产惨跌的硅谷人,在这好山好水好地方的坚持打拼,收获不至于"虚无飘缈",而每个新移民最终都能够圆一个自己的"美国梦"。

(4/5/2009)

金融风暴下的硅谷华人现状

金融风暴席卷美国,高科技重镇硅谷也不能幸免。虽然硅谷之都圣荷西跻身于全美薪资第二高的城市,但大多数移民的日子已愈来愈不好过了。以往,硅谷的精英碰面都习惯用"你在哪儿高就"的问候语,无不气宇轩昂;现在见面时,则大多小心翼翼地试探道:"公司状况还好吧?"

失业者的苦闷:裁员凶猛 难友相争

汪君和先生各在硅谷两家著名大公司任职资深工程师,前些年薪水和炒股积累,让他们在硅谷买下上百万元的房子,又添了 20 万元精装修,内部装潢豪华级数不输五星级酒店。她又趁有点闲钱时在房价相对便宜的外州分别买了三四座房子,还给大学毕业的儿子付了头款在硅谷买了套城镇屋,内心的"美国梦"至少在构划中渐渐实施。

岂料想,传闻已有半年的公司裁员风波在 2008 年 9 月真的"爆发",汪君所在的部门一下子削减百分之四十,她也在一个上班日早晨收到了人事部的辞退信,黯然回家。虽然此前她和一些伙伴还戏称公司裁员的福利也不错,发两个月薪水,还可继续向政府领半年失业救济金(据称还延长为一年),不如学学老美的作派,裁员后权当休假,到世界各地去旅行。但当裁员的命运切实降临之际,她还是"傻"了,心里失落得不知什么滋味。

不上班的日子,虽然还拿着公司付的全薪,汪君在舒适的家里却总是坐立不安,本来想至少两个月后再重新找工作,内心却踏实不下来。电话联系几个同被裁员的"难友",也几乎都是相似的心态,哪儿还有闲情逸致外出旅游?于是相约到别家公司去找工,可那面试的阵容也够吓人。几个星期试聘了几家公司,都碰到好多"难友"(同一公司和其他公司被裁员的)在争一二个职位,前几年一技在身到处吃香的境遇几乎颠覆了。而且面试题目从内容到数量都让汪君觉得难以招架,真比从前高考还麻烦。她自觉人到中年,新知识吸收也不如刚出校门的新鲜人,在大公司做惯了分工极细的工作,如今去应聘某些小公司反而什么都不会了。她开始对是否顺利再找到相应的工作感到恐怖了。她的几位同样命运的熟人,据悉已患了忧郁症。

更让她揪心的坏消息也接踵而至。她给儿子买的房子,受次级贷款危机冲击接连跌价,已经贬值了5万多美元。她在外州的几间房子虽然租了出去,价格却只降未升,原先打算投资房地产的美梦看来也不妙。毕竟她买那几座房子只是付了一二万美元头款,眼下价格下滑,要付的贷款利息仍然超过房租收入,只能挖出自己的积蓄补漏洞。她担心再贬值下去,自己会扛不住,即使卖了那几处房子,钱也是银行的,连自己的头款都拿不回来。

汪君的遭遇,可以说是今天硅谷华人的缩影。

跳槽者的经历:"天之骄子"今非昔比

过去,在高科技公司打工的工程师们胜似"天之骄子",几乎都有不成文的规矩,在一家公司混出经验、资历后就跳槽,到另一家公司应聘后薪水也会水涨船高;或者有了大公司的经验,再到小公司去当个部门经理,至少在资历上又高了一阶;因为人才难得,各企业求贤若渴,挖人才不惜重金。

如今风水轮流转,一大把一大把人才被裁员,要想跳槽也绝不容易了。曾有一家知名大公司的某部门经理还想按照前些年的行为模式更上一层楼,他去几家公司应聘都遇到了多位刚刚被本公司裁员的同事也在应聘,新公司也没拿他当回事,一视同仁地从基本职位的常识、技能予以考核,他感到不可能如自己想象般再谋个高职,悄悄地知难而退了。

旅美工程师张先生本来在一家网路设备公司有份收入不错的工作,公司里按中国人的眼光看显然有点人浮于事,平时工作轻松打发日子,让他感到这美国大公司的"大锅饭"也真惬意。加上他一直还有一份批发地板的兼职,小家庭的日子蒸蒸日上。不料8月份公司的裁员潮顷刻把他淹没。没有了"大锅饭",回家集中精力卖从中国大陆批发来的地板,照说也是一个路子。可两个月下来,才意识到不单卖地板这一行的竞争加剧,利润比早两年薄多了,而且客户也大大减少,因为几乎人人都受累于经济低迷,装修房子换新地板的家庭明显不似前些年一批接一批。他目前正处于两难阶段:重新找工作短期内恐怕没有希望,单单批发地板也只能勉强糊口。他不知自己的美国梦哪一天才能真正圆满,哀叹之间唯有深深的无奈。

科技业的困境:融资困难　发展受阻

谈起金融风暴对高科技行业的冲击,总部在硅谷的 Applied Harmonics Corp(AHC,其北京公司的中文名为瑞而通)执行副总裁、前湾区中国高校校友联合会主席雷俊钊深有感触地坦言,非直接的影响已经开始显现。因为受累于金融风暴经济滑坡,风险投资商(VC)也比以前更谨慎,甚至犹豫了;产业界融资的过程就不得不放缓慢了。

他说,这是整个产业链的现象。譬如,AHC本来已规划大规模扩展,因为公司研发的镭射手术仪等高科技医疗器械很有市场前景。原先融资过程两到三个月就差不多,现在VC就明显在拖延时间,也不给你解释,实际上是他也不敢了。

此外,现在无论是在美国还是中国向银行贷款,手续也更麻烦,限制更多,进程缓慢。以前银行贷款通常只要求注明按期还利息,现在则要求限期还本金加利息,失去贷款周转资金的作用。

因此,雷俊钊感叹道,像 AHC 这样产品技术领先、市场前景看好的公司,不是不想做大,而是受限于如今的"天时",遭遇到风险投资商的退却和银行贷款的政策苛严,而不得不调整计划,放缓步伐。他说,也只能看大趋势的变化,今后再作大发展了。

百人会成员、美国德勤会计师行副总经理顾屏山也认为金融危机影响到风险投资,因为在目前形势下谁还敢投资? 主要是心理压力大,这势必影响到高科技产业的发展。

顾屏山相信,几乎所有行业都受到这次金融风暴的扫荡,只是程度不同而已。硅谷大公司惠普(HP)、英代尔(INTER)等的客户也基本上都是大公司,经济不景气都会缩小商贸往来规模。因此,即使这些公司看上去还在正常运转,但股票照样受影响。

顾屏山认为,目前最大的问题是如何恢复美国人民和世界各国对美国政府的信心。这个时间多长,看法不一,少则三个月,多则一两年。对于国会通过的救市案究竟能起多大作用,他分析很难说。有的看法认为国会、政府的反应不够快;也有人觉得反应太快了,来不及搞些制度化的东西,很难让救市资金使用得当,譬如拿这些钱去补偿那些本来就应该自己承担亏损的大老板? 人民不信服。

他并且指出,无论从国内经济还是外交,布什执政八年可以说搞得一无是处,11 月 4 日大选后,不管是麦凯恩还是奥巴马上台,美国人在心理上都可能会松口气,至少有一个比较能干的总统做事了。但是新总统必须有能力说服美国人民改变自己的消费(花钱)观念和习惯,否则经济上还是会有问题。

炒房族的烦恼：房价下滑销售期长

次级贷款危机和金融风暴的恶性循环，导致全美国房地产市场稀里哗啦一片颓废状，就连以往始终坚挺的硅谷房地产也被拖下了水。银行收回屋和法拍屋数量激增，不仅让数以千计的家庭失去了庇护栖息之所，也使得当地原本居高不下的房屋价格一路回落，使得许多"炒房族"顾此失彼，甚至血本无归。

不过，直接影响到硅谷房地产的不仅是价格下滑，还有销售期明显拉长，过去一个月内成交是家常便饭，现在拖上三四个月甚至半年以上也卖不动。更为尴尬的事也层出不穷。

在圣荷西东部常青社区前几年拥有一栋 3000 英尺以上的百万豪宅，是刘氏夫妇引以为豪的事，近年为了孩子上更好的学校，他们先在帕洛阿图花百万美元买下了仅有 1000 余英尺的老旧房子，原先的如意算盘是把在常青社区的那栋百万毫宅卖掉，再付帕洛阿图好学区的房子。可是常青社区的房子一年来价格掉了两成以上，现在脱手就意味着亏本 30 万左右；但就是这样降价的房子也无人问津，人们都小心翼翼地不敢随意接盘了。刘氏夫妇现在名义上守着两栋房子，可是债务上的焦虑让他们一家茶饭不香度日如年。

地产专家的建议：危机来了转机亦存

有十多年经验的硅谷房地产专家顾先生(K. K. KOO)认为，法拍屋现象也可以说是社会、市场的自我调整，反证了金融市场管理上的问题，对经济衰退产生了相当大影响。这也说明美国经济尽管出口还是增长，但金融系统出了问题，房地产市场大大缩水，给整个社会造成伤害。但那些被银行扫地出门的拍卖屋主，本来是不符合购房资格的，只是因为不良银行、贷款机构让他们趁机赌了一把，充当了一回屋主,实际上是穷人硬要享受富人的生活,扰乱了市场。现在房子被没收,这些人本身其实没有受到损失,至多只是预算出了麻烦,但这也是他们超前消费超越能力享受付出的代价。

表面上倒楣的是银行,但银行也早就在做次级贷款时提高了利息。关键是打乱了市场秩序。顾先生比喻说,法拍屋主就像市场打了个喷嚏被"打"了出去,"健康"的人基本没有影响。

顾先生同时认为,目前的房地产市场其实也是可以考虑"进场"的好机会。虽然现在也还不一定接近低谷,但也相距不远。他说事物都是相对而言,危机与转机也是相生相克的。只是很多人抱投机的心态喜欢"跟风",前两年硅谷房价达到顶峰,很多人趋之若鹜,逢高进场,抢着买进,现在都卡住了。眼下房价掉了,人们都不敢动了。他以"9·11"事件发生后的市场对比说,那时也无人敢进场买房,但他自己当年以64万美元买进一所独立屋,去年以132万美元脱手,除去装修等费用,他净赚60万美元。他认为,这是社会对不投机的人的奖励。

从国会通过救市计划再说起,顾先生以为这么多亿美元救市,形同货币贬值,相对之下,如房地产、黄金等有形保值资产身价上涨,因为好地区的土地永远不会贬值,地球只有一个,聪明的人应该进场,如同下围棋先进场占个"眼",今后会有主动权。

即使面对眼下危机笼罩下的经济不景气状况,顾先生称也不乏应对之道。尽管贷款手续趋严格,但明智的屋主还可以挖掘潜力要求银行和自己一起共度时艰。譬如要求重新贷款,放宽年限(无形中减低利息,缩小还款额)等,只要有足够信用,银行还是愿意和屋主一起应付难题的,毕竟收回房屋银行也遭到损失。

顾先生也常常帮客户分析形势,目前硅谷房价稍跌,但租金却仍然上涨,这里面就很多讲究。买一栋上百万的独立屋出租,租金大约3000元;假如以相似价格买双拼屋(Duplex)、四拼屋(Fourplex),租金可能多达5000元。这样的收益账谁都能算出来。

(10/30/2008)

硅谷之后谁能在 IT 领域称霸?

英国知名 IT 网站 Vnunet.com2009 年 3 月下旬评出全球十大 IT 圣地,名次相继为:硅谷、中国台湾、印度班加罗尔、日本、美国旧金山、中国中关村、芬兰、美国马里兰州米德堡、罗马尼亚、美国波士顿。

高科技重镇硅谷虽然毫无争议地在这个排名榜上戴上桂冠,是全球最为热门的 IT 首选圣地,但近年来的金融海啸导致的经济衰退潮,也冲击硅谷令其很惨。硅谷的辉煌似乎将成为历史,诸如惠普、升阳、甲骨文、苹果、思科、谷歌、雅虎、英特尔、AMD、eBay、国家半导体等等辉煌的名字,今天似乎也都一一露出疲态,中兴乏力,依靠裁员节流、兼并出头勉强撑着;大量的风险投资基金纷纷撤离或者萎缩,活力与冒险性都大不如前。当然,科技创新和绿色科技能源改革技术的突破,在硅谷这片热土仍然在蓬勃蕴育,但在新一波崛起之前,硅谷也面临着被潜在对手赶超的危险。

就这份排名榜可以看出,全球前十大 IT 圣地,美国就占据了四席,硅谷领军在先,旧金山、马里兰州米德堡和波士顿紧紧跟上,分别显示了创新动力、情报技术根基和人才源头的优势与后劲。亚洲也占四席,中国台湾的支柱产业结构和北京中关村的高技术能力及资本孵化优势,印度的优惠政策和日本的技术创新潜力,都各具特色。芬兰和罗马罗亚则各以人才优势见长,而西欧国家则在这个排名榜上出列,基本不再具竞争优势。

可见,硅谷之后的这九大 IT 圣地,都一直在为实现赶超硅谷的美梦而不息前行,尽管他们在可预见的未来短时期内都还不可能坐上 IT 圣地龙头的宝座,但倘若硅谷自身稍微懈怠或者还不加紧整合爆发创新动力,就无法避免被撵下的命运。其中距硅谷仅一箭之遥的旧金山,与美东马里兰州、波士顿的合围赶超之势,因为都属于新大陆的良性竞争,反而激励硅谷马不停蹄般奔跑,何况还有人才共享的氛围,对硅谷的老大地位威胁不大。反而是亚洲四地的 IT 圣地,人才、技术、基金、产业组合乃至政策等方面的优势和潜力无可估量,未来的爆发力极可能成几何级数催发,在 IT 行业与美国硅谷斗法争强更具耐力和实力。

目前美国限制高科技人才工作和移民的政策,客观上也给硅谷乃至整个美国的科技界企业界打造起壁垒森严的"围墙",自断人才资源的源泉与科技创新的脉搏。试想:全球 80% 的笔记本电脑和极大比重的电脑零部件都在台湾生产,日本领先世界的机器人技术、绿色环保技术、智能软件和消费电子行业,印度、中国大陆不止中关村乃至罗马尼亚的人才储备优势,都是硅谷所不足或者竭力追求并且永远需要源源不断"补给"的,可是现今的美国保护主义和移民政策,却都大不利于硅谷的生存发展,长此以往,只怕是给美国之外的其他 IT 圣地赶超硅谷开放绿灯;倘再不自省思变,今天美国汽车业被日本车、德国车追赶得狼狈不堪的情境,也许就是未来全球 IT 圣地重新洗牌的预兆。

(4/22/2009)

向往"礼仪之城"

　　我对于美国各种机构、媒体乃至个人按不同类型评选的最佳城市、地区榜一直不乏兴趣,当作是了解、熟悉美国各地环境的"入门"。譬如最适合居住城市、最佳文化品位城市、最佳旅游胜地、最佳休闲去处,等等,凡有资料披露,必定先睹为快,并收集珍藏,以为日后造访、游历的参考。

　　美联社近年来披露的每年一度的全美最佳礼仪城市评选,让我颇有些欢喜并出乎意料。这个由礼仪专家玛洁蓓尔·杨格·史都华(Marjabelle Young Stewart)自从30多年前开始编列的排名榜,南卡罗兰纳州的查尔斯顿(Charleston)曾经十度位居榜首,该城市能够获此殊荣,令人刮目相看。我对美国这个南方城市略有所闻,因为十多年前有位熟人就在该市学习、生活,据告那儿的居民多数是黑人。史料则记载美国南北战争期间南卡州是首先开战之州,查尔斯顿就是该州最著名的史迹点,还是优良的港口城市,粉色色调建筑遍布,海滨风光悦目。美国海军在当地设有军港及核潜艇基地。

　　一个黑人居多的城市,竟然是全美最佳礼仪城市,这个结果有点打破传统观念的意味,让人感慨。其实社会上和族群间存在太多的偏见,为什么新闻报道和小说、电影、电视给人的感觉几乎都是黑人与暴力、凶杀、吸毒、懒惰、色情等等人类罪恶联系在一起呢?查尔斯顿市长莱利称该市能当选最佳礼仪城市,恰恰"反映我们的居民古道热肠"。该市有一个专职处理与生活品质相关投诉的"生活品质法院",诸如狗吠扰民、派对聚欢声音吵到邻居以及庭院积有垃圾之类,都可通过这个法院处理、调停。不过,法官莫隆尼坦言,城里的居民相互间都很客气,一般很少人愿意为那些事搞到诉讼邻居的地步。民风淳朴的查尔斯顿小商店多和人行道较为完善的特色,似乎也有助于彬彬有礼的居民在街头散步时的互动。史都华赞赏查尔斯顿多年来维护"礼仪之城"的荣耀,实至名归,"并非由于她那美丽的风景,而是因为这儿的人们将这座城市变成了一个充满人情味和爱心的礼仪之地"。

这一年的排名榜,伊利诺伊州春田市(Springfield)、派奥利亚(Peoria)、摩林(Moline)和岩石岛(Rock Island)与爱荷华州贝登道夫和戴文港并列第二名;佛罗里达州潘萨科拉(Pensacola)排名第三,加州旧金山位列第四,第五名则由内布拉斯加州奥马哈(Omaha)与爱荷华州布拉菲(Council Bluffs)共享;第六至第十名相继为:田纳西州纳什维尔市(Nashville)、纽约、西雅图、芝加哥、洛杉矶。

礼仪之城相应的也该是人们交往频繁、人情味浓厚和相对安全的所在,这一点或许小城镇比大都市更具优越性。小城镇的历史文化积淀和民情风俗让人有较多的亲切感,而大都市的文化艺术气息与融入国际的修养、礼仪则更具现代感,相互间其实是可以取长补短的。我在南部尚未居住过,但以自己先后在东部和西部一些城市生活的感受与观察,还是觉得东部美国人比西部美国人更注重礼仪,但小城镇的民风胜于大都市则在东西南北都是无疑的。

美国足科医疗协会 2004 年 4 月公布的全美最佳步行城市榜选出12 个城市,全国四大地区各有三个城市入围。东北区新泽西州泽西市、纽约市和宾夕法尼亚州费城上榜,旧金山、圣地亚哥和檀香山是西部区的三个代表;中西部获选的城市包括伊利诺伊州芝加哥、威斯康辛州麦迪逊市和密苏里州圣路易市;南部上榜城市则有德克萨斯州圣安东尼奥、艾尔帕索与首都华盛顿。行人穿越街道的安全性、建设及推行人行道计划的程度,相信都是这项评选的标准。该协会调查全国

125个人口稠密城市评选的依据还有犯罪率、交通运输系统状况、空气质素以及历史古迹、博物馆、公园和健身房的数量，等等。可见也是一项综合性的考虑与比较。

前述最佳礼仪城市或者以前曾经评选的最佳休闲城市，差不多也是相当适合步行的城市；毕竟，和谐友好的人文环境、浓厚沉郁的历史氛围和舒适可人的自然空间，才是这个"汽车王国"里的人们有兴致享受步行安逸之处，而真正适合步行的大都市其实是可遇不可求的。当然，广袤、闲适的乡村世界不在话下。礼仪之城，步行天地，那都是如今这个地球上令人憧憬的闲遐安居之所呵！

(4/5/2005)

寻觅倾心的家园

　　曾经多次看到转载于《悠游（Swing）》杂志的文摘，列出该杂志2003 年夏季特刊遴选的全美十个类别的最佳居住地，或可以作为我们根据不同需要、意趣选择居住地的参考。其实七八年前我就注意到这本有趣的休闲类杂志，它每年都根据人口统计、生活品质、消费指数、经济成长等数据，并结合文化、运动及夜生活等情况，按十个不同类别选出美国的最佳（最适合）居住地。读来饶有兴味，再结合美国地图、地理、文史资料，便有神游八方、魂系新大陆之感了。

　　该杂志选中的十大类别美国最佳居住地分别是：最佳户外生活居所，位于落矶山脉的科罗拉多州峰岗（Crested Butte）；最佳组织乐队城市，田纳西州孟斐斯（Memphis）；最佳发展科技业城市，德克萨斯州奥斯汀（Austin）；最佳养育子女城市，弗吉尼亚州夏洛特维尔（Charlottesville）；最佳体验文化城市，纽约州纽约市（New York）；最佳城乡生活融合地，蒙大拿州密索拉（Missoula）；最佳悠闲生活城市，加州圣塔克鲁兹（Santa Cruz）；最佳追求艺术事业城市，罗德岛州普罗维登斯（Providence）；最佳创业城市，俄勒冈州波特兰（Portland）；最佳享受夜生活城市，加州洛杉矶银湖区（Silverlake，位于好莱坞山区的一个社区）。

　　除了纽约是国际性大都市外，其余都属于中小城市或社区，而且据我的记忆印象，这项评比与早些年的结果几乎如出一辙，也就是说那些地区在某个方面的最佳品质一直维持下来。这也多少说明美国约十年来的经济、环境变化,尚未给中小城市或某些具有特定文化传统的区域以过度冲击;反言之,那些地区保护传统和延续品质的成效相当令人满意。

美国不少其他杂志或者组织也常常评比诸如最安全城市、最适合妇女儿童居住城市、最适合移民生活城市,等等。加州湾区的桑尼维尔、佛利蒙乃至圣荷西、奥克兰等城市,都曾获得不同人口总数级别的安全城市或最有趣城市之类的称号,旧金山当然更是全球最佳旅游城市排名榜上的常客,可惜往往很快又会有资料提供数据,提醒这些湾区城市处于地震多发地带,其警示意图不言而喻。

那些烦人的数据乃至现实,也许引发人们"长考",但美国小城镇及大都会区的卫星城市逐步走向繁荣,则是有目共睹的事实。"9·11"恐怖袭击事件以来,美国民众选择居住地的心态也有很大变化,愈来愈多的人不满或者畏惧大城市的环境、治安、就业、教育等每况愈下,而乐于迁往小城镇或城郊结合地带。据悉,受惠于这一趋势也最受欢迎的地方包括佛罗里达州的 Fort Myers、内华达州的雷诺(Reno)、北达科他州的 Fargo、阿肯色州的 Fayetteville,这些相对偏远或自成一格的区域,就和上述十大类别最佳居住地一样,有一般大城市无法留住居民的优势和发展潜力,在经济萧条、治安恶化的今天,尤其吸引本来就喜欢迁居的美国人。

遗憾的是,我们不得不为俗事所羁绊,工作、经济收入等方面的考虑往往使我们成了"行不得也哥哥";但换一个角度看,追求生活的品质在人的一生中何等重要,在有可能追求最佳生活品质时却被动放弃追求,将来或要追悔莫及。让我们开始寻觅令自己倾心的家园吧。

(4/3/2005)

跋

　　如今，反映美国各种现象的著作早已如汗牛充栋，走马观花式的掠影、印象类文字也让读者产生了视觉疲劳；互联网的问世并日益普及，无时无刻不把全地球村每个角落的动态"裸露"在世人眼前，更遑论美国这个在许多中国人眼里又爱又恨的新大陆。事实上，国人对美国巨细靡遗的印象和了解，绝对要比美国人对中国一知半解的常识要丰富得多，但这并非等同于中国人评说美国的印象和观念，就绝对较之美国人对中国事务或现象的判断更准确更客观。

　　曾经听说有中国知识界的人士，以很不屑的口气说美国人都是傻里八几的，原因是照他们今天的变通与世故看来，很多美国人循规蹈矩的守法行为与思考方式实在太笨拙了；而很多美国人在娱乐体育场所表现出来的放松与自我发泄，比之今天中国年轻一代的"前卫"也逊色了。再看一些关心地球村其他角落的美国人，也往往直言看不懂中国人的行为与思考模式。其实，那一切说到底是文化的差异，地球村里每家每户都是不同的个体，都有独自的文化迥异于远邻近亲。了解、理解并尊重对方的文化和情感，才能够互生好感，相安无事，达成和谐世界。

　　在美国生活、工作了十多年，笔者对美中文化的差异愈来愈感觉到微妙深奥、难下结论，而这也更引发笔者体察、探究这些文化及其差异的兴致与热情。最简单直观的现象就可随手拈来对比：素不相识的美国人在路上对面相遇，都会微笑打招呼；而在号称五千年文化礼仪之邦的中国，非但极少有陌生人互相致意，人与人之间甚或熟人朋友间的疏离感、无法信任感则有增无减。又譬如，美国人通常对不速之客会心存警惕，而中国人几乎连熟人邻居间也互有戒心；美国人直言不讳喜欢或不喜欢谁，中国人则相互之间都看不起、"别苗头"。实际上，类似的文化差异的冲击或者烙印，在地球村遍地都可寻觅到不同的蛛丝马迹，已然潜移默化地影响到世人，谁也未能例外，除非那不是地球村的居民。

美中之间的文化差异，随着交往增多而日益表现出不同的细微末节，需要世人细细咀嚼，而非忽略或者轻率否定。经历了"9·11"恐怖袭击的美国，经历了2008年大选历史性变革的美国，经历了金融风暴乃至"地狱十年"的美国，尽管表面还笼罩在经济危机的阴影之下，还不免挣扎于欲振乏力的状态，但其于政治、社会等诸多领域展现出来的文化内核与风貌，却无不涵盖了进取思变的文化精神，堪可玩味。一个变革的美国及其政治生态，是被变化万端的社会所催生的，也被时代急遽变革新人辈出奇迹遍地所震撼，更难免有种种阵痛如影随形；另一方面，这个变革进取激情澎湃的社会，又是被其民族和大地丰富的文化精神创新精神所推进的，因此新旧交集大浪淘沙的态势几乎总是裹挟着整个新大陆，敲击起不进则退的鼓声。这些年在新大陆的移民生活积累和悉心留意、观察世相人情的习惯，每有心得为文便也多了几分自信。从文化的界碑审视新大陆的一切，审视她的三权鼎立的政治、光怪陆离的娱乐圈，扫描她那匪夷所思的社会现象、多元化的族裔共存圈和生生不息的移民族群，正是笔者通过透视美国新闻和亲身体验而聚焦美国社会、政治、风俗等不同层面的着力点。

这些文字写作的本意，并非只是描述事件或现象的梗概，也不止于仅仅记录下自己的观感或经历，而是希望给美国文化及其与中国文化的差异、美中两大民族之间的差异留下点滴佐证与思考。自然，笔者的这些写作还有继续深入和扩大内涵的空间，倘若读者能够透过这些文字对新大陆的社会、政治、文化生态有别样的感觉,那便是令人欣慰的鼓励了。

感谢我的家乡最高学府的浙江大学出版社,从徐总编辑到本书的责任编辑都对笔者的初稿予以极其专业和高屋建瓴式的审视与建议,使笔者得以在文化的角度透视原本只具新闻性的美国社会、政治现象,从而发掘文字的力度和内涵,因此,这个写作和稿目筛选本身,也是自己学习并获益匪浅的过程。

期待读者的教正。

我的文友、知名旅美作家李硕儒在回北京繁忙创作之际,还拨冗阅读我的文稿,慨允为序。特此鸣谢!

作者 2009 年岁末于美国硅谷

图书在版编目（CIP）数据

今日美国:痛与变革 / 阙维杭著. —杭州:浙江
大学出版社,2010.8
　ISBN 978-7-308-07686-9

Ⅰ.①今… Ⅱ.①阙… Ⅲ.①随笔—作品集—中国—
当代 Ⅳ.①I267.1

中国版本图书馆 CIP 数据核字（2010）第 112324 号

今日美国:痛与变革

阙维杭　著

责任编辑	李海燕	
封面设计	俞亚彤	
出版发行	浙江大学出版社	
	（杭州市天目山路 148 号　邮政编码 310007）	
	（网址:http://www.zjupress.com）	
排　　版	杭州中大图文设计有限公司	
印　　刷	杭州杭新印务有限公司	
开　　本	787mm×960mm　1/16	
印　　张	16.25	
字　　数	218 千	
版 印 次	2010 年 8 月第 1 版　2010 年 8 月第 1 次印刷	
书　　号	ISBN 978-7-308-07686-9	
定　　价	35.00 元